御鷹穂積
[イラスト] Genyaky
最後の英雄に捧ぐ
花嫁学園
時を超えし魔法使い、次代の姫と絆を結びハーレムを築く

〈紅焔姫〉
ヴェル＝ヴェスタ
〈緑嵐姫〉
アウラ＝アエラキ

〈金剛姫〉
レイヤ＝フレイヤ
〈蒼氷姫〉
サラ＝サラキア

掃除
Cleaning
花嫁学園の授業風景I

料理
Cooking
化粧
Makeup
洗濯
Laundry

〈森林姫〉
エステル=アルヴス
逢瀬&夜伽
Date & Overnight

花嫁学園の授業風景Ⅱ

〈時獄姫〉
メーヴィス＝パルカー
寝室の扉がゆっくりと開くのが分かった。
その魔力から、侵入者は二人。
「……つまり、これは
『逢瀬』の補習授業であり、
教官が指導に当たるのは当然だと？」

Bridal School

dedicated to the last hero.

Contents

最後の英雄に捧ぐ花嫁学園

時を超えし魔法使い、次代の姫と絆を結びハーレムを築く

御鷹穂積

ファンタジア文庫

3375

口絵・本文イラスト　Genyaky

最後の英雄に捧ぐ
花嫁学園
時を超えし魔法使い、次代の姫と絆を結びハーレムを築く

序章◇最後の英雄が未来へ行くと決めた日

歴史に名を残す人物には、二種類ある。
生前からその偉大さを理解される者と、死後に評価される者だ。
その者、大英雄アレクは前者であった。彼の功績は枚挙にいとまがない。
エルフとダークエルフの戦争を平定し、
人類を家畜化せんと目論《もくろ》む吸血鬼の真祖たちを討ち滅ぼし、
幾つもの国を焦土と変えた邪竜の首を落とし、
戯《たわむ》れに人類を踏み潰して回っていた悪《あ》しき大巨人を撃破し、
世界に終焉《しゅうえん》を齎《もたら》す古《いにしえ》の神々を封じ、
星を割る規模の隕石《いんせき》をその拳で砕き、
大陸を呑《の》み込むほどの大波を大魔法で鎮《しず》め、
大精霊の怒りによって人類から魔法が奪われれば単身説得に赴《おもむ》きこれを成功させた。
彼がいなければ、人類は何度滅んでいたか分からないという。

彼がいなければ、争い合っていた複数の種族が手を取り合うことはなかったという。

彼がいたからこそ、人類は今の形で繁栄することが出来ている。

大英雄アレクは、世界を滅びから救った——歴史上最も偉大な人物と言えるだろう。

彼が多くの問題を解決した為《ため》に、後《のち》の世には英雄的な行いを必要とするような出来事が起こらず、故に歴史家の中には彼をこう呼ぶ者もいる。

彼は人類史に刻まれる——最後の英雄だ、と。

そして、そんな彼は現在——美少女に変態扱いされていた。

◇

「死になさいヘンタイっ！」

赤い髪を濡《ぬ》らしたツリ目がちの少女が、バスタオル一枚巻いただけの姿で叫んでいる。

彼女の感情に呼応するかのように紅蓮《ぐれん》の炎《ほのお》が生じ、瞬《またた》く間《ま》に複数の矢が形成され、アレクに向かって射出された。

少女とアレクがいるのは、彼の知己が住む木造家屋、その居間。

アレクは即座に後退し、そのまま玄関から外へと飛び出す。

昼前の太陽と青空に迎えられながら、己に向かって放たれた矢に対処すべく魔法を発動。

玄関を破壊することなく器用に扉を潜《くぐ》って迫る豪炎の矢の群れは、アレクを貫く――こ
となく、彼が生み出した水の防壁によって遮られ、じゅう、と音を立てながら消滅。

「中々に豪快な娘だ」

殺意の込められた攻撃を放たれたというのに、アレクは感心するように呟《つぶや》く。

「……へぇ。今のも対応できるのね。あんた、あたしとそう歳《とし》が変わらないように見える
けど、この学園に侵入するだけあって腕に覚えがあるってわけ」

ゆらりと、幽鬼のような足取りで、少女が破壊された玄関から出てくる。

言われた通り、アレクと少女の年齢は大差ないように見えた。

アレクは自分の正確な歳を知らないが、大体十五歳ほどであると考えている。

黒い髪に黒い瞳。鍛えてはいるが肉のつきにくい体質で、体型は細身。

様々な亜人が存在するこの世界で、最も数の多い人間族。

「腕に覚え……か。そうだな、俺より強い者には生憎《あいにく》と逢《あ》ったことがない」

誰に対しても尊大な口調で、自信が行動に滲《にじ》み出《で》ている。

彼を知らぬ者はこれを不遜ととり、彼を知る者はこれを相応のものと受け入れる。

「……あくまで、アレク様ごっこを続けるのね。よりにもよって、このあたしの前で」

「ごっこではないし、誰の前でも同じことだ」

次の魔法の準備か、彼女から膨大な魔力を感じる。

「地獄で焼かれる時に納得できるよう、あんたの罪を教えてあげるわ」

「その前にお前、服を着た方がよいのではないか？」

「ひとーつ！　学園の敷地《しきち》内及びあたしと師匠の家に、無断で侵入したこと！」

少女はアレクの話を聞くつもりはないようだった。

語りながら、少女の魔力が加速度的に増大していくのがアレクには分かった。

「それは説明しただろう。俺はお前の師の許可を得て家に入ったのだと」

「ふたーつ！　『最後の英雄』アレク様の名を騙《かた》ったこと！」

どうやら釈明は無駄なようだ、とアレクは悟る。だが、少年は嘘《うそ》などついていない。

「あぁ、俺がそのアレクに相違ない」

少女の額に青筋が立つ。魔力の高まりが更に加速する。

「みーっつ！　よりにもよって、この学園でアレク様の名を騙ったこと！」

「二つ目と被《かぶ》っているぞ」

「それだけ重い罪なの！　この学園とアレク様の関係を知らないとは言わせないわよ！」

「まぁ、聞いてはいるが」

少女が師と呼び、アレクにとっては仲間である女性に、ある程度は聞いている。

「この『アルヴス聖杖《せいじょう》女学園』は『最後の英雄』アレク様に並び立つ女性魔法使いを育成すべく設立され、あの御方に匹敵し得《う》ると判断された魔法使いも輩出してきた、世界屈指の名門校なの！　分かる⁉」

「知っているとも。俺に匹敵し得ると判断された者には『姫』の称号が与えられ、俺と対等な者という意味合いで『最後の英雄の花嫁』などと呼ばれるのだろう？」

「ぐっ、そ、そうよ！　ていうか『俺』ってやめなさいよ、偽者《にせもの》！」

少女の表情に、照れのような色が交じる。

「この学園を、外の者はこう呼ぶそうだな、最後の英雄に捧《ささ》ぐ――『花嫁学園』と」

「わ、分かってるじゃない……。つまり、この学校に通う数百人の生徒全員が――アレク様の、お、お、おっ、お嫁さん候補なの！　分かる⁉」

少女の顔は既に真っ赤だ。よっぽど口にするのが恥ずかしかったらしい。

「お嫁さん、か。可愛《かわい》い言い方をするものだ」

「う、うっさい！　とにかく！　学園に侵入して生徒に危害を加えようとするってことは、『最後の英雄』アレク様の花嫁候補を危険に晒《さら》すってことなの。大罪よ大罪！」

「主張は理解できる気もするが……。随分と『最後の英雄』を高く買っているようだな」

アレクのやってきたことを知っていようと、それだけでここまで熱くなれるものだろうか。彼が直接救ってきた者ならばまだしも、活躍を伝え聞いただけでこの熱量とは。

「あったり前でしょ！　あの『最後の英雄』よ⁉　あの御方がどれだけの人々を救ったと思ってるの⁉　彼がいなかったら世界は続いていなかった！　全人類どころかこの世全てのものにとって、彼は大恩人なんだから！」

「まぁ、褒められて悪い気はせんが……」

心躍る強敵との戦いに比べれば、他者からの承認による喜びなど微々たるものだ。

そう、アレクは単に、力試しの延長で世界を救ってきたに過ぎない。

それを見た者たちが、彼を英雄と呼び始めただけのこと。

「だぁから！　あんたには言ってない！」

「お前はつまり、『最後の英雄』に恩義や尊敬の念を感じていると？」

「……それだけじゃないわ。けど、これ以上はあんたみたいなヘンタイには教えない」

どうやら他にも理由がありそうだが、今は聞き出せそうにない。

「まぁいい。お前が俺を信じられんことは理解した。俺の罪とやらはそれで終わりか？」

「んなわけあるかー！　あんた、自分の犯した特大の罪に自覚がないようねぇ……⁉」

「ふむ。言ってみろ」

ぷっちーん、と少女の血管の切れるような音が聞こえたような気がした。

「よーっつ！　あ、あ、あた、あたしの肩を抱いて、髪を触ったこと！　し、し、しかも、はだっ、裸、裸見たでしょ！」

怒りと羞恥で、少女の顔は自身の髪のように真っ赤になっている。

「そうだな、それは認める。再度、無礼を謝罪しよう」

アレクは誤魔化すことなく頷《うなず》く。何故《なぜ》そのような行動に出たのか、アレクの事情については彼女にも説明済みだが、怒りが収まらないのは仕方がない。

今もバスタオル一枚の姿だが、彼女は風呂上《ふろあ》がりなので当然と言える。

アレクは先程そんな彼女と遭遇、知人と間違えて近づき、肩を組み、頭を撫《な》で回《まわ》した。

その後《ご》のアクシデントでバスタオルが落ち、アレクは彼女の裸体を目にしてしまったのだ。

少女からすれば、己の師と暮らしている家に突如として不審者が侵入してきた挙げ句、裸同然の己に無体を働いた上、撃退すべく放った魔法が全て防がれ、しかもその不審者が憧れの大英雄を騙っている……と中々に酷《ひど》い状況なわけだ。

ブチ切れもやむなしである。

「謝って済むなら死刑はないのよ。とにかく、あんたはこの現世であたしに焼却されたあとも地獄で永遠に魂を焼かれることが確定してるわけだけど、何か言い残すことある？」

怒髪天を衝《つ》くといった状態の少女を見て、アレクはどうしたものかと考える。

四つ目の罪以外は冤罪《えんざい》なのだが、何を言ってもこの娘が納得しないのは明白。四つ目の罪に関しても、多少焼かれる程度は受け入れられるのだが、ここで死ぬわけにはいかない。

なにより――極限まで高まった少女の魔力を受け止めてみたい、という欲求があった。

この少女の魔力が感情で上下するのは、これまでのやりとりで把握済み。

故にここで選ぶべき言葉は――。

「言い残すことはないが、問題が一つあるぞ」

「……言ってみなさい」

「お前では俺を殺せない」

アレクの一言を挑発と受け取ったのだろう。

彼女の怒りがもう一段階上がり、それに伴って魔力の高まりも極限へ達する。

「ふ、ふふっ。いいわ……あくまで自分はアレク様だってフリをするわけね？　それじゃあアレク様？　もし貴方《あなた》が本物なのであれば、世界を七度救った大魔法使いならば、あたしの魔法くらい受け止められますよね？」

「無論だ」

「戦姫魔法《エンゲージ》――火焔《かえん》創生・灰燼《かいじん》帰結」

彼女の激甚《げきじん》なる怒りが、炎の姿を借りてこの世に顕現しているかのようだった。

巨竜の如《ごと》き、火焔の怪鳥。

少女が住んでいるという二階建ての住居さえも一呑《ひとの》みできそうな巨体と言えば、その規模が理解しやすいか。本来ならばこの規模の火炎を生み出すと、炎熱で周辺や術者本人にも被害が出るものだが、優れた魔力操作によるものか、それらの問題も回避されている。

それだけではない。少女に灰燼帰結と名付けられた怪鳥は、その燃える双眸《そうぼう》で、アレクを見下ろしていた。そこには、確かな意思が感じられる。

「精霊を降ろしている……？　いや、魂を映しているのか」

自分の心の一部を魔法に宿すことで、ものを考える魔法へと昇華しているようだ。

「この子は、あたしの敵を焼き尽くすまで止まらないわよ」

「面白い」

まともに喰《く》らえば一瞬で炭と化すであろう炎熱の化身を見て、少年の瞳はキラキラと輝く。まるで、ほしかった絵本やぬいぐるみを買い与えてもらった幼い子供のような眼《め》だ。

「今のが、あんたの最期《さいご》の言葉ね」

迫る豪炎の怪鳥を見据えながら、アレクはこの事態に陥ったきっかけについて考える。

その為にはまず、時を三百年ほど巻き戻す必要があった。

◇

「なぁ、エステル。次はなんだった？」

黒髪黒目の少年が、夜の森で焚き火《たび》を眺めながら問いかける。

何も知らぬ者からすれば、この少年が大英雄アレクであるとは信じられぬだろう。

「いえ、その……アレク様」

焚き火の側《そば》で夕食の用意をしていた、美しきエルフの女性が応えた。

金色の長髪は月明かりを含んでいるかのように淡い光を纏《まと》っており、翠玉《すいぎょく》の瞳は焚き火の明かりに照らされて芸術品のような輝きを放っている。

二十代後半ほどに見えるが、実年齢は三百を優に超えている筈《はず》だ。

エルフとダークエルフの戦争を終わらせてくれた救国の英雄アレクに深く感謝をした彼女は、以来彼に付き従うようにして行動を共にしている。

「もう、全て終わったのです……」

エルフは火にかけた鍋を気まずそうにかき混ぜながら、アレクの最初の問いに答えた。

「終わり？　……そうか、もう終わりか」

ここ数年、少年は『滅びの予言書』と呼ばれる書物に記された情報を許《もと》に行動していた。

その予言書には、やがて訪れる世界の破滅について記されている。

面白いことに、一つ目をもし乗り越えても二つ目の危機が、それを乗り越えても——と
続き、最終的な世界崩壊の危機は七つも存在するとされていた。

しかも、それが特定の三年間に集中するというのだ。

アレクは戯《たわむ》れに一つ目の危機が起こるとされた場所に赴《おもむ》き、予言書が本物であると確認。

以降、全ての危機に直面し、これを解決してきた。

「じゃあ、今日ぶん殴った大精霊で、予言は終わりか？」

「は、はい。アレク様のお力によって、世界には魔法が戻りました。また同じことが起こ
らぬよう、人類は今後、精霊への敬意を忘れぬよう気をつけることでしょう」

この世界の人類が使う魔法は、かつて精霊に授けられたものだ。

精霊の言霊《ことだま》という呪文を念じ、自らの魔力を捧げることで発動する。

問題は、魔法を放ったあとに残る魔力の残滓《ざんし》だ。

それらは風に巻き上げられ、世界を巡り、やがて精霊の糧《かて》となる。

本来、魔法とは精霊への感謝と共に、清い心で使わねばならない。

人間が自然への敬意を忘れ、悪事、戦争、快適だが自然に害のある生活などに魔法を利

用し続けたことで、それらの念が魔力の欠片《かけら》に宿り、それを取り込んだ精霊たちに穢《けが》れが蓄積。清浄な存在であった精霊たちは人間の欲望によって汚染され、その自我が歪《ゆが》み、最終的には暴走。人間に授けた言霊を無効化し、人間を襲うようになった。

魔力だけあっても魔法は発動しない。そうして、人類からは魔法が失われた。

人間の自業自得《じごうじとく》とも言えたが、アレクは大精霊と戦える好機と捉えた。

最終的にアレクは大精霊を打倒し、彼らに蓄積した汚れをも浄化。精霊たちはアレクに深く感謝し、条件付きではあるものの、人類に再び言霊を授けることに同意した。

「三年か……それなりには楽しめたな」

アレクの望みは強くなること。

その為《ため》に、強敵や乗り越えるべき危機を探し求めて世界中を旅していた。

彼にとっては武者修行でも、その過程で救われた者たちにとってアレクは英雄そのもの。

エステルだけでなく、アレクを主《あるじ》と仰ぎ付き従う者は大勢いた。

「アレク様の偉業は、千年の時を超えても語り継がれることでしょう」

美しきエルフが誇らしげに語る。

「千年、か。さすがに、そんなには生きられんしなぁ。エステルなら別か？」

「エルフでも、千年を超えて生きる者は稀《まれ》です」

「ならば、俺もお前も千年後は確かめられんな」

「世界を七度も救った者を、歴史が忘却することなど有り得ません！」

冗談っぽく笑うアレクに、エステルはそう熱弁する。

「まぁ、千年後のことよりも、俺は明日以降が憂鬱でならんよ」

「……次なる敵をお探しに？」

「あぁ、見つかるといいが」

まだ少年だというのに、アレクは強くなり過ぎた。彼は世界で唯一、精霊の言霊に頼らない魔法を創造し、魔法使いでありながら近接戦においても無類の強さを誇る。

どんな武人も、どんな種族も、どんな危機も、彼には敵《かな》わない。強さの極致に達してしまったアレクにとって、これ以上強くなる為の糧がないことが、一番の悩みであった。

「少なくとも、この大陸にはアレク様の脅威となる者は見つからないでしょう」

「悲しいことを言うな」

エステルはこの大陸と言ったが、より正確には、世界中を見回してもアレクの脅威となる者は存在しない。

アレクという少年は、この時代における最強の存在になってしまったのだ。

「……す、少し、戦いとは関係のないことを考えてもよろしいのではないでしょうか？」

完成したスープを椀《わん》に掬《すく》い、エステルはそれをアレクに渡しながら切り出した。

どういうわけか彼女の頬は紅潮し、心なしか緊張しているようにも見える。

「ふむ。というと、一人での鍛錬か？」

キノコや野草の入ったスープを、アレクはずずずと啜《すす》る。素朴で、安心するような味だ。

「いえ、そういうことではなく。アレク様くらいの年頃の人間族は、恋愛に興味を持ち始めるものだと聞いたものですからっ」

「恋愛？　あぁ、そういえばウェスは最近、恋人が出来たとか言っていたな」

ウェスというのはアレクの幼馴染《おさななじみ》の青年で、魔法使いとしてはアレクに次ぐ実力者だ。

今回は同行していないが、長くアレクと共に世界を回っている仲間の一人。

アレクと異なり、強くなること以外にも関心を向けており、人助けにも積極的。

「そ、そうです！　ウェスさんのように、恋人を作られてはいかがでしょう？」

エステルは自分の分のスープをよそうのも忘れて、そわそわしだす。

「ふぅむ……そうは言うがな、俺には恋愛感情というものが分からんのだ」

他の人間を見ていると、自分は特別情が薄いのかもしれない、と感じることがある。

アレクには親がおらず、両親からの愛情というものを経験したことがない。

しかし、同じ境遇の幼馴染ウェスは、アレクと違って心の温かい人間だ。

だから、育った環境とは関係のないところで、アレクは何かが欠落しているのだろう。

自分を慕う者たちをなんとも思わないわけではないし、愛着もあれば信頼も置いているが、強くなりたいという気持ちが強すぎて、他の感情や欲求が希薄なのだった。

「い、今まで気になった女性などは？」

エステルの問いに、しばし記憶を探る。

「ん……竜族の姫や、四枚羽の天使長、吸血鬼の女王に、千人殺しの死神も強かったな」

エステルが困ったような顔になったあと、なんとかといった具合に言葉を絞り出す。

「……彼女たちと、交際したいとお考えになったことは？」

「何故《なぜ》だ？」

エステルは頭を抱えてしまった。

スープを飲まなくてもよいのだろうか、とアレクはそんなことを考える。

エステルは、奮起するように顔を上げて、再度口を開く。

「で、では、お聞きしたいのですが。アレク様が恋人を作る必要に駆られたとします」

「ほう。恋仲の二人でなければ参加できない戦いなどがあれば、あるいは……」

「一旦、戦いから離れていただければと……」

「お前は難しいことを言うな……まぁよい。俺は恋人を作らなければならない。こう……

なんだ、種の存続？　とかな、あるのだろうな理由が」

アレクは無駄話を好まないが、それに付き合うだけの好感をエステルには抱いている。アレクが己の思うまま好き勝手に過ごせるのも、それを支えてくれる仲間あってのことだ。彼ら彼女らがいなければ、旅はもう少し窮屈なものになっていたことだろう。

エステルは自分の要望通り戦いと恋愛を切り離してくれたことに「ありがとうございます」と感謝してから「恋人を作ると言っても、誰でもよい、とはいきません」と続けた。

「そうなるだろうな」

戦いにしてもそうだ。実力の開きすぎた者が相手では、強さの糧にはならない。

恋愛でもそういうことが起こるというのは、理解できる話だ。

「では、アレク様がご自身の恋人候補に条件を設けるとして、どのような要素が不可欠となりますでしょうか」

アレクは頭を捻《ひね》る。そしてしばらくして、幼馴染の言葉を思い出した。

いつだったか、ウェスが恋人を『対等なパートナー』と表現していたではないか、と。

恋人関係にある者たちに上下はないのだ。

王と配下のような関係ではなく、相棒同士のようなもの。そう考えると、アレクが恋人を作る場合であっても、互いに対等だと思える相手を見つける必要がある。

つまり、エステルの問いに対する答えはこうだ。

「それはもちろん、対等な者であろうな」

アレクは、精神的な意味で自分を対等に扱ってくれる者、という意味で言った。

エステルは、戦闘能力的な意味でアレクと対等に戦える者、という意味で受け取った。

「た、対等、ですか。それは……難しいですね」

「そうか……」

エステルが言うならばそうなのだろうと、アレクは納得する。

ということは、自分には一生恋人は出来ないということになる。求めていたわけではないのに、探しても見つからないと言われると、どこか残念な気持ちになるアレク。

そんなアレクの様子を見て、エステルは大いに慌てた。

「あ、アレク様⁉　どうか悲しまないで下さい！　今この瞬間はおらずとも、運命の相手は未来で見つかるかもしれないのですから！」

「未来？」

その言葉に、アレクは何かを閃《ひらめ》きかける。

新しいアイディアの源を見つけたような、そんな感覚に襲われたのだ。

「はい！　未来のことは誰にも分かりません！　アレク様に並び立つ女性が出現する可能

性は充分にあるものと考えます！」

──そうだ！　未来だ！

アレクは気づいた。この時代にはもう、自分と競い合えるような相手も、自分が乗り越えるべき危機も存在しない。だが、未来ならばどうか。

たとえば百年や千年も経《た》てば、新たな強者は育まれているのではないか。

「未来、か。それは名案かもしれん」

アレクは普通の人間族なので、百年後となると生きていたとしても寿命ギリギリだ。

そんな状態では、満足に戦うことは出来ないだろう。

未来という発想はいいが、この肉体のまま時を渡る術《すべ》がなければ話にならない。

──創るか。

アレクは己の力で魔法を創成することが出来る。

若さを保ったまま、未来に渡る魔法。

『時空』属性とでも名付けようか。それを生み出し、操ることが出来れば……。

「ほ、本当ですか⁉」

アレクの胸中など知りようがないエステルは、自分のアイディアをアレクが認めてくれたと歓喜に全身を震わせる。

「エステルよ。俺は先の世へと渡る魔法を創り出してみせるぞ」

「……っ！　承知致しました！　恋人の件は必ずやわたくしがなんとか致しますので！」

この時、アレクが「恋人とはなんのことだ？」とでも言っていれば、二人はすれ違わずに済んだのかもしれない。

しかし、アレクはアレクで新たに閃いた時空属性に夢中になっており、この時代のアレクとエステルは、最後まですれ違ったまま別れることになるのだった。

◇

そこから一ヶ月で、アレクは時空属性の創成に成功した。

アレクが未来へ行くと告げた際の仲間の反応は様々。

引き止める者や、自分もついていくと聞かない者、背中を押す者もいた。

アレクは、自分の人生最初のライバルにして、この時代の最後まで自分に次ぐ実力者であった幼馴染のウェスも誘ってみたのだが、彼には断られてしまった。

恋人と共に、自分の生まれた時代を生きていきたいとのこと。

己の生まれた時代への帰属意識のようなものだろうか。アレクには理解ができない。

世界中の危機を救ってきたとはいえ、少年は特定の国や集団に属しているわけではない。

強いて言えば、アレクを長とした集団が形成されていたが、彼らもアレクが消えれば自分たちの居場所を新たに見つけることだろう。

「エステルよ」

決行の日。多くの仲間に囲まれる中、仲間の一人が所有する屋敷《やしき》の庭で、アレクは石棺の前に立っていた。

「はい、アレク様」

エステルが神妙な顔で頷《うなず》く。

「前にも言ったが、この魔法は対象の時を操るもの。俺は己の肉体の時を止めることで加齢の静止を試みる。魔法が解けるまでの間、意識のない状態で不老となるわけだ」

「はい」

「だがこれには問題が二つある。一つ目は、この俺を以《もっ》てしても、百年単位で効力を発揮する魔法を正確に操るのは難しい、ということ」

「体の時が一度止まってしまえば、自分で魔法は動かせない。故にアレク様は発動時に数百年分の魔力を込める必要がありますが、この計算は非常に困難……ということですね」

「あぁ。まぁ百年は保《も》つだろうが、何分《なにぶん》初めてのことだからな。二百年後か三百年後か、自分でもいつ目覚めるのかが読めん」

「何百年であろうと、お待ちしております」

エステルの翠玉《すいぎょく》の瞳には、強い決意の光が宿っていた。

「うむ、頼んだぞ。二つ目は、目覚めるまでの俺の肉体の管理だ。自分では動けんからな、どこか安全な場所に置いておいてほしいのだが」

「そちらもお任せ下さい。大陸最大の王墓にも劣らぬ立派な臥所《ふしど》を建てさせますので！」

エステルに続いて、何人かの仲間がうんうんと力強く頷いている。

「……そうか、ならば安心だな」

数百年後も残るような構造物だったら、先の世では観光名所になっているかもしれんな、とどうでもいいことを考えるアレク。

仲間たちとの別れは既に済ませており、今更語らうことはない。

一度だけ彼らを見回したアレクは、言葉を掛けることなく石棺の中に入る。

この石棺には事前に自分に掛けるのと同じ魔法を掛けているので、劣化どころか損傷も受け付けない。自分を数百年後まで守ってくれる、特別製のベッドとなるだろう。

少年は石棺の中で仰向けになる。

「アレク様……っ」

蓋棺《がいかん》の役目を担《にな》ったエステルが、潤んだ瞳でアレクを見下ろすのが見えた。

「泣くな、お前とは今生の別れでもあるまい」

エステル以外の者も泣いているのか、洟《はな》を啜《すす》るような音や声を押し殺すような気配が伝わってくる。アレクは後ろ髪を引かれる思いを感じなくもなかったが、決意は揺るがない。

「必ずや、アレク様が目覚めるに相応《ふさわ》しい世にしてみせますので！」

エステルは誓った。

絶対にアレク様の花嫁に相応しい女の子たちを育成してみせる、と。

「俺の身体を任せたぞ、エステル。お前ならば信じられる」

アレクは託した。

エステルにならば、数百年にも及ぶ期間だろうと、己の肉体の管理を任せられる、と。

「はい、アレク様。我が国の救世主、わたくしの恩人、世界最後の英雄よ。再びお逢《あ》いできる日を、今日この日より心待ちにしております」

翠玉の瞳から絞られた一粒の涙が、石棺の中に落ちた。

「あぁ」

それを最後に、棺《ひつぎ》の蓋が動かされ、閉じていく。

棺が完全に閉じるその刹那、アレクは時空属性魔法を発動――己の時を止めた。

第一章◇最後の英雄の最後と未来

「ふむ」

思いの外、ぬるっとした起床だった。

目が覚めたアレクは、石で出来た棺の蓋を軽々と持ち上げ、適当に放る。

石棺の中と変わらぬ漆黒の闇が広がる中、蓋の落ちた音がずしん……と響いた。

光属性魔法で明かりを灯《とも》すと、そこが屋内で、広々とした空間であると分かる。

床も壁も石で出来ており、パーティーでも開催出来そうな程に広い。

「……エステルのやつ、有言実行というわけか？」

石棺は部屋の中央の祭壇のようなものの上に配置されていた。

アレクは棺から出ると、久方ぶりに地に足をつける。とはいっても、本人の意識では瞬《まばた》きしたようなもので、眠っていたような感覚さえないのだが。

視線を巡らせ、この部屋が定期的に手入れされているのを確認。

埃《ほこり》一つ落ちていないことから、随分と丁寧に掃除がされているようだ。

「まずはどれだけ寝ていたか確かめんとな……ん？」

アレクは外へと出るべく、風属性魔法の応用で周辺空間の構造や地形を把握したのだが。

そこで、見知った魔力反応を探知。

どうやら彼女は、この建物の屋上でアレクを待っているようだ。

アレクは今しがた把握した建物内の構造を頭の中に思い浮かべながら、上へ上と向かう。

途中、思い出したように己の魔力を制御。彼の魔力は強すぎて、そうしないと周辺の魔法使いが警戒したり、普通の人間や動物の場合は気分が悪くなったりしてしまうのだ。

進むことしばらく、石造りの螺旋《らせん》階段に辿《たど》り着《つ》き、それを上がっていく。

階段の果てに扉があり、それを開くと、二つの美しきものが目に入った。

一つは、絶景。緑豊かな森が朝日に照らされており、遠くには壁と街らしきものもある。

もう一つは、エルフの美女だ。彼女はアレクの前に膝をつき、臣下の礼をとっている。

「お待ちしておりました、アレク様」

黄金を紡《つむ》いだような金の髪も、翠玉に命を吹き込んだかのような瞳も、白雲から色をとったような美しい肌も、尖《とが》った長い耳も、頭部についた飾りも健在。

「おう、エステルか。さっきぶりだな」

アレクの感覚からすれば事実であり、エステルにとっては久方ぶりの再会。

てっきり自分の冗談に笑ってくれるものと思っていたアレクだが、その予想は外れる。

「うっうっ、アレク様ぁ……」

エステルは滂沱《ぼうだ》と涙を流しながら、アレクに縋《すが》り付《つ》いてきた。

「ど、どうしたエステル。大丈夫か？」

魔法戦闘ならば不測の事態さえ楽しめるアレクだが、女性の涙を目にすると、どうしていいか分からなくなってしまう。それが信頼する仲間ともなれば特に。

アレクのこととなるとやたらと元気になることがあったが、それを除けばエステルは淑《しと》やかで怜悧《れいり》な女性であった。

彼女がこんな感情的に取り乱すのを見たのは、故郷が戦禍に見舞われていた時が最後だ。

アレクが問うても彼女はぎゅうっと少年にしがみつくばかりで、言葉らしい言葉を紡げずにいる。「復活したぞ」「お久しぶりです」というやりとりを想定していたアレクは、戸惑いつつも考える。

そして、幼馴染《おさななじみ》のウェスのことを思い出す。かつて、こんなことがあった。

街で、親とはぐれたという幼子を発見。その子供がやけに大泣きしていたのだが、ウェスがあることをしたら安心したのか泣き止《な》《や》んだ。ウェスという男の持つ柔らかい雰囲気もあってのことだとは理解しているが、他に思いつく手段もない。

アレクは意を決し、そっと――エステルの頭を撫《な》でた。

「よしよし。落ち着け。俺は復活を果たした。存分に確かめることを許す」

ぎこちない手付きで、彼女のすべらかな髪をゆっくりと撫で続ける。

えっぐえっぐと泣いていたエステルだが、しばらくすると、その呼吸が落ち着いてきた。

顔をあげたエステルの顔は、大泣きしたあとの子供みたいにぐしゃぐしゃだったが、不思議なことにそれは彼女の美しさを何ら損なうことはなかった。

アレクは服の袖で、彼女の涙、次に洟《はな》を拭ってやる。

「落ち着いたか？」

「ほ、本物のアレク様なのですね」

彼女はアレクの実在を確かめるように、ぺたぺたさすさすとアレクの身体《からだ》を撫で回す。

「なんだ、俺が寝ている間に、偽者《にせもの》でも出現したか？」

「はい。十四人ほど。アレク様の名を騙《かた》って民から金を巻き上げていた者や、アレク様を直接目にしたことがない小国に取り入って要職についていた魔法使いもおりました。この他、死した大英雄の声が聞こえると抜かした自称霊能者や、己をアレク様の生まれ変わりだと嘯《うそぶ》く大罪人なども数名。数には入れていませんが、一時はアレク様の名を騙って女を口説こうとする輩《やから》も湧きまして……まぁ全員二度と口が開けぬようにしてやりましたが」

淀《よど》みなく話すエステルの瞳は、普段と異なり黒く淀んでいるようにも見えた。

「お、おう、そうか。不届き者への対処、ご苦労」

「もったいないお言葉です！」

少年が褒めると、エステルの瞳がきらきらとした輝きを取り戻す。

アレクは「うむ」と鷹揚《おうよう》に頷き、しばし二人の視線が絡《から》み合《あ》う。

エステルは感涙の涙を目の端に浮かべていたが、途中で固まった。

己を見下ろし、自分がアレクに縋り付いていたことを認識。

アレクの袖を見て、自分の涙と洟で汚れていることを確認。

「あ、あ、あ、わ、わたくしはなんてことを！」

冷静さを取り戻したエステルは、そのまま一瞬で動転した。

「いい、気にするな」

「死に値する不敬をもお許しになるとは……！　な、なんという慈悲のお心！」

「なんだそれは……。それよりも、立てるか？」

アレクは彼女に向かって手を差し出す。

「あぁ……！　わたくしのような無礼者を許し、手を差し伸べて下さるだなんて……！」

アレクの手をそっと摑《つか》んだエステルは、だらしなく頰を緩ませながらも即応。

立ち上がると、彼女の衣装が目に入る。ところどころに金色の刺繍《ししゅう》が施された、濃い緑のローブは実に魔法使いらしいもの。だが、その中が問題だった。

白い生地は必要最低限しか彼女の身体を覆っておらず、豊満な胸部は谷間を含めた大部分が晒《さら》されている他、へそ周りも見えている。また下半身には辛《かろ》うじて前垂れの如《ごと》く生地が下がっているが、左右から彼女の白く美しい足が覗《のぞ》いており、どうにも心許《こころもと》ない。

三百年前とは違うエステルの衣装に、アレクは若干戸惑いつつも、指摘はしなかった。

「まずは、お前に感謝を伝えねばな。よくぞ俺が目覚めるまで待っていてくれた」

「当然のことです！」

「それに、寝所《しんじょ》も随分と立派なものを用意してくれた」

どうやら、塔のような形状をしているようだ。

二人は今最上階にいるのだが、ここには展望用の空間のみが用意されている。

「本当は天をも貫く規模にしたかったのですが、技術的な問題と金銭的な問題から頓挫いたしまして。改築計画を立てたのですがなぜか周囲の者の反対に遭い……。偉大なるアレク様のお体が眠る場所にしては、些《いささ》か地味であったことをお詫《わ》びいたします！」

「俺は満足だ。お前は特別なことをしてくれた。お前に俺の身体を任せてよかった」

「……っ！」

エステルが口許《くちもと》を押さえてボロボロと泣き出してしまう。

――こんなに涙もろいやつだったろうか。

アレクからすれば十数分ぶりの再会だが、彼女からすれば違う。

この温度差も仕方がないのかもしれない。

「あー、エステル。色々と確かめたいことがあるのだが、大丈夫か？」

「も、もちろんです！　わたくしのことなどお気になさらず！　先程頂いたお褒めの言葉を魂に深く刻みこみ、あまりの喜びに噎《むせ》び泣いていただけですので！」

「そうか……」

アレクはもう気にしないことにした。強くなるコツは、適応することだ。

「まず最初に――俺が眠ってからどれだけ経《た》った？」

「三百十二年五ヶ月三日と一時間三十四分二十四……五、六、七……」

「……秒刻みか。お前はさすがだな」

エステルがエルフ耳をぴくぴく揺らしながら、誇らしげな顔になる。

「しかし三百年、か……。ならば、かつての仲間で生きている者は数名か」

単に知己《ちき》というだけならば、エルフの森にでも行けば大勢残っているだろうが……アレクと行動を共にした仲間たちの大半は、通常百年も生きぬ種族だった。

「……はい。わたくしが所在を把握しているのは、吸血鬼のハルトヴィヒくらいでして」

「ほう？」

ハルトヴィヒは、人類の家畜化を目論《もくろ》んだ吸血鬼の一団の中でも、特に優れた戦士だった。吸血鬼の多くはアレクとの戦いで滅びたが、ハルトヴィヒは戦いに負けたあとで降伏。アレクの臣下になると誓い、実際にそれ以来忠実に仕えていた。

アレクが未来に行くと告げた時、背中を押してくれた人物でもある。

「奴《やつ》も壮健か？」

「ええ、まぁ……。現在は、わたくしの許《もと》で働いています。無論、我々の主《あるじ》はアレク様ただお一人ですが、運営組織の都合上、わたくしが彼を雇用しており――」

と、エステルが何やら説明しだす。

「よく分からんが、行動を共にしているのだな？」

「はい、今はそのようなご理解で問題ないかと」

「そうか。再会したら、どれだけ強くなったか確かめてやらんとな」

「……そう、ですね」

エステルが、どこか拗《す》ねるように呟《つぶや》いた。そこで、アレクは己の失態に気づく。

「あぁ、すまん。再会の順で言えばお前が最初だったな。どうだ、一つ手合わせでも」

エステルは非常に優秀な魔法使いだったが、戦意というものに欠けていた。

しかし三百年経った今、彼女の魔法の腕は確実に上がっている。

彼女は彼女で、修練を積んでいたのだ。

ならば、好敵手候補に数えないわけにはいくまい、とアレクは考える。

「お心遣い、感謝いたします。ですが、まずはご覧頂きたいものがあるのです」

エステルは平常心を装《よそお》っていたが、唇が嬉《うれ》しそうにむにむにと動いていた。

少年が言葉を間違えたわけではなさそうだが、今すぐ手合わせするつもりもないようだ。

「そうか。ならば、修業の成果を見せたくなった時は言え。お前の三百年に興味がある」

「はい、必ず」

「それで、見せたいものとは？　お前が俺をここに呼び寄せた理由もそこにあるのか？」

「……さすがはアレク様。お気づきでしたか」

「俺の目覚めについては、魔力の綻びなどからおおよそ予測できるとして、だ。忠臣であるお前が、石棺の間《ま》ではなくこの場所で俺を待つというのは些か不自然だからな」

アレクの体に掛けられた時空属性魔法。その魔力は、時を減るごとに消費されていく。

時が止まっているアレク本人には意識しようがないが、外で彼を守っていたエステルからすれば、そろそろ起きるかもしれないと予測が立てられてもおかしくない。

だが彼女ならば、目覚めてすぐのアレクを石棺の前で待つ方が自然。

しかし彼女は、この塔の頂上で待っていた。

起きてすぐのアレクに、ここに来てほしかったのだ。

「主君を呼び寄せるような真似《まね》をしてしまい、申し訳――」

「構わん。それよりも説明を頼む。あれは――なんだ？」

森の切れ目にそびえる壁。その向こうに見える広大な土地と施設。

アレクはとっくに気づいていた。

あの土地には、数百もの、魔法使いの反応があったのだ。

「はい。こちらは、わたくしが設立した――魔法使いを育成する教育機関です」

◇

アレクとエステルは風属性魔法によって空を飛びながら、移動を開始。

森と学園とを区切る壁と門を越え、改めて上空から学園の敷地《しきち》を見下ろす。

眼下に広がる景色に、アレクは感嘆の声を漏らした。

「ほう……！　これが、魔法使いの教育機関か」

広大な敷地内には、校舎と思《おぼ》しき建造物や野外演習場、生徒たちが暮らしているであろう寄宿舎などの様々な施設が見られた。

一番分かりやすいのは、敷地内を歩く少女たちの年齢と、彼女たちがみな似たような衣装に身を包んでいることだ。

生徒たちが纏《まと》うローブの色や制服の細部には違いが見られるが、何か理由があるのか。とにかく。エステルは三百年の間に、このように立派な魔法学園を設立・運営していたのかと、アレクは感慨深くなる。

学園を設立した彼女は、今もその長を務めているという。吸血鬼のハルトヴィヒは講師として雇われているから、彼女の部下のようなもの、という説明だったのか。

「それにしても、エステルよ。お前には育成者としてのずば抜けた才があるようだな。この俺が戦うに値すると思える者が、最低でも四人はいるぞ……いや、五人。もっとか」

魔力を隠すのが上手《うま》い者もいるようで、正確なところはアレクにも判然としない。

魔力感知能力の感度を上げれば可能だが、それをすると相手にも力を探っていることを気取られる恐れがある。今、それをする必要性は感じなかった。

「お褒めに与《あずか》り光栄でございます」

「しかし、エステルよ」

「なんでしょうか、アレク様」

「生徒に少女が多すぎやしないか？　いや、女生徒しかいないと言うべきか」

「……？」

エステルは不思議そうに首を傾《かし》げている。

アレクは、自分が何か妙なことを口にしただろうかと考えた。

「俺の勘違いであれば正してほしいのだが、お前は俺と対等に戦える者を、自らの手で育てようと考えこの学園を設立したのだろう？」

「その通りにございます」

「お前ほどの忠義者は他にはいない。俺は感動しているぞ」

「あぁ……！　そこまで仰《おっしゃ》っていただけるとは！　このエステル、三百年の労力が報われる思いです！」

エステルは歓喜に身を捩《よじ》り、己の震えを止めるかのように自身の肩を掻《か》き抱《いだ》く。

「しかし、だ。魔法の才は男にも宿るもの。何故《なぜ》少女ばかりを集めているのだ？」

「はい？」

「うむ？」

エステルが首を傾げ、固まり、そして——青い顔になる。

「……あ、アレク様は、もしかして、殿方がお好きで？」

「好き？　何の話をしているのだお前は」

「え、ですから、わたくしはアレク様と対等な存在、すなわち恋人となり得る魔法使いを育てるべく、当学園──『アルヴス聖杖《せいじょう》女学園』を設立したのであって……もしアレク様の恋愛対象が殿方であったのなら計画は瓦解《がかい》するといいますか……」

「待て待て話が見えん。お前はあくまで、俺の好敵手候補を育成しようとしたのではないのか？　恋人というのはどこから出て──あ」

アレクの脳裏に、いつかのエステルとの会話内容がよぎる。

彼にしてみれば、一ヶ月前の出来事だ。思い出すのはそう難しくなかった。

そういえば、自分が未来へ行く魔法について考えついたのは、エステルが恋人うんぬんの話をしてきた時だったではないか、と。あの時は時空魔法のことで頭がいっぱいになっていたが、エステルはそのまま恋人関連の話が続いていると勘違いしていた……？

つまり、アレクが恋人を求めて未来に渡るのだと思い込み、その為《ため》に学園を創設した？

「……あ、アレク様？」

数百年の時を経て、少年は忠心篤《あつ》きエルフとの間に、認識のズレがあったことに気づく。

「こ、この学園は女学園である、というのは、分かった」

「は、はい」

「一応、設立した目的を、改めて聞かせてもらえるか？」

「も、もちろんです。当学園は、アレク様と並び立つに相応《ふさわ》しい女性魔法使いを育成する為に設立されました。現在では訳あってその目的は形式的なものとされていますが、特別優秀な者にはアレク様の花嫁候補として『姫』の称号が与えられ、これは大陸有数の魔法使いの証明ともなっています」

「……お前は、俺の花嫁候補を育てる学園を作ったのだな」

「はい！　当学園は『最後の英雄に捧《ささ》ぐ花嫁学園』——あるいは単に『花嫁学園』とも呼ばれております。……一部の心無い者は『最後の英雄に捧ぐ後宮《ハーレム》学園』などと揶揄《やゆ》しているようですが、いずれ全員消すのでご安心ください！」

エステルは輝かんばかりの笑顔で言う。

「そうか……そうかー」

なんか思ってたのと違ったなぁ、とアレクは胸中で困惑するが、それも一瞬のこと。

——まぁいいか。

アレクは持ち前の適応力で、三百年越しのすれ違いを片付ける。

今更それを指摘して、エステルの努力にケチをつけるような真似をするつもりもない。

問題は一つ。

先程のアレクの発言によって、何か間違えたかと不安そうな顔になっているエステルだ。

アレクは安心させるべく、彼女にふっと微笑《ほほえ》みかけた。

「いや、なんでもない。どうやら目覚めたばかりで、少し混乱していたようだ」

彼女に真実を告げるくらいならば、自分がボケていたと思われた方がよいだろう。

という判断だったのだが、エステルはその発言に動転する。

「だ、大丈夫なのですか⁉　はっ、まさか時空魔法に副作用が⁉　す、すぐさま保健室に参りましょう！　当校の保険医は大変優秀ですのでご安心ください！　学生時代には『神《しん》癒《ゆ》姫』の称号を獲得しその治癒魔法の腕前は大陸随一で――」

「いや、問題ない。普通の眠りと変わらん。まぁ、少々寝ぼけていただけだ。ははは」

笑って誤魔化そうとするも、エステルは本気で心配している様子。

「い、いえしかし、御身《おんみ》に万が一のことがあっては……」

「分かった、分かった。ではあとでその『神癒姫』のところへ顔を出す。だが今は、お前の作り上げた学園を素直に称賛させてくれ。正直驚いたぞ」

エステルはそれを聞き、ほっとしたような顔をしたあと、喜色満面となる。

「あ、アレク様？」

「あ、ありがとうございます！　わたくしも、学園がこれほどの規模になるとは思っていませんでしたので、驚かれるのもご無理のないことかと！」

なんとか誤魔化しきれたようだ。アレクは内心で一息つく。

「目覚める時代が選べないのが時空魔法の難点だったが、お前のおかげで楽しめそうだ」

「アレク様の強運あってこそかと。今の世代は『姫』の在籍数が歴代最多ですから」

「ほう？　先程からお前が言っている、俺の花嫁候補というやつか」

数百名を超える学生たちの魔力反応の中でも、特別優れた数名がいる。

それが『姫』というやつだろうか、とアレクはあたりをつけた。

「はい。……悔しいことに、三百年という時の流れによって、現代ではアレク様の復活を信じる者はとても少なく、『姫』もあくまで称号のような扱いをされているのが実情です。が、しかし！　彼女たちもアレク様を直接目の当《ま》たり《あ》にすれば、同じ魔法使いとして尊崇《そんすう》の念を抱かざるを得ないでしょう！」

考えてみれば頷《うなず》ける話だ。

三百年前の出来事を実体験として語れる者が、この時代にはほとんどいない。

そうなれば、アレクの力量も『歴史』や『伝説』でしかなく、時空魔法による復活など与太話にしか聞こえないだろう。

直接目の当たりにするまで、それを信じることが出来ない者は珍しくない。

かつても、魔法を見るまでアレクをただのガキだと舐《な》めてかかっていた者は大勢いた。

「俺は別に、英雄視されたいわけではないがな」

そういった称号は、好き勝手生きた自分に誰かが付けたものに過ぎない。

「そのようなことを仰らないでください！　今の世界があるのはアレク様のご活躍あってこそ！　今日の出来事は救世主の復活に他ならないのです！　……あ、これって国の祝日に指定すべきでは？　後で王都に直訴しませんと」

昔から忠誠心の高いエルフではあったが、三百年の間にそれが薄れるどころか濃くなっているようにアレクには感じられた。

アレクには、自分についた称号の数や歴史的な評価よりも、エステルが長い時を経ても自分を思っていてくれたことの方が、よほど価値があるように思える。無数の他人より一人の仲間の方が大事、というだけのことなので、わざわざ口にはしなかったが。

「エステルよ」

「はっ、はい！」

アレクが考えている間も何やらぶつぶつと呟《つぶや》いていたエステルが、現実に戻ってくる。

「今の世に、俺の復活を心より信じる者は少ない。そうだな？」

「ま、誠に申し訳なく――」

「謝るな。時の流れの為《な》すことだ。それよりも、今後のことだが」

「はい！　早速、世界各地に散らばった『姫』を緊急招集いたします！　あ、ご安心ください周辺の都市や当校で勤務している『姫』もおりますのでアレク様をお待たせすることはないかと！　卒業生ですので多少年上の女性たちにはなりますが――」

「俺はこの学園に入る」

「――――え？」

エステルの端整な顔は、呆気《あっけ》にとられた表情になっても美しさを損なわない。

「俺に並び立つ魔法使いも気になるが、なによりもこれだけの魔法使いを育成した学園に興味がある。生徒として通えばその秘訣《ひけつ》も分かるというもの。それに、お前の言う花嫁候補たちとも交流が持てるではないか」

アレクは正直なところ、心躍っていた。

数百年あったところで、二人か三人でも好敵手が見つかればよい方だと思っていた。

しかしエステルは三百年前にはなかった魔法学園を創設し、アレクの興味を引くだけの実力者を複数名育て上げている。卒業生を含めれば、その数は二桁か三桁か。

思えば、アレクは自分を強くすることばかりに秀《ひい》でており、エステルのように周囲を強くするということは考えたことがなかった。

優秀な配下エステルの築き上げた強き魔法使いの育て方というものに興味が湧いたのだ。

それに、学生生活というのも悪くない。

三百年前であれば、少し魔法を使っただけで誰もがアレクの強さに慄《おのの》いたものだが、幸いにしてこの学園には多くの才が集まっている。

アレクが多少暴れたところで、気後れせずに接してくれる者もいるやもしれない。

「あの、あの、えぇとですね、アレク様。当学園は、実は、女学園なのですが」

エステルは目を泳がせ、どう説明したものかと恐る恐る言葉を紡《つむ》ぐ。

「はっはっは。エステル、我が忠臣、悠久の友よ。そんなことは分かっている」

「も、申し訳ございません。ですので、その――」

「みなまで言うな」

制するように手を掲げたアレクを見て、エステルはほっとすると同時、己の失態に恥じ入る。最後の英雄アレクが、女学園に男は入学出来ないなんてそんな基本的なことを見落とすわけがないじゃないか。それなのに何故言うまでもないことをあたかも諫言《かんげん》するかのごとく吐いてしまったのだ、あぁ穴があったら入りたい、無いなら掘って入りたい、と。

そんなエステルの胸中には気づかず、アレクは自信満々に、こう言った。

「つまり――女装すればよいのだろう？」

その時、エステルの脳内を以下のような言葉が駆け巡った。「女装⁉　女装すれば女学園に通ってもいい？」「――そんなわけがないでしょう！」「女学園という言葉の意味をご存じで？」「そもそも、アレク様の花嫁を育成する学園にアレク様が入学するとはどういうことですか！」「ご自分でご自分の花嫁になるとでも⁉」この間、約一秒。

エステルは脳内に溢《あふ》れかえる言葉の数々を、鋼の精神と篤き忠誠心によって抑え込み。

つい先程復活を果たしたばかりの、敬愛すべき己の恩人に、なんとか笑顔でこう返した。

「…………はい、さすがはアレク様です」

三百年の時が経《た》ち、大陸でも有数の影響力を持つに至ったエルフの大賢者も、アレクには弱かった。

エステルは祈る。

自分のこの無理矢理浮かべた笑みに、アレク様が疑問を持ちませんように、と。

そして、彼が満足するまで、誰も彼の女装に気づきませんように、と。

エステルは同時に悟っていた。

……無理でしょうね、と。絶対バレるに決まっているじゃないですか、と。

しかしそんなこと、わくわくした様子の恩人に言えるわけがないのだった。

◇

「と、とりあえずアレク様。学園内にわたくしが寝泊まりしている施設がありますので、そちらへ参りましょう。じょ、女装するに必要な道具などを用意いたしますので」

「うむ。さすがエステル。お前は話が早くていいな」

「……も、もったいないお言葉です」

その施設までの道中は、誰にも気づかれることはなかった。主に空を飛んでいたというのもあるし、アレクやエステルは魔力を隠すのに長《た》けている。これから少女に化けようというのに、少年の姿で注目を引くわけにはいかないと考えてのことだ。

到着したのは、二階建ての住居前。一人で暮らすには充分な大きさだが、広大な敷地《しきち》を誇る学園の長の為《ため》の施設にしては、少々こぢんまりしているようにも思える。

それに、補修はされているようだが、どうにも古めかしい。

「ここは、まだこの土地が学園になるよりずっと前、土地を購入した段階で自分用に建てたものでして、以来ずっと使用しているのです」

「ほう、お前と三百年を共にした盟友、というわけだ」

「ふふふ、そうですね。何度か手は加えていますが、ずっとわたくしと共にいてくれた、大事な我が家です」

「俺が入っても構わないのか？」

「もちろんですとも！　わたくしのものは、すなわちアレク様のものですので！」

大事な我が家を一瞬で明け渡すエステルだった。

「お前のものはお前のものだ。だがまぁ、問題がないのならば邪魔するぞ」

「はい。あぁ、本来ならば盛大に、国を挙げてのおもてなしをすべきなのですが……！」

エステルは強く拳を握り、悔しそうに言う。そんな彼女の様子を見て、アレクは苦笑。

「いい、いい、気にするな。俺の目覚めは俺にも予測できなかったことだ」

「必ずや、日を改めまして！」

「それよりもお前は先程言っていた準備の方を頼む。その間、俺は中で待っていよう」

「承知いたしました。どうぞ我が家のようにお寛《くつろ》ぎ下さい」

エステルは鍵を開けると、すぐさま風属性魔法でどこかへ飛んでいった。

アレクは扉を開き、室内に踏み入った。

入ってすぐに居間があり、木製の食卓と椅子が二脚。少し離れた位置にはソファとテーブルも置かれている。家は綺麗《きれい》に片付いているが、本が多い。

一冊手にとってみると『最後の英雄アレクの軌跡～エルフの森はこうして救われた～』とあった。『著・エステル＝アルヴス』とも書いてある。

副題の異なる同名タイトルのシリーズがあるらしく、どれも著者はエステルだった。

「学園の運営だけでなく、作家業にまで手を伸ばしていたのか。その上、魔法の腕も向上していることを考えると……やはり優秀な奴だな」

アレクはエステルの行動に関して驚くのをやめていた。ただ受け入れるのみである。

記憶と照らし合わせながら、シリーズ初巻はどれだろうかと探していると——物音。

「師匠？　帰ってきたんですか？」

声は家の奥から聞こえる。

——同居人がいるとは聞いていないぞ、エステル。

エステルは優秀だが、うっかりしているところもある。

まったく仕方のないやつだ、とアレクは寛容に受け止めた。

「そういえばさっき墓所の方からとんでもない魔力を感じましたけど、大丈夫ですか？　あれってアレク様が眠ってる場所ですよね？　賊ですか？　いや、師匠がいる時にあそこを狙う間抜けはいないと思いますけど」

その声は少女のもののようにも聞こえるが、どこか聞き覚えがあるようにも感じられた。

アレクは訝《いぶか》しく思いながら、返事をするわけにもいかないので沈黙を貫く。

「あ、ちなみにサボりじゃないですよ？　ブルー寮との模擬戦闘でサラがあたしの上に氷塊落とそうとしてきて、慌てて溶かしたらズブ濡《ぬ》れになったものだからお風呂《ふろ》に——」

言い訳のような言葉を紡ぎながら居間にやってきたのは、アレクのよく知る人物だった。

赤い髪は記憶より長く、紅の瞳は記憶よりツリ目がちで、線の細い身体《からだ》は記憶よりも小さく、先程からの話し方はまるで少女のようで、風呂上がりなのはいいとしてもバスタオルを胸の位置で巻いている上、胸筋にしては膨らみに富んでいるのが奇妙ではあるが。

その人物は、アレクに次ぐ魔法の腕を持つ幼馴染《おさななじみ》——ウェスだった。

「なんだ！　やはりお前も未来に来たのではないか！」

アレクは幼馴染の顔を見て、子供のように笑う。

「なっ」

突然の再会に驚いているのか、ウェスが固まった。

アレクは構わず彼に近づき、その肩に腕を回す。

「そうかそうか！　エステルの奴《やつ》め、俺を驚かせようと黙っていたな！」

「なっ、なっ、なっ」

未来へ行くことに躊躇《ためら》いはなかったが、アレクという人間にとって、幼い頃から切磋琢《せっさたく》磨《ま》して育った幼馴染は特別な存在だった。

　アレクを最強と認めたあとも、アレクに勝とうと努力を続けたのは彼だけだったのだ。

「まったくお前という奴は！　己が生まれた時代を恋人と共に生きたいと言っていたくせに、やはり強くなることを諦めきれなかったのだろう？　さすがは我が友だ！」

　アレクは嬉《うれ》しさのあまり彼の頭を掻《か》き抱《いだ》き、くしゃくしゃに撫《な》で回《まわ》す。風呂上がりで濡れていたが構うものか。あの時代に残るという親友の決断は尊重したが、やはり未来でも高め合いたかったというのが本音。それが叶《かな》ったと感じ、アレクははしゃいでいた。

「それにしてもお前、やけにいい匂いがするな。それに妙に身体が柔らかくないか？　数百年前は香油などつけていなかったし、身体もそこそこ鍛えていただろう？　何があった。というかそもそも、どうやってこの時代に？　——いや待て、当ててやろう。俺の完成させた時空魔法を見て、再現したんじゃないか？　そうだろう？」

「……ね」

「あぁ！　分かったぞ！　お前も俺と同じことを考え、この学園に通っているのではないか？　ははは、お前は昔から女と間違われる、綺麗な顔をしていたものな。にしても、凄《すさ》まじい完成度だな。これでは本物の美少女だぞ！　俺も気合いを入れねばならんか」

　アレクは、ウェスも自分同様に女装して学園に通っているのだと納得したのだが。

「死ね不審者――――――ッ！！」

瞬間、アレクは膨大な魔力の高まりを感知。

咄嗟《とっさ》にウェスから離れるのと、アレクに向かって巨岩の如《ごと》き火炎球が放たれるのは同時。

高威力の火属性魔法だ。

「はっはっは、いい火力ではないか！」

アレクは即座に風属性魔法を組み上げ、火炎球に手を翳《かざ》す。

精霊の言霊《ことだま》を詠唱し、そこに魔力を乗せることで奇跡を起こすのが――精霊魔法だ。

この言霊は念じるだけでもよいので、わざわざ口に出す魔法使いは少ない。

汎用性が高く便利だが、それ故に魔法に詳しい者ほど、その詳細を把握している。

このレベルの火炎球の場合は――酸素を奪うことで掻き消えてしまう。

「なっ⁉」

「咄嗟の魔法としては及第点だが、敵の干渉を防ぐべく風属性を組み込み酸素の支配権を確保すべきだし、もっと言うならば火炎球の核に土塊でも用意しておけばより効果的だぞ。敵がなんとか火を消したところに、急速に飛来する熱せられた土塊が衝突するわけだからな。まぁお人好《ひとよ》しのお前はそのような手は使わんか。――で、何故《なぜ》いきなり攻撃を？」

「あ、あ、有り得ない！」

驚愕《きょうがく》した様子でこちらを見る幼馴染に、アレクは首を傾《かし》げる。

「おい、なんだその甲高い声は。俺の前でも、女のフリを続けるつもりか？ ……まぁ、いい。今の魔法、目覚めたばかりの俺が鈍《なま》ってやいないかと確かめたのだろう？ どうだ、合格か？ それにしても、有り得ないとはなんだ有り得ないとは」

アレクが再び近づこうとすると、ウェスは怯《おび》えたように後ずさる。

そこでようやく、アレクも何かがおかしいということに気がついた。

そして次の瞬間、アレクは自分が重大な勘違いをしていたことに気づいた。

ウェスだと思っていた人物からバスタオルが落ち、裸体が露《あら》わになったからだ。

バスタオルの膨らみは胸筋などではなかったのだと、実物を目にして知る。

目に映ったのは間違いなく――女のものだった。

「……なんだと？」

幼馴染のウェスが、実は女だった――わけではない。

つまり、目の前の人物は女装したウェスではなく――ウェスに似ているだけの別人？

「こ、こ、来ないで！」

少女は自分の魔法が通じなかったのが余程予想外だったのか、小さく震えていた。

まるで自宅に不審者が押し入って自分に襲いかかってきた上、なけなしの反撃も通じなかった時のような怯えようだ。

いや、少女にとってはまさにその通りのことが起きているのだ、とアレクは理解する。

「……どうやら俺は、何か勘違いしていたようだ」

冷静になって思い返してみれば、言っていることもウェスらしからぬものであった。

どうしたものか、とアレクは悩む。

「さ、さっきの魔法を感知して、すぐに誰かが来るんだからね！　うちの師匠は学園長かつ『第三聖杖《せいじょう》』にして『森林姫』のエステル＝アルヴスなんだから！　あんたなんて一瞬で花の養分よ！　それが嫌だったら尻尾巻いて逃げることね！」

先程の魔法は見事なものだったが、それが防がれたことへの動揺で魔力操作に乱れが生じているようだ。二発目以降を放てないのは、上手《うま》く魔力を制御できていないから。

アレクは取《と》り敢《あ》えず、風属性魔法で落ちたバスタオルを浮かせ、彼女の裸を隠す。

「な、何する気⁉　はっ！　これであたしを拘束しようってのね⁉　艶本《えんぼん》みたいに！　艶本みたいに‼」

「すまなかった」

「え？」

アレクの謝罪に、少女はぽかんとする。

「古き友とお前があまりに似ていたもので、よく確かめもせず再会できたものと勘違いしてしまったのだ。怖がらせるつもりはなかったが、俺が悪い。すまなかったな」

十数秒ほど沈黙が続いたが、少女は恐る恐る宙に浮くバスタオルを手に取り、己の身体に巻き付け、キッとこちらを睨《にら》む。

「むちゃくちゃな言い訳ね、この不審者。そもそも学園関係者でもない男がなんで敷地内《しきち》にいるのよ。それもあたしと師匠の家に！」

「お前の師匠はエステルなのだろう？　あいつが入れてくれたのだ」

「そんなわけないでしょ！　師匠が家に男を招くとしたら、そんなの師匠の恩人で初恋の人で世界を救ったとかいう――『最後の英雄』アレク様くらいなんだから！」

――エステルよ、今、お前の弟子がお前の初恋の相手を暴露してしまったぞ。

もうじき帰ってくるであろう彼女と顔を合わせた時、どう対応すればよいのだろうか、とアレクに悩みが生まれる。

「俺がそのアレクだ」

「――はぁ!?　あんたねぇ、嘘《うそ》をつくにももう少しマシなものがあるでしょ！」

まったく信じてもらえず、アレクは改めて時の流れを突きつけられる。

三百年とは、それほどまでの力を持つのだ。人を歴史に、過去に変えてしまう。

かといってアレクが魔力を本気で解放すれば、学園中の者が気づいてしまうだろう。

寝起きに漏れた魔力程度で、門番や眼《め》の前の少女が反応していたくらいだ。

今から学園に入学しようというのに、それは本意ではない。

「困ったな。お前が本当にウェスだったのならば、何も問題はなかったのだが」

「……ウェス？　今、ウェスって言ったの？」

少女がアレクの言葉に反応する。

「ん？　知っているのか？　先程話した、古き友の名だ」

少女の眼光が更に鋭さを増した。

「……へぇ、下調べをしてきたのねヘンタイ侵入者。確かに『第一聖杖』のウェスといえば、英雄アレク様の親友だものね。アレク様ごっこをするなら、当然押さえておくべき名前だわ。それに、あたしがその子孫だってことも知ってたんでしょう？　じゃああたしと遭遇してからの演技は、ぜーんぶ自分がアレク様だっていう設定でやってた寸劇ってこと？　――一体何を考えてるわけ!?」

不審者どころか、得体の知れない悪魔でも見るような視線を向けられるアレク。

だが、少年が気になったのはそこではない。

「……待て、お前がウェスの子孫だと？」

「今更しらばっくれても無駄よ！　知っててうちを狙ったんでしょ！」

「ウェスの奴、ネスティとの間に子供が生まれたのか！　その血が三百年も続き、今はエステルの教え子になっている、と？」

ネスティというのは、ウェスの恋人の名だ。

「まだ言うわけ⁉　いいから目的を話しなさい！」

「俺の目的は、強くなることだ。その為《ため》には競い合える者が必要だろう？　この時代であれば、それに出逢《であ》えると期待していたのだが……」

魔力感知をしてみると、目の前の少女は確かにウェスではない。だがアレクが期待した魔力反応の一つであった。つまりこの少女も『姫』を冠する者の一人、ということになる。

だが、これまでの展開を踏まえて考えると……。

「ウェスの子孫でこの程度ならば、俺の期待は間違っていたかもしれんな」

「……は？」

ぶわりと、少女の魔力が高まっていくのをアレクは感じた。

「今あんた、初代様をバカにしたわけ？　幼少から世界最強が隣にいたのに、屈折することなくまっすぐに努力を続け。無茶ばかりする英雄に振り回されながらも数々の戦場で彼を支え。親友が自分勝手な理由でどこかへ消えても、彼の残したものを守るべく死ぬまで友情に尽くした『第一聖杖』『最善の魔法使い』ウェスト＝ヴェスタを愚弄したわけ？」

底冷えするような声と共に放たれる彼女の静かな怒りに、しかしアレクは動じない。

「奴《やつ》のことは、俺自身が一番よく分かっている。お前に説明してもらう必要はない」

少女の魔力は更に上昇していた。アレクはそれを見て、彼女への評価を改める。

――不審者ごときで魔力操作が覚束《おぼつか》なくなったかと思えば、怒りに火がついたことで驚異的な魔力の伸びを見せる。

――感情次第で実力が乱高下するタイプか！

ウェスは安定して強いタイプだったが、子孫が同じタイプとは限らない。

「訂正しよう、俺はお前への評価を早まったようだ」

「黙りなさい。今からあんたは燃えて灰になるわけだけど、あたしは慈悲深いから選ばせてあげるわ」

「ほう、何をだ？」

「あんたの灰を撒《ま》く場所よ。山がいい？　海がいい？　それともお花畑とか？　希望の場所を言いなさい」

アレクは笑う。

「どうでもいい」

「じゃあ、消し炭になったあとは、風に吹かれるままどこへなりと消えていくがいいわ」

爆発的に上昇した少女の魔力が、魔法の火矢へと変換されていく。

「『紅焔姫《こうえんき》』ヴェル＝ヴェスタの名において、あんたを火刑に処す」

◇

という流れで、『最後の英雄』アレクは少女にヘンタイ扱いされてしまったわけだ。

だが、そんなことは最早些細《もはやささい》なことだった。

少女の発した戦姫魔法《エンゲージ》という魔法。

妙な名前こそついているが、間違いなく――魔法の創生であった。

三百年前は世界で一人――アレクしか辿《たど》り着《つ》けなかった領域。少年が精霊に頼らず時空属性を編み出したように、この少女もまた己の実力のみで新たなる魔法を創造したのだ。

命を持つ、火炎の怪鳥。

「はははははッ！　そうか、俺以外にも到達者が現れたか！　素晴らしい！　魔力量は申し分ないが、威力はどうだ？　ある程度の自律行動をとる魔法なのだろうが、そこに魔力を割いて火力が下がるのでは意味がないぞ！　まぁ、受けてみれば分かることだな……！」

アレクは歓喜の叫びを上げながらも、魔法の用意をする。

そして、激突の瞬間が――訪れることはなかった。

「お、お待たせいたしましたアレク様！　申し訳ございません！　ウィッグの準備に手間取りまして――って、なんですかこの状況は⁉」

怪鳥がアレクに襲いかかる寸前、腕にカゴを抱えたエステルが帰ってきた。彼女は家の外にいたアレクの許《もと》へ風魔法で近づいてきたが、そこでようやく怪鳥に気づいたらしい。

「師匠⁉　危ないから退《ど》いてそこにいたら巻き込まれ――って、今なんて？」

少女の魔法が中断され、魔力が急速に萎《しぼ》んでいく。

怪鳥は陽炎《かげろう》のように揺らぎ、消えてしまった。

「……エステルよ、もう少し遅れてもよかったのだぞ」

エステルは何も悪くないが、ヴェルの全力を味わうことが出来なかったことが、アレクは残念でならない。

「も、申し訳ございません……！　ま、まさかヴェルがいるとは思わず」

そしてエステルはバスタオル姿の少女を見つめ、それからアレクの先程の発言を反芻《はんすう》し、どういうわけか頬を朱色に染めた。

「わ、わたくしったらとんだ失礼を！」

「いや、謝ることはない」

「アレク様！　あ、あの！　寝室は二階になります！」

エステルは盛大に勘違いをしているようだ、とアレクは気づく。

「師匠⁉　な、何言ってるんですか！」

少女は驚愕《きょうがく》に目を見開いた。

「恥ずかしがらずともいいのよ。覚醒直後のアレク様に見初められるなんて、貴女《あなた》の師匠として誇らしいわ。……べ、別に、弟子に先を越されただなんて思っていないから、安心して頂戴。それはそれとして、事が済んだあとは詳細をレポートにして提出するのよ？」

「…………………」

ヴェルと呼ばれた少女は、信じられないという顔をして、固まる。

十数秒後、なんとかといった具合に口を開いた。

「し、師匠。あの、その、まさか、この男が、師匠が待ち望んでいたアレク様だなんて、言いませんよね？　『エルフの森の救世主』『真祖狩り』『邪竜殺し』『巨人討ち』『悪神封じ』『降星《こうせい》砕き』『津波割り』『精霊祓《ばら》い』で『七つの滅亡を覆《くつがえ》した男』ですよ？　歴史家が『最後の英雄』と呼び、師匠や初代様を含めた『十三人の聖杖使い』を率いて戦った人類史の大恩人が……こいつ？」

――幾つかの異名に聞き覚えがないが、確かに俺がやったことを指しているようだな。

時代を経て、己の行いが歴史となっているのだと、アレクは不思議な感覚を味わった。

聖杖《せいじょう》というのは、アレクの仲間の中でも特に優秀な者たちに与えられた称号だ。

ウェスやエステル、吸血鬼のハルトヴィヒなどがそう呼ばれていた。

「何を言っているの？　分かっていて、おもてなししていたのではないの？」

「おもてなしって……。あ、ああああ、有り得ないしっ！」

顔を真っ赤にしたヴェルの叫びが、空に響いた。

◇

三十分後。エステル宅。衣装部屋。

アレクは、エステルに言われるままに、衣装を何度も着替えていた。「これでは身体《からだ》のラインが……」「アレク様に、す、スカートを穿《は》かせちゃったりして……」「身体をすっぽり覆う衣装にすれば話は早い気もしますが、のちのち制服を着ることを考えると……」などなど、エステルの納得のいく格好には、中々辿り着かないようだ。

ヴェルは、アレクの着替えに赤面したり、二人の行動に戸惑いながらも、部屋から出ていくことなく、話しかけてきた。

「……じゃあ、この男……この人が『最後の英雄』アレク様本人で、彼は三百年前の時点で時空属性を完成させていて、数百年も効力が持続するほどの魔法を発動させていて、それが今日解けて、さっき師匠と再会して、それでここにやってきた――ってこと？」

ヴェルの総括に、エステルが優美に頷《うなず》く。

「さすがはわたくしの弟子、理解が早いのね」

「うわ……じゃあ、師匠の言ってたことって、全部本当だったんだ……」

己の師に褒められているというのに、ヴェルという少女は浮かない顔をしていた。

「ヴェルよ、お前は何故《なぜ》消沈している」

アレクに声を掛けられたヴェルは、キッとアレクを睨《にら》むが、その顔は何故か赤い。

「あ、当たり前でしょ！　この『アルヴス聖杖女学園』が世間でどう呼ばれているかを考えれば、落ち込みもするわよ！」

「ヴェル？　アレク様への口の利《き》き方が――」

「いい、エステル。好きに喋《しゃべ》らせろ」

「アレク様がそう仰《おっしゃ》るのなら……」

エステルは不満そうだったが、それ以上は食い下がらなかった。

アレクは誰かに話し方を強制したことはないし、するつもりもない。

ひとまず、衣装に関しては、女学園の制服を着てみることになった。

次はカツラだ。これもエステルがどこから仕入れてきたのか、かなりの種類がある。

「この学園の別名は、さっきも話に出てきた『花嫁学園』だな?」

アレクはカツラの着脱を繰り返しながら、ヴェルとの会話を続行。

「そ、そうよ! 貴方《あなた》が本物ってことは、その! 卒業生も在校生も、みんな、貴方の
……お、お、お嫁さん……候補ってことになっちゃうじゃない!」

ヴェルの顔は、髪色にも劣らぬほど真っ赤に染まっていた。

先程もそうだったが、お嫁さんと口にするのがよほど恥ずかしいらしい。

「お前たちは、それを理解した上で学園に入学したわけではないのか?」

「建前上はね!」

彼女の反応に、アレクは「ふむ」と頷いてから、続ける。

「理解できる話ではあるな。神への感謝から始まった祭典が、時の流れによって『祭典』

という部分だけが残り、神への感謝が建前に成り下がる、という例を見たことがある」

再会直後のエステルも言っていたが、アレクの花嫁云々《うんぬん》は、今は称号に過ぎないのだ。

まさか本当に復活するとは思ってもみなかった……なんて者が大半なのだろう。

「しかしエステルよ。改めて考えると、よく俺の花嫁を育成する学園などというものを創設できたな？」

当時のアレクの行いを考えれば、こんな奇っ怪な学園が許可されてもおかしくはない。

アレクはそれほど世界に貢献した。

だが、エステルが学園を創設した時には、アレクはもう世界から姿を消していたのだ。

本人不在でこのような学園が設立できたのは、他に何か理由があったように思える。

ちなみにカツラは、エステルの反応がよかった、黒髪ストレートのロングに決定。

「アレク様が歴史の表舞台から消えたことで、大陸は世界最強の英雄を失うことになりましたが、当時は『滅びの予言書』に記されていた七つの滅びの余韻が残っておりました。あ、アレク様、お次は化粧を施しますので、こちらへ」

アレクは彼女の言葉に頷きながら、促されるままに化粧台の前の椅子に腰掛ける。

「俺が時空属性を完成させたのは、最後の予言を覆してから一月後のことだったからな。他の予言の被害地域も、そう簡単に忘れはしないだろう」

「はい。滅亡とはいかずとも、世界には日々問題が起こるものです。そういった事態への対抗策として、世界は優秀な魔法使いを求めていました」

エステルが取り出した化粧道具の数は膨大で、アレクはその一つ一つに用途があり、エステルはその全てを使いこなせるのか……と感心を覚える。

アレクに理解出来たのは、この部屋に来る前に済ませておいた洗顔くらいのものだ。

「なるほど。そこに、俺の仲間であるお前が魔法使いを育成する学園を設立すると言えば、反対する者はおらんか。むしろ、依頼が押し寄せそうであるな」

「さすがアレク様、見事なご慧眼《けいがん》です。実際、わたくしの許へ依頼が殺到致しました」

色んな国の人間がエステルに押しかける様が、アレクには容易に思い浮かべられた。

そんなアレクに、エステルが化粧水、美容液、乳液、日焼け止めを塗っていく。

しかも、これでまだ準備段階だと聞き、アレクは内心驚いた。

「……でも師匠、それだと、女学園で押し通す根拠が弱くないですか？」

「簡単よ。世界は『次代の英雄』を求めたけれど、アレク様の配下たるわたくしがそのような計画に協力することは出来ない。そこで『アレク様に並び立つ女性魔法使いを育成し、言葉の上で「最後の英雄の花嫁」とすれば、わたくしは彼への忠節を尽くせるし、世界は次代の英雄を手にできる』という理屈が捏《こ》ね上《あ》げられたのね」

エステルはアレクへの忠義から、そのままでは魔法使い育成に協力しない。

そこで、『最後の英雄アレクの花嫁に相応《ふさわ》しい、彼に並び立つような魔法使いを育成する』という建前を用意。アレクは『最後の英雄』と呼ばれ続けるし、エステルの教育によって優れた魔法使いは輩出され続ける。

もちろん、そういった流れになることまで含めて、エステルの思惑通りだったのだろう。

「考えたな」

「ふふふ、全てはアレク様の願いを叶《かな》える為《ため》ですから！」

アレクが消えたことで、世界はアレク級の魔法使いを強く欲《ほっ》し、そうした希望とエステルの思惑が絡《から》み合《あ》い、花嫁学園が創立された。

そして三百年の時を経て、アレクが興味をそそられるだけの魔法使いが何人も在籍するほどの機関へと発展を遂げたわけだ。

「……ま、まぁ、実際師匠のおかげで、魔法使いの水準は大きく上がったし」

アレクは感心していたが、ヴェルは微妙な顔をしている。

「それで、実際に危機は訪れたのか？」

「いえ、『七つの滅び』に匹敵する規模のものは何も。愚かしいことに、アレク様が勝ち取った大精霊との盟約を軽んじて、報いを受けた者たちはおりましたが」

かつて人類は精霊の怒りによって言霊《ことだま》を没収されたが、それも三百年前のこと。

当時を知らぬ世代が、魔法で罪を犯そうとしたこともあるだろう。だが、問題はない。

アレクと大精霊が交わした新たな契約では、罪を犯した者のみが言霊を剝奪される。

試合形式、殺意なき魔法、合意の上での魔法戦闘など、罪にならぬ範囲の取り決めも行ったが、アレクは仲間の忠言もあって、これを人類には共有していない。

盟約の詳細を知れば、必ずその隙をついて悪行を為《な》そうとする者が現れる。

だが、罰則はあるがルールが曖昧という状態ならば、試すことさえ恐れるだろう。

何せ、試行錯誤して罪に抵触したら、二度と魔法が使えなくなるのだ。

「今も魔獣は人類の脅威ですから、その討伐が魔法使いの主な仕事となっています」

説明しながらも、エステルはパウダーパフを片手に、手際《てぎわ》よくアレクの顔にファンデーションを塗っていく。アレクは、こころなしか自分の肌にツヤが出ているように感じた。

「そうか……」

魔獣とは、魔法でしか有効なダメージを与えられない生き物の総称だ。

中でも獣の姿をしたものは凶暴で、人間を襲う。その性質上、魔法使いでなければ対応できないので、魔獣討伐は魔法使いの仕事となっている。

「でも油断出来ませんよね？　いつまた世界滅亡の危機が訪れるか分からないわけで」

「ええ、その時が訪れても大丈夫なように、貴女たちを育ててきたつもりよ」

「……『最後の英雄』に捧《ささ》げる為じゃなくてですか？」

「それもあるわ」

弟子のジトリとした視線を受けながら、師であるエステルは堂々と認めた。

「もうっ！」

「冗談よ。第一、恋愛において最も大事なのは、お互いの意思。『姫』だからアレク様がお気に召すとは限らないし、『姫』がアレク様を受け入れるかは本人次第でしょう？　無理やりなんてことはないから、安心なさい」

「そりゃまぁ、そうですけど……」

ヴェルは完全には納得出来ていないようだった。

「先程から、お前は何か納得出来ていないようだが、何故だ？」

アレクが問う。ヴェルの方を向きたかったのだが、エステルに「動かないでください」と真剣な顔で言われてしまったので、鏡面でヴェルを確認。

エステルは筆状の道具を握り、アレクの眉を書き足していた。

「そりゃ、目の前にいるのが三百年前の英雄って言われて、すぐ納得出来るわけないし」

「それだけか？」

ヴェルはエステルに視線を向け、気まずそうな顔になる。

「どうしたのです、ヴェル。言いたいことがあるのなら言いなさい」

言いつつ、エステルはアレクから視線を外さない。

「だ、だって、師匠から聞いてた話と色々違うっていうか……」

　ヴェルはアレクをちらちらと見ながら言う。

「どこがかしら？」

「師匠言ってましたよね？　『アレク様は絶世の美男子で、王のような風格を備え、一国の大将軍のような覇気を纏い、一度《ひとたび》魔力を解放すれば大気が震え、その魔法は隕石《いんせき》をも砕く』って」

　エステルにはアレクがそう映っていたようだ。

「それがなんだというの？」

「全っ然違うじゃないですか⁉」

「貴女《あなた》、一体何を言っているの？」

　ヴェルの叫びに対し、エステルはまるで理解出来ない、という顔をした。

「こっちのセリフですから！」

「アレク様、申し訳ございません。うちの弟子は魔法の才には秀《ひい》でているのですが……」

「構わん」

「あ、あたしがおかしいの……？」

　ヴェルは不安そうな顔になってしまう。

「わたくしは何一つ嘘《うそ》は言っていないので」

「じゃ、じゃあ、美男子とか覇気は個人の感覚ってことにして。魔力はどうなんです？」

「アレク様の魔力が、どうかしたのかしら？」

「少し前にあった大きな魔力の動きは、この人のものなんですよね？」

「ええ、アレク様がお目覚めになった直後のものね」

エステルが頬を緩ませながら嬉《うれ》しそうに言う。

「あの魔力は確かに凄《すご》かったけど、『最後の英雄』レベルかと言われると微妙だし」

疑念を滲《にじ》ませたヴェルの視線を受け、アレクは首を傾《かし》げた。

「それはそうだ。すぐに抑えたからな」

「抑えた？」

「体内を巡る魔力だけで、俺は周辺環境に影響を及ぼすようなのでな。日頃からそれが表に出ぬよう抑えているのだ。先程は目覚めたばかりで、それが遅れたに過ぎん」

ヴェルが疑うような視線のまま、確認を求めるようにエステルを見た。

エステルは当然のように頷《うなず》きながら、アレクの目許《めもと》への演出を終える。

鏡の中のアレクは、キリッとした大きな目をしていた。

「ってことは、さっきのは漏れ出た体内魔力に過ぎなくて、今あんたから感じる微妙な魔力は、実力を抑えている状態ってこと？」

「その通りだ」

あらゆる生き物が魔力を生み出せるが、それを自分の意思で操れるのは極一部のみ。

その極一部だけが、魔法使いになれる。

優秀な魔法使いほど己の魔力量を抑えて生活し、必要な時に解放するのだ。

それでもやはり、完全に抑えきることは出来ないので、魔力感知能力に優れた者であれば強者を見抜くことは可能。

ヴェルはアレクの魔力を感知したが、伝説ほどの強者とは思えなかったのだろう。

「俺は一時期、魔力制御を極めようとしていてな、その成果がこれだ。俺はやろうと思えば、己を一般人のように見せることも、熟練魔法使いに見せることも可能だ。今は、学園内を魔力感知した際に導き出した、平均的な生徒の魔力量を再現している」

ヴェルが目を見開いた。エステルはブラシで頰紅を操り、真面目な顔をしていた。

「本物の『最後の英雄』なら、それくらい出来るかも知れないけど。……ん？　なんで平均的な生徒の魔力量なのよ？　本物のアレク様なら復活を隠す必要なんてないじゃない」

確かに、周辺環境に影響を及ぼさない範囲で、魔力を明らかにするという手もある。

「あぁ、言っていなかったか？　俺はこの学園に通うことにしたのだ」

「は？」

ヴェルの顔が固まる。

「だが、本気の俺は世界最強だ。そのような編入生など、あまりに怪しかろう？　故に、周囲に馴染《なじ》むべく今は魔力を抑えているのだ。つまり、潜入の為の擬態だな」

「は？」

エステルが「しばしお静かに」と言うので、アレクは口を閉じた。

そこへ、エステルが丁寧に口紅を引いていく。そして、待つことしばらく。

「こ、これでよし！　出来ました！」

「うむ。エステル、ご苦労であったな。お前のおかげで、女装が出来たぞ」

「アレク様の為ならば、どのようなことでも……！」

「どうだヴェルよ。女学生のお前から見て、俺は──少女に見えているか？」

立ち上がったアレクを見て、ヴェルは、三度《みたび》言った。

「は？」

「お、お美しいですよ、アレク様！」

エステルはだらしない笑顔でアレクを眺めている。今にもよだれを垂らしそうな顔だ。

「お前の化粧の腕がよかったのだな。にしても、こんなにも時間が掛かるとは。化粧とい

うものが、あれほど大変だとは思わなんだ」

「人によるかとは思いますが……。強力な魔法の発動に時間を要するように、己の美しさを高めるのも簡単ではないのです。最近では、殿方も化粧をするようですので、アレク様も覚えておいて損はないかと」

「ほう。お前が言うのなら、覚えるのも悪くはないかもな」

アレクは改めて鏡に映る自分を見つめる。

「うむ、見た目は問題ないように思うが、どうにも、何かが足りんような……」

「……立ち振舞いでしょ」

先程からしばらく固まっていたヴェルが、いつの間にか復活したらしく、何やら呟《つぶや》く。

「ん？　どうしたヴェルよ」

ヴェルは聞こえよがしに大きく溜《た》め息《いき》をついてから、アレクに近づいてきた。

「まず足、そんな開かない！」アレクは足を閉じた。「なんで腰に手を当ててるのよ！」

アレクは両手を腹の前で控えめに合わせた。「顎引いて！　微笑《ほほえ》みは控えめに！　あと歩く時は――」と、その後もヴェルの指導は続き――三十分後。

「これならどうだ？」

淡く微笑んだアレクを見て、エステルが胸を押さえて床に膝をつく。

「絶世の美女にございます、アレク様！」

「……ま、まぁまぁなんじゃない？」

ヴェルは素っ気なく答えるが、その顔はどこか赤く、少し悔しげでもあった。

「助かったぞヴェル。しかし何故《なぜ》急に助力を申し出たのだ？　お前の態度を思えば、反対しそうなものだが」

「別に。あんたをアレク様だと完全に信じたわけじゃないけど、師匠が嘘をつくとも思ってないわ。それに、あんたが学園に入りたいなら、いい機会だと思ったのよ」

「いい機会？」

「ええ。うちの学園は大陸屈指の名門校。編入には厳しい条件があるわ。特に実技は難関よ。学園の講師を務める元『姫』と一対一の魔法戦で、善戦する必要があるの。あんたが魔力を完全制御しているにしても、ある程度は解放しないと合格出来ないでしょうね？」

なるほど、とアレクは納得する。

ヴェルは、その編入試験でアレクの実力を確かめたい。

だから、試験を受けられるように、完璧な女装に協力したわけだ。

「ねぇ、師匠。最後の英雄は、時空属性で時を超えたんですよね？」

「……貴女まだ疑っているのね。ウェスさんとアレク様は無二の親友だったというのに」

「だからこそです。本当に初代様の親友なのか、あたしは徹底的に検証しますからね！」

――そういえば、どのような経緯でウェスの子孫がエステルの弟子になったのか。

アレクは少し気になったが、わざわざ問うことはしなかった。

ウェスもエステルも元々アレクの仲間だったわけだし、彼の子孫がエステルの世話になっていてもおかしくはない。

それよりも、今は編入試験に興味を惹《ひ》かれている。

「編入希望者は試験を受ける。これが通常の手続きであるのなら、俺も受けるべきだろう。『姫』と呼ばれる魔法使いとの戦いは、俺の望むところでもある」

「そ、そうですね。で、では僭越《せんえつ》ながら、試験官はわたくしが――」

エステルは、強くなった自分をアレクに披露する絶好の機会を得た、と内心喜んでいた。

「師匠！　ここはメーヴィス先生がいいと思います！」

しかし、そこで愛弟子《まなでし》ヴェルが割って入った。

「メーヴィス先生は歴代の『姫』の中でも五本の指に入る実力者よ！　あの人が最強って声も沢山あるんだから！」

「最強⁉　それはいい！　この時代の最強候補を見定めようではないか」

「いや、見定められるのはあんただから！」

「え、あ……で、ではそのように」

アレクの望みならば仕方がないと思いつつも、落胆を隠せないエステル。

そんなエステルを見て、アレクは柔らかい声を掛けた。

「落ち込むな、エステル。お前の力はまた別の機会に見せてくれればいい」

「は、はい！」

一瞬で、エステルの顔に花が咲くような笑みが浮かぶ。尊敬する師が尊大な少年にデレデレしている様に、ヴェルはなんともいえない表情になった。

「……そういえば、声はどうするの？　女の子で通すには難しくない？」

「あぁ、それに関しては問題ない」

アレクは己の口内に風属性魔法を掛ける。

「『これでどうだ？　……どうかしら？』」

エステルとヴェルが目を見開く。

「な、なにその声⁉」

「……風魔法の応用で、己の声の響きを調整しているのですか？」

「『そうよ？　エステルの化粧にヴェルの指導、そしてこの魔法が合わされば、女装が見抜かれることもないでしょうね』」

「き、きもい……完璧すぎてきもいわ！」

ヴェルは己の肩を掻《か》き抱《いだ》きながら震える。

「ヴェル！　失礼でしょう！」

「完璧ならよいではないか」

「も、戻った……。極力、声を変える魔法は使わないで頂戴。なんかゾクッとするから」

「そうか？　まぁ、俺も女性らしい話し方はどうにも慣れんが……」

「いえ、見事でした！　さすがはアレク様です！」

エステルは精一杯フォローする。

「『ありがとう、学園長』」

「だからやめなさいって！」

「……っ！　学園長……アレク様がわたくしを学園長って……！」

これまで配下として仕えていたアレクに講師として仰がれることに、エステルは妙な感慨と喜びを感じるようだった。

「師匠も恍惚《こうこつ》とした顔をしないで下さい！　あーもう！　この場にまともな人があたししかいない！　とにかく、声を変える魔法はなし！」

第二章◇最後の英雄と時獄姫

メーヴィス＝パルカーは天才だった。

そして同時に、夢見がちな乙女でもあった。

『最後の英雄』の活躍に胸を躍らせた彼女は、その花嫁に強い憧れを抱いていた。

彼女は花嫁学園に入学し、青春全てを魔法の道へ捧《ささ》げ、精霊に頼らぬ魔法を編み出し、『姫』の称号を獲得し、卒業から十年経《た》った今も歴代最強候補として語られている。

若い頃は、アレクが復活すると心から信じていた。

そして自分を奥さんにしてくれるのだ……なんて妄想もした。二十代も半ばに差し掛かってきた頃、「あれ？　もしかして復活しないのでは？」と考えるようになった。

白馬の王子様の出現を信じられる時間には、限りがあると知った。

十代の時にあった無尽蔵に湧いてくる自信と運命を確信する謎の活力は失われ、あとに残ったのは婚期を逃した女性魔法使いだった。

歴史上の偉人に恋をし、女学園に通い、卒業後は母校に就職した彼女に、男性との接点はほとんどなかった。

あったとしても、メーヴィスの魔法の才にしか興味がない者や、逆にメーヴィスの実力に気後れしてしまう者ばかりで、男性への苦手意識ばかりが育っていった。

この時代、この国では、十代で結婚する者も珍しくない。学校に通えるような者の方が少数派で、そうでない者は十代で子供を生むこともあった。

それでいくと、メーヴィスは完全に結婚の機を逸《いっ》しているといえた。

どれくらい機を逸しているかというと、たまに会う両親さえも完全に諦めており『結婚』というワードを口にしなくなるほどに逸していた。

唯一の救いは、生徒たちに慕われていることだろう。

今日も、編入試験で試験官を務めるのがメーヴィスだという情報がどこからか広まったのか、屋外の演習場に生徒たちが大勢詰めかけていた。

「メーヴィス先生ー！」「今日も綺麗《きれい》ー！」「あぁ、なんて完璧な魔力制御！」「相手の子かわいそー」「むしろ羨ましくない？」「わたしも先生に魔法見てほしー」

きゃぴきゃぴとした声が沢山向けられる。それは二十八歳のメーヴィスには眩《まぶ》しささえ感じるものだったが、可愛《かわい》い生徒たちの声援だ、笑顔で応える。

するとまた黄色い声が上がる。

あぁ……若い女の子たちには大人気なんだけどなぁ、とメーヴィスは思った。

なんで彼氏は一人もできないのだろう、と。

黒く艶めいた長い髪も、理知的な瞳も、クールな印象を強める黒縁の眼鏡も、整った顔の造形も、スラッとした体型も、豊満な胸部も、厳しくも親しみやすさを感じる性格も、生徒たちを惹きつけてやまない。だが、そこに『歴代最強候補の姫』という肩書きがつくと、途端に真実の愛が遠ざかっていくのだ。

メーヴィスは溜め息を漏らしたくなる気持ちをぐっと抑える。

「お前が試験官か？　歴代の『姫』の中でも、最強と名高い術士なのだろう？」

会場に現れた化粧バッチリの少女は、やけに態度が大きく、そしてわくわくした様子。

しかしその立ち姿を含む所作は、まるで礼儀正しいお嬢様のよう。

メーヴィスはどこかチグハグに感じ、改めて少女を観察。

黒髪長髪に黒い瞳、ゆったりとした魔法使いのローブ。

魔力感知で得られる情報によると……学園の入学基準は最低限満たしているようだが。

素早く受験生をチェックし終えると、メーヴィスは彼女に微笑みかける。

「最強かはさておき、メーヴィス＝パルカーよ。よろしくね」

「アレク……サ。アレクサだ。よろしく頼む、メーヴィスよ」

どうにも少年っぽい声だが、メーヴィスは特に指摘しない。堂々としているように見えて、本人も気にしていることかもしれないからだ。

「はい、アレクサさんね。当校は滅多に編入生を受け入れないのだけど、学園長の推薦ということで私が試験のお相手をさせて頂きます」

「あぁ、実に楽しみだ」

「そ、そう。自信があるのね」

メーヴィスは、魔法使いの世界では有名人だ。そんな彼女を前にして余裕の態度でいられる者は少ない。これから魔法戦をするとなればなおのこと。

だが目の前の少女は、やけに自信に満ちている。

「一つ頼みがあるのだが、いいだろうか？」

その言葉を聞いて、メーヴィスは少女が虚勢を張っていただけなのだと思った。

「あら、何かしら。もしかしてハンデのこと？　大丈夫よ、この試験は貴女《あなた》の実力を試す為《ため》のもので、私に勝てなくても内容次第でちゃんと合格出来ますからね」

フォローのつもりで言ったのだが、少女はつまらなそうな顔で首を横に振る。

そして、好戦的に笑った。

「いや――最初から戦姫魔法《エンゲージ》を使え、と頼みたかったのだ」

「────」

戦姫魔法《エンゲージ》。

『最後の英雄』が最初に辿《たど》り着《つ》いた、精霊の言霊《ことだま》を用いない魔法。

己の魔法使いとしての能力だけで、世界の一部に干渉する術。

精霊の領域に足を踏み入れるその魔法を精域魔法《リンケージ》と呼んだのは、彼の盟友でもあったというエステルだと伝えられている。そして、アレクよりあとにその領域に踏み込んだ者の内、花嫁学園出身者はその魔法を戦姫魔法《エンゲージ》と呼んだ。

最初の到達者である『最後の英雄』に敬意を表し、同じ呼称は避けたのだ。

そして戦姫魔法《エンゲージ》到達は、『姫』の称号を得る為の条件の一つでもある。

『姫』とは、『最後の英雄』に並び立つ女性魔法使いの証明であり、魔法界における最上級の称号。アレクに恋していたメーヴィスにとって、最大の誇りでもある。

それを、一受験生が要求するとは──なんという不遜。

「……よろしい。ですが人に何かを求めるのなら、貴女も相応のものを差し出しなさい」

「当然の要求だな。で、何を差し出せというのだ?」

「この『時獄姫《じごくひめ》』メーヴィス＝パルカーの戦姫魔法《エンゲージ》が破れなかった時は、入学をきっぱりと諦めること」

花嫁学園への入学は、魔法の才を持つ全ての乙女の悲願だ。

それを懸けるだけの覚悟もないようなら、教官に不躾《ぶしつけ》な要求をすべきではない。

「よかろう。では頼んだぞ、メーヴィスよ。お前の全力を見せてみろ」

少女の即答に、メーヴィスは目を見開く。

「後悔だけはしないように」

「生憎《あいにく》と、縁のない言葉だ」

◇

アレクは場の空気が変わっていることに気づいた。

審判を務めるエステルは困ったような顔をし、見物人に交じっているヴェルはこちらを睨《にら》み、そして——生徒の大半がアレクに殺意を向けていた。

「は？　あの子何様？」「うちらのメーヴィス先生を舐《な》めてる？」「随分と自信がお有りなんですねぇ」「ちょっと可愛いからって調子乗ってない？」「ね」

どうやら、メーヴィス女史は生徒たちから慕われているようだ。

生徒たちの纏《まと》うローブは赤、青、緑、黄の四色あるようだったが、メーヴィスは中でも赤いローブの生徒たちから高い支持を得ている模様。

「学園長、進行をお願いいたします」

メーヴィスの言葉を受け、エステルがアレクの方をちらりと見た。

こちらも準備は出来ていると、アレクは頷《うなず》きを返す。

「で、ではこれより、戦闘試験を――開始します！」

手始めに、アレクは四つの攻撃魔法を放つ。

まずは敵正面に向かって、火炎球。

同じく己の前面に発生させた風刃の群れは、半円を描くような軌道でメーヴィスに差し向け、刃の雨とする。

更に敵の右側面からは勢いよくせり出す土塊、左側面からは同じく氷塊。

アレクの魔法に、見物人の生徒たちから驚愕《きょうがく》の声が上がる。

「よ、四属性!?」「それも同時に発動した!?」「複数の適性持ちってこと!?」「出力と魔力操作能力も並じゃありませんわ！」

精霊の言霊と人間には、相性がある。生活魔法レベルならともかく、魔法使いとして戦えるレベルで使用するには、その属性への適性が必要。

複数属性を同じレベルで操れる者は稀《まれ》で、多くの魔法使いは自分に一番合った属性を極めるような形で鍛錬を積む。他の属性は補助に使うことがある程度。

少女たちの反応から、三百年経ってもそこは変わらないのか、とアレクは察した。

そのようなことを考えながら、アレクはメーヴィスに近づくべく走り出す。

「……なるほど、大きな口を利《き》くだけの実力はあるわね」

アレクは、メーヴィスの魔法について事前に聞くことを拒んだ。

聞いたのは、彼女が戦姫魔法《エンゲージ》に到達したという情報のみ。

彼女もアレクの正体を知らないのだから、互いに互いの能力を知らない状態で戦いたかったのだ。だからこそ、アレクはメーヴィスの戦姫魔法《エンゲージ》に、他の誰よりも驚くことになる。

「戦姫魔法《エンゲージ》──時空潮流《ちょうりゅう》・夜凪《よなぎ》」

瞬間、彼女に迫っていた全ての魔法が──完全に静止する。

「……ははは！　なんと、時空属性か！」

アレクは驚きと共に、歓喜の声を上げる。

ヴェルがアレクの相手にメーヴィスを選んだのも納得だ。

アレクが三百年前に自ら編み出した魔法。

それはこの時代、アレクだけの魔法ではなくなっているのだ。

むしろ、戦姫魔法《エンゲージ》の価値を思えば、メーヴィス固有の魔法と認識されていてもおかしくない。

それをアレクが三百年前の時点で修得していたとすれば、信じられないのも頷ける話だ。

現代の時空属性使いとの戦いを通して、ヴェルはアレクを見極めるつもりなのだろう。

理解したが、今はどうでもいいことだ。アレクの興味はメーヴィスに注がれていた。

「それは確か、アレクの魔法だった筈《はず》だが？」

実に見事な魔法だが、それを選んだ理由が気になったのだ。

アレクという名に、魔法を静止させたままのメーヴィスが、瞳をギラつかせる。

「その通りよ。伝承によれば、『最後の英雄』アレク様は『時の静止』を編み出した御方。

私は彼が最後に使用した魔法を、自分でも扱えるようになりたかった」

「ほう。自分には出来ぬと諦めることなく、研鑽《けんさん》を続けたこと、実に素晴らしいな」

「自らに『時の静止』を掛けたアレク様は、自らの意思で目覚める時を選ぶことが出来ない！　私が時空属性の極致に達したら、アレク様を復活させられるかもしれないと思った！　そうすれば私は彼と同じ時代を生きることが出来てなんやかんやで見初められて最後はハッピーエンドを迎えられるってでも学園長が寝所は立入禁止っていうからその夢は途絶えてそれでも諦めきれなくて私は――」

途中から小声かつ早口になったので、アレクには上手《うま》く聞き取れない。

「う、うむ……。戦いの最中《さなか》に尋ねることではなかったな。忘れてくれ」

どこかエステルに近い匂いがする、とアレクは感じた。

「貴女は、私のアレク様への思いを、この努力の結晶を軽んじた」

「いや、そのようなつもりはないが」

「だから、悪いけど合格させるつもりはありません」

時空魔法に囚《とら》われたアレクの四つの魔法は、止まった状態。消えてはいない。

「時空潮流・逆波《さかなみ》」

突如として、火炎球が――アレクの方に向かってきた。

まるで、魔法だけが時を遡っていいるかのように。

「何……？」

アレク自身が正面からメーヴィスに接近していたこともあり、激突の瞬間は数瞬後に迫っている。彼は咄嗟《とっさ》に土属性魔法による防壁を展開するが、瞬《また》きほどの時間で用意した魔法故に耐久力は低く、たった一秒の時間稼ぎにしかならなかった。

土壁が破壊され、火炎球が爆発する。

だがアレクに傷はなかった。稼いだ一秒で更に風属性魔法を発動し、己の移動速度を上昇させて火炎球の効果範囲から逃れたのだ。

「時空潮流・三角逆波」

アレクは直感的に『回避せねば』と身体《からだ》を動かそうとしたが、それは叶《かな》わなかった。

他ならぬアレク自身の身体が命令に従わなかったからだ。

――違う！

アレクの身体は己の思いのまま動こうとしている。それに逆らっているのはアレクの靴であり、アレクのローブだった。彼は身につけている様々なものによって最初の立ち位置に引き戻される。いや、正確には、あと一歩のところで静止した。

アレクの風刃が生じた地点。

そこへ、火炎球の時と同じようにして、風刃の群れが迫る。

このままでは、少年は自分が生み出した魔法に切り刻まれてしまうだろう。

だがアレクは動じることなく、己に迫る風刃全てを、新たに生み出した風刃で破壊した。

風刃が全て破壊されると、アレクの身体も自由になる。

これ以上の拘束は無意味として、メーヴィスが魔法を解いたのだろう。

「……『時の逆巻き』だな？」

「その通りよ。それにしても、よく対応出来たわね」

火炎球は、軌道を逆に辿るように迫ってきた。アレク自身が真《ま》っ直《す》ぐ突っ込んでいたので、それだけでアレクへの攻撃に転用できたのだ。

風刃の場合は、ただ巻き戻すだけではアレクには当てられない。だからまずアレクの装備を操って彼の身体を巻き戻した。だが試合開始時点まで戻してはならない。風刃は彼が己の正面に生み出し、そこから弧を描く軌道でメーヴィスに差し向けたものだからだ。

つまりアレクに当てる為《ため》には、彼が最初に立っていた場所ではなく、彼が風刃を生み出した場所に立たせねばならない。立たせた後にアレクが動いてはならないので、即座に『時の静止』に切り替える必要もある。

アレクは火炎球のあとを追うように正面から走っていたので、タイミングさえ許れば実現は可能。ここで驚くべきは、アレクを戻す速度と、風刃を戻す速度の調節だ。

どの程度の速さでどの対象の時を操るかを、メーヴィスは完璧に把握し、実行している。

「素晴らしい魔法と技術だ」

アレクの口から称賛の言葉が漏れる。なによりも素晴らしいのは、時空属性をこれだけ極めたメーヴィスという女性が、まだ本気を出していないことだ。

彼女はアレクに憤《いきどお》っているようでいて、これが試験だということは忘れていない。

「……あら、お褒めに与《あずか》り光栄とでも言えばいいのかしら」

「皮肉ではないぞ、メーヴィス。お前は素晴らしい！　こと時空属性の幅に関して言えば、お前は三百年前のお……アレクを超えている！　これが喜ばずにいられるか！」

アレクの熱量がぴんとこないのか、メーヴィスは怪訝《けげん》な顔をする。

「は、はぁ……。それより、貴女《あなた》、まだ続けるの？　それとも降参かしら」

アレクは人差し指と中指の二本を立て、メーヴィスに向かって広げて見せた。

「二つだ。これから二つの属性を用いて、お前を打ち倒す」

「……三角逆波に対処できたのは見事だったけれど、その傲慢は直した方がいいわよ」

メーヴィスの冷ややかな視線に、アレクは堂々と返す。

「傲《おご》り高ぶり他者を見下すことを傲慢と言うが、俺には当てはまらんよ。この振る舞いは分相応のものであるし、優れた魔法使いを下に見ることもない」

「そう……では『姫』にそのような態度で接するに相応《ふさわ》しい実力というものを、見せてもらえるかしら？」

「無論だ」

アレクは現在、己の魔力を大幅に制限している。この学園内から感じ取った魔力を参考に、平均的な生徒と同等程度にまで。その制限を、一部解き放つ。

——……三割、いや四割は出してもいいだろう。

瞬間、解放されたアレクの魔力量に、大地が鳴動した。

「な……ッ⁉」

突然爆発的に向上したアレクの魔力に、メーヴィスが瞠目《どうもく》する。

「きゃあっ！」「ま、魔力量がさっきまでの十倍……二十倍……いや、もっと上がってる⁉」「魔力を隠してた……？　メーヴィス先生相手に……？」「こ、こんなの……『姫』クラスじゃない！」「あの子、一体何者……⁉」

見物している生徒たちも騒がしさを増す。

「……こちらに戦姫魔法《エンゲージ》を求めておいて、自分は手を抜いていたというの？　私にはそれが、傲慢な行いに思えるけど？」

メーヴィスの鋭い視線を、アレクは笑顔で受け流す。

「ならば試験官はどうなのだ？　生徒の実力を試すという名目で、講師は全力を出さないのだろう？」

「……そう、つまり、貴女は自分こそが試す側だと言いたいのね」

アレクは一度目と同じ火炎球を生み出し、一度目と同じく正面から放つ。

「そら、一つ目の属性だ」

「舐《な》められたものね、同じ魔法が通じるとでも？　――時空潮流・夜凪」

時を操るメーヴィスの魔法がアレクの攻撃魔法を包み込み。火炎球が静止――しない。

「ど、どういうこと……っ⁉」

目の前の光景が信じられず、驚愕《きょうがく》に表情が歪《ゆが》むメーヴィス。

「ところで、お前の戦姫魔法《エンゲージ》は――時を進める時になんと言うのだ？」

「……そんな、まさか――時空属性を？」

さすがは一流の魔法使い。アレクの言葉だけで、状況を悟ったようだ。

しかし問いへの答えは得られなかった。

「まぁいい。悪いが適当につけるぞ。――時空潮流・波濤《はとう》」

火炎球の速度が、止まるどころか更に加速する。

「く、うっ……！　止まりなさい！」

己の戦姫魔法《エンゲージ》を敵が再現したことへの動揺があっただろうに、メーヴィスは即座に時空属性を重ねがけして『時の静止』を試みる。

だが火炎球の勢いは収まることなく、抵抗虚《むな》しくすぐにメーヴィスの眼前に迫った。

メーヴィスの時を止める力よりも、アレクの時を進める力の方が強いのだ。

「何故《なぜ》⁉　アレク様に近づくべく修得したこの属性が、負けるわけが……っ！」

彼女を呑《の》み込む寸前。火炎球は――急角度で空へと舞い上がった。

そのまま空高くで火花を散らし、ボンッと消える。

その様子を、メーヴィスを含む多くの者たちが、呆然《ぼうぜん》と眺めていた。

数秒して、彼女の視線がアレクへ向く。

「…………さ、最初から、私に直撃する寸前で軌道を変えるつもりだったのね」

「お前の矜持《きょうじ》を読んだのだ。時空属性が破られたからといって、他の属性で回避を試みるような術者ではあるまい。だが俺も負けるつもりはなかったからな」

焼き殺すつもりもないので、最初から軌道を決めて魔法を放っていたのだ。

「この適応能力……。時空属性の使用は、初めてでは……ありませんね」

アレクは、メーヴィスの口調が変わったことに気づかない。

「ほう、さすがだな。お前の言う通りだが、俺が使えるのは『時の静止』一つであった。お前の見せた発展形は見事の一言に尽きる！　魔法を対象にするという発想も実に素晴らしい！　感謝するぞメーヴィス！　お前のおかげで今日、俺はまた一つ強くなった！」

「……夜凪《よなぎ》や逆波を見ただけで、『時の加速』を修得したというのですね。その恐るべき魔法の才覚……やはり貴方《あなた》は」

メーヴィスがよろよろとアレクに近づいてくる。

彼女の後ろでアレクの氷塊と土塊が動き出し、互いにぶつかって止まる。

その二つの攻撃魔法は、試合中ずっと止められたままだった。

彼女は二つの魔法に『時の静止』を掛け続けた状態で、戦い続けていたのだ。

「メーヴィス先生が……負けた?」「しかも、手心を加えられて……」「アレクサさん……一体何者なの?」「メーヴィス先生以外で時空属性使える人なんて……」

メーヴィスの魔法がアレクに打ち破られた事実に、生徒たちが動揺を露《あら》わにする。

「それは違うぞ、お前たち」

アレクは見物人たちに声を掛けた。

「メーヴィスは試験官として俺の実力を試すという方針を守っていた。もしこれが殺し合いであればメーヴィスは初手で俺の周囲の空気を『静止』するだけで済んだのだからな」

それだけでアレクは身動きを封じられるどころか呼吸を封じられていた。

また、メーヴィスはこの戦いで、『静止』と『逆巻き』しか使用していないのだ。

彼女の実力を思えばアレクの使った『加速』の他にも様々な応用方法があるだろう。

「そもそも、今回の試験でメーヴィスは時空属性以外の魔法を使用していない。お前たちであれば、この者が他にどのような魔法を使えるか知っているのではないか?」

己の編み出した魔法以外にも、相性のいい属性魔法だって持っている筈《はず》だ。

アレクに戦姫魔法《エンゲージ》を出すよう言われ、それを挑発と受け取った彼女は、時空属性を使う代わりにそれのみでアレクを完封しようと試みた。

自分が決めたルールを最後まで守ったからこその、今回の決着なのである。

無論、これが殺し合いであったのなら、アレクの動きも変わっていたわけだが。

それは口にする必要のないことだろう。

だが、彼女がもし殺す気で来ていたのなら。

アレクの魔力解放は、もう数段階進んでいたに違いない。

アレクはその事実に興奮していた。自分が望んだ未来が、この学園にはあるのだと。

「た、確かに……」「本気のメーヴィス先生だったら、こんな試合展開になるわけないわよね！」「……だとしても、勝つのは凄《すご》いけど」「ねぇ、あの子、なんか変じゃない？」

生徒たちに声を掛けている間に、メーヴィスがアレクの目の前まで来ていた。

「それで、メーヴィス。俺の合否を聞かせてもらおうか」

メーヴィスは次の瞬間、ガッとアレクの手を両手で包んだ。

「あ、あああ、あっ、あの！」

彼女の声が妙に上擦っている。まるで憧れの人に出逢《であ》った乙女のようだ。

アレクを見つめる彼女の瞳も、どうにもおかしい。やけに熱っぽいのだ。

おまけに頬も紅潮しており、鼻息が荒い上、身体は小刻みに震えていた。

「ど、どうした」

「けっ、けけけっ、けこっ――結婚してください！　アレク様！」

復活初日、少年は三百年後の世界に希望を見出し――十三歳年上の女教師に求婚された。

◇

突然の求婚に、場が静まり返る。

しかしそれも数秒のこと。

「え、メーヴィス……先生？」「はっ、今なんか、先生があの子に結婚を申し込んだように聞こえたんだけど、幻聴よね？」「女性同士で……はぁはぁ」「ねぇ、やっぱあの子なんか変じゃない？」

生徒たちは今目の前で起きた出来事に対し、あれこれと騒ぎ出した。

アレクはといえば、返答に困っていた。

依然としてアレクは恋愛感情というものを理解しておらず、恋人という存在もいたためしがない。だというのに一足飛ばしで結婚を申し込まれてしまった。

また、今は女装中であるというのも問題だ。

このまま学園に入るには、女子として振る舞う必要が――。

そこでアレクは、メーヴィスの表情を見た。

彼女は緊張に震えながらも、その瞳はまっすぐにアレクを見つめている。

彼女は本気なのだと、それだけで伝わってくる。

本気の言葉に誤魔化しを返すのは、アレクの本意ではない。少年は即断。

既にちょっぴりズレていたウィッグを勢いよく取り、メーヴィスに視線を合わせる。

観客席でヴェルがあんぐりと口を開け、女装に協力したエステルが額に手を当てながら「やっぱり無理でしたか……」と諦念の滲《にじ》んだ表情を浮かべ、生徒たちが再び混乱することになったが、彼は気にしない。

「今の俺には、恋という感覚が分からん。その状態でお前と結婚しては不誠実となろう」

「……」

メーヴィスの表情が悲しみに歪みかけるが――。

「だがお前の想《おも》いは理解した。ありがとうメーヴィス」

アレクの笑顔に、乙女のように頬を染める。

「は。はひ」

「今回の申し出は断ることになるが、他の者を探すか、俺に恋を理解させるか、お前の好きな方を選んでくれ」

アレクの回答に、メーヴィスは――。

「ま、まじゅは、お友達からよろしくお願いしまひゅ！」

「うむ、ではよろしく頼む」

「ひゃい！」

「……ところで、メーヴィスよ。いつまで俺の手を握っているつもりだ？」

「も、申し訳っ。ほ、本当にいらっしゃるんだなぁと実感したら、中々離せず……」

「手を離したところで、俺が消えることはない。安心するがいい」

「は、はい！」

元気よく答えるメーヴィスだったが、手を離す様子はない。ずっと両手でアレクの右手をすりすりしている。なんなら段々と呼吸が荒くなってきていた。

「こほんっ。メーヴィス教官？　編入希望者に対して不適切な接触ではありませんか？」

そこにやってきたのは、エルフの学園長エステルだ。

アレクが困っていると見て、メーヴィスに対し咎《とが》めるような視線を注いでいる。

雇い主に注意されて冷静になったのか、メーヴィスがアレクから手を離した。

「も、申し訳ございません！」

「よい、許す」

「あ、ありがとうございます……。その、今回の件、学園長はご存じだったのですか？」

メーヴィスの言葉は、途中からはエステルに向けてのものに変わっている。

問うているのは、言うまでもなくアレクのことだ。

「えぇ」

「そう、ですか。しかし、何故このような……？」

当然の疑問だった。ちょうどそのタイミングで、他の生徒たちも状況を飲み込み始める。

「え？　あの子、男だったの⁉」「なんで‼　なんで男⁉」「女装して試験を受けたってこと？　何故？」「メーヴィス先生は気づいてて求婚したの？」「待って、よく思い返してみたら、さっきあの子のこと、アレク様って呼んでなかった？」

アレクが当初計画していた女装による入学は失敗に終わった。

だが、一つの方法で失敗したからと言って諦めるアレクではない。

「確かに、俺は男だ」

アレクの弁明でも始まると思ったのか、女生徒たちの意識がアレクに向く。

「そして、今思えば、女学園に入学したいからと言って、性別を偽るのは卑怯《ひきょう》な行いであった。それを認め、詫《わ》びよう」

アレクは己の過《あやま》ちを認める。

「その上で、問いたい。俺がこの学園に入ることに、一体どのような問題があろう」

女生徒たちが、一斉に「はぁ？」という顔をしたが、アレクは構わず続ける。

「この学園は、単に『女学園』なのではない。俺とて、わけあって男を排除する学園に無理やり潜入しようなどとは思わん。だがこの学園は違う」

「あ、あの、アレク様。この学園は、その……貴方様の花嫁を育成する為《ため》に設立された機関なのですが……」

メーヴィスが控えめに言う。

「そこだ！　何故《なぜ》、女だけが花嫁になれるのだ⁉」

「え、えと……」

「まったく前時代的と言わざるを得ない！　否、三百年前とて、性を同じくする者同士の婚姻を認める地域はあった！　俺は『愛』なる感情に疎《うと》いが、肉の器ごときの制約を受けるべきではないと考える！　最も重要なのは、当人同士の意志であろう！」

アレクがあまりに自信を漲《みなぎ》らせているからか、聞く者たちも段々と反論を挟めなくなっていく。むしろ「いいこと言ってる……かも」「女性同士で結ばれるのもアリ……まさにその通り」「愛とは心で交わすもの……」と、心に響いている者もいた。

「この学園は『女しか求めていない』のではない。『花嫁たる魔法使いを求めている』のだ！　故に、入学資格は性別ではなく、意志によって判断されるべきなのである！」

「つ、つまり？」

「男が花嫁になって何が悪い！」

　アレクの言い分は、『自分の花嫁を育成する学園に、花嫁候補として入学したい』という支離滅裂なものなのだが。

　エステルやメーヴィスは、アレクへの崇拝から反対意見を出すことが出来ず。

　アレクを『最後の英雄』本人と認識していない女生徒たちは、その異常に気づけず。

　故にこの場で頭を抱えているのは、ヴェルただ一人であった。

　そして、アレクが『最後の英雄』であることを除けば、彼の理屈には一考に値する部分もあり、少なくない女生徒たちの後押しも得ることとなった。

　エステルが「改めて審議いたします」と発言した上で、その場は解散となったが。

　観戦していた女生徒たちから話が広まり、学園は『花嫁候補に名乗り出た男子が、メーヴィスに勝利した』という噂《うわさ》で持ち切りになるのだった。

◇

数日後。

アレクは特例での編入を許可され、無事に男子生徒として学園に通うこととなった。

「アレクだ。よろしく頼む」

講義室。教師が授業を行う際に利用する黒板があり、それを囲むような形で椅子と机が並んでいる。卓は湾曲したものが一列に二つずつ。左右の卓の間には通路が設けられていた。

席は後方に向かうほど位置が高くなっており、どこからでも黒板がよく見えるように配慮されている。席についているのは、赤いローブを纏《まと》った女生徒たち。

彼女たちの反応は様々で、男の入学に拒否反応を示す者から、メーヴィスに勝ったという噂を聞いて興味を抱く者、少数ながら尊敬の眼差《まなざ》しを向けてくる者などもいる。

生徒の中には、複雑な表情を浮かべているヴェルの姿もあった。

黒板の前の教卓に立つのは、先日模擬戦で戦ったメーヴィス教官。

この学園では生徒の競争心を煽《あお》る目的も兼ね、生徒を寮ごとに四つに色分けしている。

アレクが所属することになったのは『サラマンダーレッド』、通称レッド寮だ。

「アレク様……アレクくんは男の子ですが、同じ学園で学ぶ仲間です。仲良くしてあげてくださいね」

レッド寮一年一組の担当教官であるメーヴィスが、アレクを紹介する。

彼女は終始うっとりした顔でアレクを見つめている。憧れの教官が生徒、それも男にデレデレしている姿は、彼女を慕う者たちに大きな衝撃を与えたが……。

それよりも、アレクへの興味が勝る者たちもいた。

「はいはーい！　アレクくんって、『最後の英雄』アレク様と同姓同名だよね？」

「あぁ、本人だからな」

「あはは、おもしろーい」

どうやら質問した少女は、アレクの復活を信じていないらしい。

そんな生徒に、メーヴィスの視線がキッと鋭くなる。

「ツェツィさん、不敬罪で退学です」

「ええ⁉」

「よせ、メーヴィス。三百年も時が過ぎれば、ツェツィなる者の反応も自然なこと。咎めることはあるまい」

「なんという慈悲のお心……このメーヴィス、感服いたしました！」

メーヴィスは神に祈るように手を組み合わせながら、瞳を潤ませて感動している。

なんだか、エステルが二人に増えてしまったようだ。

アレクはそんな感想を胸にしまい、クラスメイトたちに向き直る。

「うむ。この際だ、他の者たちからの質問も受け付けよう」

ツェツィの二の舞となることを恐れてか、しばらく誰も口を開かなかったのだが。

やがて恐る恐る手を上げる者がいた。

「メーヴィス先生に勝ったって本当ですか？」

「あの試験において勝利したのは事実だが、メーヴィスの方もあれが全力ではなかった」

「もちろんです、アレク様！　貴方《あなた》様のメーヴィスは、もっとやれます！」

「どうして花嫁学園に？」

「三百年後の未来の教育に興味があってな」

「今まで沢山『姫』が生まれてきましたけど、全員奥さんにしちゃう感じですか？」

「俺にはまだ恋愛というものは分からぬ。そのような内から、無闇に妻を増やすものではなかろう。そもそも、相手側の都合もある」

「私はとっくに準備万端です、アレク様！　むしろ時間は掛けたくありません！」

時折こうしてメーヴィスの言葉が挟まってくるが、クラスメイトたちの質問には全て正直に答えていくアレク。

「質問があるんだけど」

そう言って口を開いたのは、アレクの親友ウェスの子孫、赤髪の魔法使いヴェルだった。

「聞こう」

「あんたが三百年前の英雄だとしてよ？　もし『姫』の中に自分より強い相手がいたらどうするの？　あんたの方が、『姫』に相応《ふさわ》しくない可能性だってあるわよね」

「ヴェルさん、貴女《あなた》ね――」

荒ぶるメーヴィスを手で制し、アレクは笑う。

「もしそのような魔法使いが現れたのなら、俺は嬉《うれ》しい」

「う、嬉しい……？」

予想外の回答だったのか、顔を引《ひ》き攣《つ》らせるヴェル。

「俺は、世界の頂点で在り続けたいわけではない。己より強い者の出現は大歓迎だとも。その時は、俺が今よりも強くなれる好機を得たということなのだから」

アレクは最初から世界最強だったわけではない。

数多《あまた》の壁が彼の前に立ちはだかってきたが、その全てを不屈の努力と強靱《きょうじん》な精神力で突破してきたに過ぎないのだ。

新たな強敵の出現は、アレクが最も望むことである。

その存在を打倒する為に必要な努力を積めば、自分が更なる高みへと達することが出来るということなのだから。

そもそも、彼はその為に未来へ渡ることを選んだのだ。

「さすがはアレク様、歴史書に刻まれるべき金言ですね……！」

横を見ると、メーヴィスは感涙に咽《むせ》んでいた。

彼女は続けて生徒たちにこう語る。

「みんなも聞いたわね！　己より優れた者が現れた時、嫉妬心や焦燥感に駆られることもあるでしょう。けれどそのような感情を抱く必要はないのよ！　むしろ感謝すべきなんだわ。貴女が今より成長する機会を得られたのだと！」

メーヴィスに発言の意図が伝わっていると分かり、アレクはうんうんと頷《うなず》く。

生徒たちの方の反応は様々で、困惑している者、納得出来ないという顔をしている者、少数ではあるが感化されて震えている者などなど。

肝心のヴェルは、なんだか悔しそうな顔をしていた。

「ぐぬぬ……」

発言には共感出来るが、発言者のアレクを認めるのは癪《しゃく》だ、とでも言いたげな顔である。

「さて、質問はもう終わりか？」

生徒たちの反応を確認してから、アレクは再びメーヴィスに視線を向ける。

「よし。ではメーヴィスよ、俺の席を教えてくれ」

「はっ、これは失礼しました。アレク様の座席は、ヴェルさんの隣になります」

「おぉ、そうか」

アレクはヴェルの横まで歩いていき、その隣に腰を下ろす。

「よろしく頼むぞ、ヴェルよ」

「……ふんっ」

彼の挨拶に対し、ヴェルはそっぽを向く。

認めてなるものか、と全身で表現しているようだ。

「さて、それでは早速今日の一時間目を始めます」

メーヴィスの言葉に、アレクは気を引き締める。

いや、引き締めようとしたが、高揚を抑えきれなかった。

最高の魔法使いを育成する学園では、どんなことを教えるのだろうか。

そのような期待に、胸が躍って仕方がなかったのだ。

そしてメーヴィスの口が開かれる。

「一時間目は――『洗濯』の授業です」

「――ん？」

第三章◇最後の英雄と洗濯

アレクを含む生徒たちは、教官メーヴィスに導かれるまま屋外へと出てきていた。

太陽の輝く、青い空。まさに洗濯日和と言えるだろう。しかし、アレクは困惑していた。

「洗濯……だと」

目の前に広がるのは、校舎の外に設けられた庭だ。

そこには、大人数の洗濯ものが放り込まれた移動式のカゴが幾つも置かれていた。

寮から回収された洗濯物が詰まっているようだ。

同音の異なる言葉が誕生した……というわけではなさそうだ、とアレクは悟る。

戸惑うアレクに、さりげなく真横に近づいてきたメーヴィスが答える。

「はい。言わば……花嫁修業ですね」

「花嫁修業」

その言葉の意味がアレクの時代から変わっていないのなら、他の科目も家事に関するものなのだろうか。

「もちろん私は、全科目優等でしたよ？」

ちらちらっと、こちらを窺《うかが》うような視線を寄越すメーヴィス。

「ふぅむ、しかしだなメーヴィス。これは少々、古い考え方ではないか？」

言われた言葉の意味を測りかねるように、メーヴィスが首を傾《かし》げる。

「と言いますと？」

「日々の糧《かて》を得る方法が狩りだった時代ならば、力や体格に優れる男が働きに出るという役割を担《にな》い、女が家庭を守る役目を担うのは自然なことだ。適性による役割分担を、差別と捉える者はおらんだろう」

「はい」

「だが時はそこから進み、俺の時代でさえ、直接獲物を狩る以外で糧を得る方法が無数にあった」

「そうですね。人々は果実も穀物も野菜も食肉も自ら育てるようになりましたし、社会が形成されるにつれ、『役割』も多岐に亘《わた》るようになりました」

「うむ。魔法使いがそうであるように、必ずしも男が外に出て働くという社会ではなくなったわけだ。日々の生活を送る上での家事技能は男女問わず有用なものであって、花嫁修業といった形で女性にのみ習得を促すというのは、復活した俺を以《もっ》てしても、些《いささ》か前時代的と評価せざるをえん」

昔は、食料確保と外敵の排除を男が一手に担っていた。『矛』だ。

そして、女は家庭を守り、子供を育んだ。『盾』だ。

しかし、時代の変化によって、世界は矛と盾で二分できるような単純なものではなくなった。そのような時代に、女性だからと家事技能を修めさせようというのは、古臭い考えに思えたのだ。

授業に対する少年の否定的な意見に気を悪くするどころか、メーヴィスは瞳を輝かせた。

「さすがはアレク様、時代を先取りするそのご慧眼《けいがん》、広き器による平等主義、ご立派にございます」

「ん？」

「ですがご安心ください！　当校は一般男性の為《ため》の花嫁学園ではなく、世界でただお一人、『最後の英雄』が為の花嫁学園なのです！」

と、自信満々に言い切るメーヴィス。

「いわゆる花嫁修業ではないと？」

「はい！　最強の魔法使いの妻に相応しい技能とはつまり——魔法技術ですので！」

そこでアレクは、改めて庭を見る。

言われてみれば妙だ。洗濯に使う湯を沸かす竈《かまど》がないのは、まだいいとしても。近くに井戸もなければ、当然川も流れていない。踏み洗いするにも、洗濯物を放り込む桶《おけ》もない。洗濯物を干す場所も用意されていなかった。複数の支柱と、それを渡すロープなども見当たらないのだ。これだけの人数の洗濯物を扱うのならば、共同洗濯場が設置されていてもいい筈《はず》だが、そんな施設も見受けられない。

「ははっ、なるほどな！　家事を魔法でこなすわけか！」

「はい！　そして、もし自分の妻が、魔法を巧みに操って家事をこなしていたら！　アレク様ならばいかがいたしますか？」

「繊細な魔法技術がなければ実現出来ぬだろう、そのような魔法、俺も身につけようとするだろうな」

「エステル様も、そのように仰《おっしゃ》っていました！」

「そうか、理解したぞ。エステルが俺の性格まで読み、俺に驚きと新たなる魔法の可能性を示す為のもの。それがこの学園における花嫁修業、というわけか」

「加えて、家事の時間を魔法で短縮できるのなら、それに越したことはありませんので」

アレクはメーヴィスの意見に同意する。

「確かにな。家事の時間を短縮することで魔法の鍛錬時間を捻出できるどころか、家事の時間自体が魔法の鍛錬になるというのだから、ここまで素晴らしいこともないだろうよ」

「そのお言葉、エステル様もきっとお喜びになられます」

「誤解してすまなかったな。エステルの創った学園を信じるべきであった」

「お気になさらず。アレク様のお考えを知ることができて、嬉しいです」

うっとりした様子のメーヴィスに、生徒の一人から声が掛かる。

「――メーヴィス教官、そろそろ始めてもよろしいでしょうか？」

平坦《へいたん》で、冷たく響く声だった。

「え、ええ、そうね――サラさん」

気づけば、生徒の数が増えている。先程まではサラマンダーレッドの赤ローブの者だけだったのだが、青ローブの女生徒たちが大勢、庭に立っていたのだ。

ウンディーネブルー寮の生徒である。

サラと呼ばれた先ほどの声の主は、氷のような青の長髪の少女。

身長は他の女生徒たちと比べるとやや高く、全体的にスラッとした体形をしているが、胸部の膨らみには富んでいる。頭には白いヘッドバンドを装着しており、そこに氷を模した飾りがついていた。

最初こそウェスと勘違いしてしまった子孫ヴェルだが、彼女も胸は大きかった。

しかしこのサラという少女は、そんなヴェルよりも大きい。

とはいえ、エステルやメーヴィスには及ばないのだが。

「げっ、なんであんたもいるのよ、サラ」

サラに絡《から》んでいったのは、ヴェルだ。

「理由が知りたいのかしら？　それはね、ヴェル。この一時間目がサラマンダーレッドとウンディーネブルーとの合同授業だからよ。ところで私からも一つ訊《き》いていいかしら？」

「な、なによ」

「貴女《あなた》、時間割というものをご存じ？　その週にどんな授業が行われるかを、学園側が丁寧にも表にまとめて提示してくれているのよ。それを確認していれば、今のような程度の低い疑問は浮かばない筈だから、きっと知らないのね。これを機に、確認することをおすすめするわ。猪突《ちょとつ》猛進のサラマンダーレッドでも、文字くらいは読めるでしょう？」

サラの皮肉に、ウンディーネブルーの生徒たち数名から同調するような笑い声が響く。

そして、ヴェルを筆頭としたサラマンダーレッドの生徒たちからは、怒気が放たれた。

「ねちねちと人を嘲笑して、ほんとウンディーネブルーって陰湿ね」

寮分けは生徒たちの競争心を育み、魔法使いとしての高みへと至る為のもの。

目論見《もくろみ》通りなのか、対抗心はばっちりと育まれているようだ。

「あら、最初に突っかかってきたのは貴女の方だったでしょう?」

「逢《あ》う度に嫌がらせしてくる相手の顔を見て喜ぶほど、特殊な人間じゃないだけよ!」

「言いがかりはよして頂戴。嫌がらせなんて最低な行い、したことがないわ」

「嘘《うそ》つくなぁ! この前だって、模擬戦でわざとあたしを水浸しにしたじゃない!」

「濡《ぬ》れたくないのなら、私の魔法を避《よ》ければよかったのではないかしら? それとも、魔法を撃つなとでも?」

「ふざけないで!」

どうやら、ヴェルとサラは犬猿の仲のようだ。

「まぁまぁ、落ち着くのだヴェルよ」

アレクは二人の会話に割って入る。

「あんたに関係ないでしょ!」

「いや、大いにある。お前たちの会話の所為《せい》で、他の者たちが授業を進められん。俺は早く、魔法による洗濯というものを目にしたいのだ」

「そ、それは……」

「あら、男の人の方が、よっぽど花嫁修業の重要性を理解しているようね」

「俺はお前にも言ったのだぞ、サラよ」

「……私が何か？」

「お前たちは親しい友人なのか？」

「まさか、鳥肌が立つような冗談はよして頂戴」

サラは己の肩を掻《か》き抱《いだ》くようにして、嫌悪《けんお》感を示す。

「ならばお前も、くだらん皮肉はよせ。親しみの込められていない皮肉は、心の醜悪さを露呈するだけだ」

自分が説教をされていると感じたのか、彼女の眉がぴくりと不快げに揺れる。

「……なら、大英雄の名を騙《かた》るような大嘘は？　何が露呈するのかしら、アレク様？」

「それは無論、愚劣さであろうよ。大嘘であるなら、だがな」

「本気で自分が最後の英雄本人だと信じているのね？　哀れな人」

信じてもらうのは、中々難しいようだ。とはいえ無闇に力を見せつける趣味もないので、アレクはそのままにしておくつもりだったのだが。

「ちょっと！　撤回しなさいよ」

しかし意外にも、ヴェルがアレクの擁護に回った。

「……なぁに、ヴェル。まさか、この人が『最後の英雄』だと信じているの？」

「んなわけないでしょ！」

擁護ではないかもしれない、とアレクは考えを保留にする。

「何が言いたいのかしら？」

「こいつは確かに、無礼者だし、ヘンタイだし、学園に入学したいからって女装したし、ヘンタイだけどね」

変態が文章中に二回登場したことを、アレクは指摘しないことにした。

「――でも、魔法使いとしての腕は一流よ！　それに、今はサラマンダーレッドの仲間でもある。あんたに哀れなんて言われる筋合いはないわ！」

「自分を人類史で最も偉大な人物であると信じ切っている者は、どれだけの魔法の腕があろうと、哀れでならないわ。だから、撤回はしない」

「こんの陰険女！」

「軽率短慮《けいそつたんりょ》……と言っても、通じないのでしょうね」

「ば、馬鹿にして！　もう許さないから！」

「貴女の許しを求めることは有り得ないから、お好きにどうぞ」

まるで水と油のような二人だ。そんな二人の諍《いさか》いを遮るように、メーヴィスが手を叩《たた》く。

「はい、そこまでにしなさい。二人とも、『姫』たる者の自覚を持って行動するように」

サラは無言で離れていき、ヴェルが猛犬のようにグルル……と唸《うな》っている。

「ヴェルが『姫』だというのは聞いたが、あのサラという者もそうなのか？」

アレクの疑問に答えたのは、メーヴィスだった。

「はい、彼女はウンディーネブルー寮一年筆頭、『蒼氷姫《そうひょうき》』サラ＝サラキアさんです。複数属性への適性を持つ珍しい術士で、『水』と『風』を組み合わせた『氷』属性を得意としています」

「ほう。氷を生み出す程度の術士は過去にもいたが、『姫』というくらいなのだから、その程度ではないのだろう？」

「ええ、現時点で『姫』認定を受けた一年生は、ヴェルさんとサラさんの二人だけです」

それほど優秀、ということ。

「ふんっ。あたしに掛かれば、あいつの魔法なんて氷細工みたいなもんだけどね！」

「氷細工を溶かして、ズブ濡れになったわけか？」

「う、うるさいわね！」

ヴェルの顔が赤い。

「まぁいい。そろそろ魔法による洗濯というものを見せてもらおうか」

ヴェルとサラが舌戦を繰り広げている間にも他の生徒たちによる準備が進められていた。

どうやら幾つかの班に分かれ、班ごとに一つのカゴを担当するらしい。

洗濯を魔法で行う場合には複数の属性が必要になると考えられるが、ほとんどの魔法使いは得意属性を一つ持つのみなので、こういった形になるのだろう。

慣れてくれれば、補助に使える程度の他属性でも、洗濯を賄えるようになるのだろうか。

「言われなくても、授業なんだからやるし！」

ヴェルは小走りに駆けていき、自分の班の者と合流。

アレクは初参加ということで、ひとまず見学となった。

まずは、風魔法だ。それによって洗濯物が浮かび上がる。

制服や訓練着と思《おぼ》しき服が絡まり合い、一つの塊のようになって浮遊。

次が水魔法。洗濯物を包んで余りあるサイズの水球が生成される。

その次が火属性。火炎が生じて水球を加熱、水球内の洗濯物が煮沸《しゃふつ》消毒される。

続けて発動されたのは土属性。泥の塊が水球に向かって射出され、呑《の》み込まれる。

土属性魔法は練度によって様々な物質を生み出すことが可能なのだが、メーヴィスによると投入されたのは油を吸着する性質を持った土とのことだ。これによって皮脂汚れなどを落とすのだろう。

その後は水属性の水流操作によって水球内が撹拌《かくはん》され、幾度か水の入れ替えが行われる。

やがて綺麗《きれい》になった洗濯物たちは、水分の多くを水属性によって抜き出されたあとで、仕上げとばかりに風属性魔法と火属性魔法によって乾かされた。

アレクの時代、本格的な洗濯は大変な作業とされていたのだが……。

現代の魔法使いたちの力を結集すると、こうも早く片付くのか。

アレクは彼女たちの手際《てぎわ》のよさと魔法練度に感嘆する。

「これほどの技量を多くの若者が備えているというのは、見事の一言に尽きるな」

突出した一部の秀才天才に出来る、特別な魔法ということならば分かる。

だがこれは違う。必要な技術をまとめ、手順を明確化し、それらを若者に教授し、才能の格差を問わず実行出来るように仕上げている。

「全て、エステル様が考案されたのですよ」

メーヴィスの説明を受け、アレクは頷《うなず》く。

「あとで褒めてやらんとな」

「……随分と上から目線なのね、アレク様？」

冷ややかな声を向けてくるのは、『蒼氷姫』サラだった。

「お前の水魔法も見事だったぞ」

「お褒めに与《あずか》り光栄ね。これが、優秀な魔法使いからの称賛なら、だけれど」

「サラさん、失礼ですよ」

「……メーヴィス教官が模擬戦で何を感じたかは存じ上げませんが、まさか本気で『最後の英雄』の復活を信じているんですか？」

メーヴィスが更に何か言おうとするのを、アレクは手で制する。

「よい。どれ、洗濯する物はまだ残っているか？」

よく見れば、あとで別のクラスの授業で使用するものなのか、カゴが残っている。

「……洗濯の魔法を初見で再現できるとでも？」

「無論だ」

「へぇ、なら見せてもらおうかしら。得意属性は何？　水と風が足りないのなら、手伝ってあげてもいいけれど」

「気遣いには感謝するが、その必要はない」

アレクは風魔法でカゴから洗濯物を浚《さら》い、水魔法で包み、火魔法で熱し、土魔法で泥を投入し、再び水魔法で撹拌、水の入れ替えを数度行い、それらが済むと洗濯物を空に広げ、即座に乾燥させた。

更には精密な風魔法操作によってその全てを綺麗に畳み、そっとカゴに戻す。

「ま、初めてにしてはこんなものか」

アレクとしては魔力操作や効率に課題の残る結果となったが、これは慣れの問題だろう。

しかしこれを見ていた生徒たちにとっては、衝撃だったようだ。

「う、嘘……全部一人で？」「それに、畳むところまで魔法でやっちゃうなんて……」「初見《み》で全工程を把握した上で、改良までしたっていうの？」「メーヴィス先生との試験観てたけど、あの時も複数属性使ってたよ」「二つか三つならまだ前例があるけど……四属性をこのレベルって……」「まさか、『最後の英雄』の復活って……本当だったり」

生徒たちのざわめきが大きくなる。それを窘《たしな》める役割を担《にな》っている筈《はず》のメーヴィスは、今しがた目にしたアレクの洗濯魔法に恍惚《こうこつ》とした表情を浮かべていた。

「さすがアレク様……！　洗濯時間だけでなく、それを畳む時間まで短縮されるとは！」

そういえばウンディーネブルーの方の教官はどうしたのだろうかと、アレクは疑問に思った。その者がこの場にいれば、生徒たちを鎮《しず》めてくれただろうか、と。

「――で、ですがアレク様。申し上げにくいことに、問題点もございまして……」

「なんだ？　改良の余地があるのならば、遠慮なく言うがいい」

アレクの言葉に、メーヴィスはカゴから制服を取り出し、広げる。アレクが畳んだ制服だが、見れば――マントの色が移ってしまっていた。

「当校の純白の制服と、マントを同じ水球内で撹拌すると、色が移ってしまうのです」

「な、なんと……」

アレクの超絶技巧に驚いていた生徒たちも、これには微妙な顔となる。

「お、お気になさらず！　私の説明不足でもありますし、これらの制服に関しても――」

「いや、魔法の工程ばかりを気にし、みながどのように洗濯物を選別しているかについては見落としていた。誰でもない、非は俺にある」

アレクは、この中にいるだろう制服の持ち主たちに語りかけるように、生徒を見回す。

「俺の失態で、大事な制服を汚してしまい、申し訳ない。だが安心してくれ、買い替えの費用は俺が持つ」

アレクは未来へ渡る前、資産の大半をエステルに預けていた。彼女に限ってアレクの金を使い果たすということも考えられないので、制服の弁償は可能、と判断したのだが。

「そんなことしなくても、漂白すればいいのよ」

サラだった。

「漂白？　……つまり、移ってしまった色を、改めて抜くわけか」

「ええ。学園でもたまに起こることだから、専用の粉末があるわ」

その粉末は、土属性単体では生成出来ないらしく、学園に常備されているものを使用するらしい。

サラが差し出してくれたそれをしばらく眺めていたアレクは、やがて「よし」と頷いた。

「ありがとう、サラ。失態を責めることなく改善方法を教示するとは、俺はお前を誤解していたようだ。お前は、優しい心の持ち主なのだな」

「……この程度で、褒めすぎよ」

「いいや、お前のおかげで、己の失態を取り返せそうだ」

アレクは再び魔法を発動し、色移りしてしまった洗濯物全てが空へと舞い上がり、再び水球の中へ。先程目にした粉末を、アレクは複数属性を使用することで生成。

みるみる内に、制服がその白さを取り戻していく。

「はっはっは！　なるほど洗濯か！　奥が深いな！」

漂白が成功し、アレクは子供のように嬉《うれ》しそうな顔をする。

「……理解したわ」

アレクの横で、サラが呟《つぶや》く。

「ん、何がだ？」

「学園長の特別扱い、メーヴィス教官との模擬戦に勝ったという事実、そして今見せてもらった魔法の腕、そこに加えてアレクという名前……」

目の前の少年がアレク本人だと、サラは信じる気になったのか。

信じられない現実であろうと、目の前で起きたことは受け止めるその姿勢はさすがだ、とアレクは感心しそうになったのだが。

「――貴方《あなた》、アレク様の子孫なのね？」

彼女は声を潜めて、そんなことを言う。

「ん？　んん？」

「英雄の血と才を継いだ者として、厳しく育てられたのでしょうね。誰の都合かは分からないけれど、祖先の名を名乗り、学園に入るよう言われた。そんなところなのでしょう」

なるほどそうきたかー、とアレクは妙な納得感を覚える。確かに、三百年前の人間が復活したと信じるよりは、彼女の勘違いの方がよっぽど信じやすい説と言えるかもしれない。

アレクの復活を信じたい、もしくは信じさせたい者たちが、その子孫を英雄本人に仕立て上げ、花嫁学園に入れて生徒や『姫』たちに認めさせることで、信憑《しんぴょう》性を高めようとしている――なんてことも、有り得なくはないのだ。

復活時にエステルも言っていたが、これまでもアレクの偽者《にせもの》自体は何人も生まれていた。

アレクの名には、時が経《た》ってもそれだけの影響力がある。

利用したいと目論《もくろ》む者がいると信じるのは、難しくない。

「いや、サラよ。俺はアレク本人なのだ」

「いいのよ。私には貴方の苦労が少しは理解出来るわ……私も似たようなものだもの」

後半は小声だったが、アレクの耳は彼女の言葉をしっかりと捉えた。

捉えたところで、その真意を汲《く》み取《と》るには情報が足りないのだが。

それよりも、サラの冷たい雰囲気が和らぎ、どこか同類でも見つけたような喜びが滲《にじ》んでいるように見えるのは錯覚か。

アレクの受けた印象は錯覚ではなかったようで、サラはアレクに手を差し出した。

「先程は哀れだなんて言ってごめんなさい。貴方の魔法は非常に見事だわ」

「あ、あぁ」

「よかったら、私と友達になってくれるかしら？　まったく同じとはいかないかもしれないけれど、貴方の悩みを少しは理解できると思うの」

悩みなどないのだが、サラの中ではそういうことになっているようだ。

「うむ。俺もこの時代では友が少ない、申し出をありがたく思うぞ」

まぁいいか、とアレクは握手に応じることにした。

そんなアレクとサラを見て、ヴェルが目を白黒させたあと、「無視すんなぁ！」と叫ぶ。

しかしその声にも、サラは無反応を貫くのだった。

第四章◇最後の英雄と料理

「二時間目は――『料理』となります」

一時間目の洗濯が終わり、メーヴィスのクラスは次の場所へと移動。

今度も野外で行う授業のようだ。

サラのクラスは別の授業のようで、そこで一旦分かれる。

「料理……か。昔はエステルなど、仲間に任せきりであったな」

「師匠の料理、美味《おい》しいわよね……」

学園の敷地《しきち》の外へ出る必要があるとのことで、アレクが復活した施設があるのと同じ森へ向かう道中。いつの間にか横に来ていたヴェルが、アレクの声に応えた。

「そうだな、奴《やつ》は魔法だけでなく、料理の腕もよかった」

「いつもいつも、あんたに料理を振る舞った話をされて、こっちは辟易《へきえき》としてるけどね」

「そういうお前はどうなのだ？」

「……や、焼き加減なら誰にも負けないけど？」

「なるほど、不得手か」

「得意じゃないだけ！」

それは何が違うのだろうか、という疑問をアレクは呑《の》み込んだ。

「そうか。しかし、何故《なぜ》料理をするのに学園の敷地外に出る必要がある？」

「正確には敷地内だけどね。学園施設とはエリアが分かれてるだけで。あんたが眠ってたっていう墓所の周辺一帯は、師匠の土地よ」

「ほう、エステルは地主でもあるわけか」

「そうだけど、それよりもエリアが分かれてるって部分が重要なのよ。わざわざ壁を築くだけの理由があるってことなんだから」

「──魔獣だな」

無論、学園施設への不法侵入者を阻《はば》むものでもあるのだろうが、侵入してくるのは人だけではないということ。

「そういうこと」

「わざわざ魔獣の棲《す》まう森へ赴くということは、食料確保から始めるわけか」

「まぁね」

やはり、魔法使いを育成する学園なだけあるということか。

料理一つとっても、魔法使いの役目である魔獣退治と絡《から》めることで、魔法戦闘の技術も鍛えることが出来る。その上で、魔獣の捌《さば》き方、調理方法まで学べるのだ。

そんな技術が身につけば、卒業後も安心というもの。

「ところでヴェルよ。随分と親切になったようだが、どうした？」

「は、はぁっ⁉　別にそんなことないけど！」

「そうか、俺の勘違いであったか」

「そうよ、勘違いしないでよね！」

「お前とは少々誤解があっただけで、元々心根の優しい者だったな」

「んなっ――」

思えば、女装の精度を高めてくれたのもヴェルであった。アレクを心から信じてはいなくても、同じ寮の仲間という理由で、先程はサラから庇《かば》ってもくれた。

最後の英雄の復活に思うところがあるだけで、彼女自身はずっと優しい少女なのだ。

「信じろとは言わんが、俺がウェスを大事に思っていることは理解してほしい。お前自身も、その祖先も、愚弄する意図はなかった」

不法侵入者という誤解だけでなく、アレクがウェスを友と語ったことにも彼女は激怒しているようだった。アレクはこの機会に、その点を解消しておこうと思ったのだ。

「…………わ、分かった。そこは信じる」

と、消え入りそうな声が返ってくる。

見れば、ヴェルの顔が真っ赤に染まっていた。

「……ヴェル、熱でもあるのか？」

「な、なんでもないから！」

「無理はするなよ。俺は治癒魔法の心得もある、四肢の欠損までならばこの場で癒やせるので遠慮なく言え」

「はいはいありがと！　熱はないし両手足も無事だから、また今度ね！」

そう言って、彼女は足早にアレクから離れていく。

気にはなるが、誤解の一つは解けたようなので、いいだろう。

「……アレク様が様々な種族や人物に慕われていたという理由が、よく理解できました」

これまた近くを歩いていたメーヴィスが、神妙な顔で言う。

「ほう？　その理由とはなんだ？」

「圧倒的な力に驕《おご》ることなく、他者を気遣うお心こそが、周囲を惹《ひ》き付《つ》けたのではないでしょうか」

「どうであろうな」

そういう性質は、どちらかというと親友のウェスが備えていたものだ、とアレクは思う。

それをアレクからも感じるのなら、幼馴染《おさななじみ》の彼から感染《うつ》ったのかもしれない。

話している内に、先日は上空から見かけただけだった門に到着。

その外へ出ると、森側に立つ門番の一人と目が合った。

活発そうな見た目の、女性魔法使いだ。

「魔獣が門に近づかぬよう守っているのか。ふむ、任務ご苦労」

「わ、ほんとに男子が学園に入ったんだな。一応、こっちにも噂《うわさ》は届いてたけど」

「うむ。初の男子生徒とのことだ」

「あはは、そりゃ女学園だし。ま、学園長が認めたなら何か理由があるんだろうし、いいんだけどさ」

「あぁ、エステルの創ったというこの学園で、色々学ぶつもりだ」

「学園長を呼び捨てかー……。本当に『最後の英雄』だったりするのかね」

「無論だ」

「個人的には、本当だったら嬉しいよ。取り敢《あ》えず、料理の授業だろ？　頑張ってな」

「うむ」

門番の女性との会話を終え、そこから少し進むと、緑色のローブの集団と遭遇。

シルフィードグリーンの生徒たちだ。

「料理の授業では魔物狩りから行うので、一年生は上級生のクラスと合同で行うことになっています」

メーヴィスが言うには、目の前のグリーン寮女子たちは、二年生であるとのこと。

レッド寮の生徒たちに気づいたグリーン寮の生徒が、アレクを見つける。

途端、数人の生徒が駆け寄ってきて、アレクを囲んだ。

「本当に男の子だ！」「エステル様が入学許可するってことは、アレク様ご本人だったりして」「にしては可愛《かわい》すぎない？　アレク様って格好いい系なんでしょ？」「まさか、あたしたちの学園生活に男子が交ざる日が来るとは……！」「メーヴィス先生のクラスだけずるいと思いまーす！」

「ちょっと貴女《あなた》たち！　アレク様に不敬ですよ！」

メーヴィスが叱りつけるも、アレクに興味津々《きょうみしんしん》な二年生女子たちは囲みを解かない。

「あ、あのっ、みなさーん。アレクくんも困っているようですし、その、授業の説明もしたいですし、静かにしてくれると、嬉《うれ》しいかなって……」

向こうの担当教官らしき、大人しそうな女性が、控えめに注意するのだが。

これも女子たちの耳には届いていないようだ。

「うぅ……」

「あのねステュー、涙目になっても解決しないでしょう！」

「で、でもメーちゃん。私たちも、厳しい教官は苦手だったし……」

どうやらメーヴィスとその女性教官は知り合いのようだ。

「だからって、『殄獄姫《てんごくひめ》』ともあろうものが、生徒たちに軽んじられてどうするの！」

「え、でも、無視されたのはメーちゃんも同じなような……」

「うちのクラスの子は、私の話を聞いてくれます！　貴女も自分の担当生徒くらい、しっかりまとめなさい！」

「うぅ……メーちゃんもオーガ教官になっちゃった……時の流れって残酷……」

「ステュ〜？」

「わ、分かった。分かったから睨《にら》まないで……」

ステューと呼ばれた教官は指で涙を拭ってから、手を近くの樹木へと向けた。

瞬間、彼女の魔力が解放され、その圧力に大地が揺れる。

そして木の一本が、まるでミイラにでもなったかのように水分を失い、枯れ木と化した。

アレクを囲んでいた生徒たちもさすがに無視できなかったようで、目を丸くしている。

「わ、若いっていいですよね。でも、そんな輝く時期だからこそ、空費してはいけないと思うんです。青春謳歌《おうか》は大変結構。ただ、それは自由時間にしてくださいね？　不真面目な子は何も学ぶことができず、気づけばこの枯れ木のように老いてしまいますので」

生徒たちは一瞬で静かになった。それを見て、ステューがにっこりと微笑《ほほえ》む。

「みんなが良い子で、先生は嬉しいです」

『殄獄姫』ステューシー＝ステュクス。彼女は私の同期でして、普段は気弱なのですが……魔法使いとしては超一流です。生命に終わりを強制する『終焉《しゅうえん》』属性を編み出した天才術士でもあります」

『時空』属性で時を進めているのではなく、ものを破壊するように、生命力を奪っているのか。

アレクは戦闘を好むが、破壊を好むわけではない。

故に、他者に終わりを強制する属性を編みだすこともなかったのだが……。

それはそれとして、新たなる魔法属性を目の当《ま》たり《あ》に出来たことは、喜ばしい。もし戦うことになったらどう対処するか……などと考え始めたところで、授業の説明が始まる。

「料理を作るには、まず材料が必要です。この授業では、メインとなるお肉の入手を覚えて頂きます。つまり、魔獣狩りですね」

メーヴィスの説明に、生徒たちが小さく頷《うなず》く。

「えと、魔獣は魔法でないと倒せないので、その討伐は魔法使いの仕事になっています。魔獣によっては素材やお肉に高値がついたりもしますので、そういった知識もしっかりと身に付け、卒業後に損をしないよう頑張りましょう」

先程の魔法のあとだからか、ステューシーの話も生徒たちは真面目に聞いていた。

「今回は、グリーンの二年生とレッドの一年生で二人一組を作ってもらうわ。一組につき一体、小型から中型までの魔獣を狩ってくること。制限時間は三十分。今から開始よ！」

「あの、咄嗟《とっさ》の連携も、魔法使いに求められる技能の一つなので、ペア作りも含めて素早く動きましょう」

生徒たちの動きは迅速。主に先輩であるグリーン女子たちが後輩たちに声を掛け、ペアを結成しては森に踏み込んでいく。

アレクは先程の女子生徒たちに誘いを掛けられたが……。

「この中で最も強い者は、誰になる？」

目を丸くしたり顔を顰《しか》めたりする者がいる中で、最終的にその者たちの視線が向いたのは、一人の少女。

十歳ほどの子供のような身体《からだ》だが、胸部はヴェルやサラよりも膨らみに富んでいる。

銀色の髪は肩の少し上まで伸びており、肌は褐色で、耳が尖《とが》っていた。

ダークエルフだ。

ローブの位置が他の者より低く、肩が大きく覗《のぞ》いている。また、制服の下もスカートではなくショートパンツを着用しており、太ももが露出していた。

ぽつんと立つ少女に、アレクは近づいていく。

「お前が、このクラスで最も優秀な術士か」

「……『緑嵐姫《りよくらんき》』アウラ＝アエラキ」

感情の窺《うかが》えない平坦《へいたん》な声。名乗りからして、彼女も『姫』のようだ。

「アレクだ。俺と組まんか？」

「構わない。ついてきて」

返事は端的。

「うむ」

次の瞬間、少女が風魔法を発動し、己に纏《まと》ったかと思うと、急加速。

先んじて森に入った生徒たちを、一瞬で追い抜き、置き去りにした。

「ほう、中々速いな」

「……」

森の中を風魔法で高速飛行しながら、少女が隣を飛ぶアレクに視線を向けた。

アレクは一瞬で彼女の発動する魔法にあたりをつけ、同じ魔法を発動したのだ。

それがなければ置き去りにされていただろう。

少女なりの試験のようなものだったのか。

「既に何体か魔獣を見かけたが、狩らんでいいのか？」

「人生で一番大事なものは？」

突然の問いかけにも思えたが、アレクは迷わず答える。

「強き者との闘争だな」

「そう、美味《おい》しいごはん」

「……うむ、それを喜びとする者もいるだろうな」

人と意見が相違することもある。

「授業といっても、実際の食卓に並ぶことを想定して動くべき」

「実戦を想定して訓練すべきなのと同じだな」

アレクは納得する。

「小型だと腹が膨れないから、狙うは中型。昆虫型は可食部こそ多いけど食べ飽きてる。獣型が好ましいけど、雌の個体は子供を産むかもしれないから狙いたくない」

アレクはこれまで見かけた魔獣を思い返し、頷く。

「お前の狙う獲物の基準に当てはまらなかった、ということだな」

これは魔獣討伐の仕事ではなく料理の授業なのだ。己の望む獲物を狩ることは、正しい。

「たかが授業だからと手は抜かない。常に、狙うは一番」

「おぉ……！　感動したぞアウラ、お前の言う通りだ！　制限時間内に、必ずお前の満足できる獲物を見つけ、狩ろうではないか！」

「そのつもり」

アレクとアウラはその後《ご》も獲物探しをこだわり抜き。

残り時間が五分ほどになった頃、揃《そろ》ってある獣に目を留めた。

「アウラよ、一つ聞くが——中型の定義とはなんだ？」

「非常に曖昧。最終的には主観で判断せざるを得ないと思われる」

「俺も同じ思いだ。よし、ではあれは——中型だな」

「うん、中型」

平屋ならば轢《ひ》き潰せるだろう巨軀《きょく》の、大猪《おおいのしし》。

その額からは一本の角が生えており、二人が見つけた時には巨木に角を擦《なす》りつけて削っている最中だったようだ。ここにメーヴィスがいれば「どう見ても大型です」と判断しそうなサイズだが、幸いここに教官はいない。

「どう狩る？　お前のやり方に合わせよう」

「一撃で頭を落とす」

「ならば、俺がやつの動きを止めよう」

「ん、任せる」

アウラが飛び出した。巨大な一角猪が彼女に気づくが、逃走も迎撃も出来ない。

アレクの発動した土魔法によって、四足全てが拘束されたからだ。

対象の足許《あしもと》を一瞬泥濘《ぬかるみ》に変え、足が沈んだところで土を固めたのだ。

「戦姫魔法《エンゲージ》――快刀割烹《かっぽう》・素頭落とし」

アウラが人差し指と中指を立て、それを包丁のように振り下ろす。

莫大《ばくだい》な魔力が研ぎ澄まされ、空間を駆け抜け、一角猪の首が断たれ、大地に転がる。

――風魔法？　いや、今のは……。

風の刃にしては、あまりに込められた魔力が多く、切れ味も鋭利すぎる。

――『切断』の概念を操る魔法、といったところか？

切れ味を鋭くするのではなく、『必ず斬る』魔法を創ったのならば、目の前の結果も得心がいく。

「名工の打った剣の如《ごと》き、素晴らしい魔法だ」

「料理の為《ため》に創った」

「料理の為に？」

「ん」

「そうか……これほどの魔法を、料理の為に」

アレクにはない視点だが、だからこそ喜ばしかった。

彼の生きてきた時代において、魔法は戦いの為のものであった。

ささやかな生活魔法こそ存在したが、それも才ある者の暇つぶしに生み出されたようなもの。アウラのように、料理の為に新魔法を創生する者などいなかった。

世界から滅びの危機が去り、平和が長く続いたことで魔法使いたちも戦闘以外のことへと目を向けられるようになり、そうして現代特有の新魔法が生まれたのだろう。

エステルが、花嫁修業と称して一見魔法使いと関係ない家事を授業に組み込んだのも、こういった生徒が生まれることを期待してのことなのか。

アレクは改めて、未来へ渡ったことは正解だったと喜ぶ。

「アレク」

「ん？　どうした？」

「ここで血抜きを済ませておきたい。内臓も早く取り出して、肉を冷やさないと」

アウラは早速イノシシの首を地面に向けるようにして浮遊させているが、通常のやり方では血を抜くのにまだまだ時間が掛かってしまう。

「だが制限時間まで残り三分ほどしかないぞ？」

「なんとかできる？」

先程のアレクの魔法を見て、頼れる相手だと思ってくれたのか。

アレクは顎に手をやり、数秒ほど思案してから、頷く。

「切る行為全般は、お前に任せてよいのだな？」

「ん、もちろん」

「ならば、間に合わせることも可能だ」

「お願い」

アレクは水属性魔法の応用で、猪の体内に残った血液を操作し、強制的に体外へ排出。

一帯に血の海が出来上がる。

「これでどうだ？」

「さすが」

アウラは初めて満足げな顔を見せると、すかさず獲物の腹を割き、風魔法を器用に使って内臓を取り出していく。

「心臓と肝臓以外は埋めていく」

「他の生き物が食うわけか」

「そう」

アレクは先程の血液含め、捨てる内臓などを埋める用に土魔法で穴を作り、そのあとで埋め直す。

「急いで帰って、肉を冷やす。皮を剝ぐのはそのあと」

「氷属性で冷やすことも可能だが？」

「……いくつの属性使える？」

「俺に不可能はない。あっても努力で可能に変える」

「そう。じゃあお願いする」

「承った」

そうして二人は、頭部を失った巨大猪を伴いながら空を飛び、急ぎ出発地点へと戻った。

◇

「あの、アレク様？」

メーヴィスが困ったような顔をしている。

「どうしたメーヴィス、制限時間内に帰還した筈《はず》だが？」

「それはよいのですが」

「では何が問題だ？　しっかりと中型の魔獣を狩って来たではないか」

「いえ、これはどう見ても大型です」

周囲を見ると、大半の生徒は牛の成体ほどの獲物を狩って来ているようだ。

中には大型の馬ほどの獲物を仕留めた者たちもいるが、アレクとアウラほどの獲物を獲《と》って来た者は見受けられない。

「うぅむ、しかし具体的な大きさの指定がなかったのでな」

「ん、主観で判断せざるを得なかった」

アウラも同調する。

メーヴィスは額を押さえ、「アウラさん、貴女《あなた》はまた……」と嘆く。

なるほど、これまでも似たようなことはあったようだ。

「う、うちの生徒がごめんなさい……」

ステューシーが申し訳なさそうにペコペコ頭を下げている。

この授業では、無闇に危険に飛び込まぬようにという意図もあって下級生と上級生を組ませている。そんな中、上級生が食欲を優先して指定外の大型魔獣を狙った。

そのことを、ステューシーは担当教官としての監督不行き届きだと感じているのか。

「気にするな、ステューシーよ。アウラは頼れる先輩であったぞ」

「アレクも頼もしかった。今後も組みたい」

獲物を狩る上でのパートナーとして、アウラはアレクを高く評価しているらしい。

「はっはっは。俺としてもお前の魔法を間近で見られるのは喜ばしい」

意気投合する二人を見て、どういうわけかメーヴィスとヴェルが頬を膨らませる。

「……はぁ、今回は不問にしますが、次からは開始前に中型個体の定義についても注釈を入れますよ。その上で大型個体を連れて来たのなら、失格です。いいですね？」

「公平な判断だ」

「話が済んだなら、料理に移りたい」

「……ステュー、担当教官としてもう少し頑張りなさい」

「ひぃ……」

僚友に睨《にら》まれたステューシーが、両手でメーヴィスの視線を遮ろうと顔を隠す。

その後《ご》、生徒たちが狩った獲物は解体場へ運ばれ、内臓を抜いたのち、水属性魔法の使い手の力を借りて肉を冷やしてから、皮を剝ぐ作業に移る。

だがアレクとアウラの分は既に冷やす工程まで進んでいたので、皮を剝ぐだけ。

ここでもアウラの戦姫魔法《エンゲージ》が活躍し、皮だけを綺麗《きれい》に切り離すことに成功。大層美味だという皮下脂肪を、皮側に僅かたりとも残したくない……という思いから発明した魔法なのだという。

彼女の捌《さば》いた肉を、アレクの用意した炎で焼いて食したが、アレクは頬が落ちるほどの感動を味わうこととなった。

「魔法は勝利を得る為のものと思っていたが……洗濯に続き、料理にも役立つのだな」

「『最後の英雄』が平和を作ったから、魔法を戦い以外のことに使える余裕が出来た」

「そう、か……」

アレクは自分の好きなように生きてきたが、そのことが巡り巡って新たな魔法に繋《つな》がったのだと思うと、自分のやってきたことに勝利以外の価値もあったのだと感じられた。

「だから、アレク」

「ん？」

「アレクが本物なら、自分は結婚してもいい」

「ほう？　今日逢《あ》ったばかりの相手なのにか？」

「アレクとなら、美味《おい》しいごはんが毎日食べられそう。超優良物件」

「ははは、なるほどな」

「答えは？」

「まずは友人からですよね、アレク様……ッ！！」

調理場へ駆け込んで来て叫んだのは、メーヴィスだった。

あまりの剣幕に、さすがのアレクも圧倒される。

「う、うむ。今言うつもりであったが、俺はまだ恋心というものを理解していないのでな。友人からで頼む」

「ん、了解した」

アレクの言葉を聞いたメーヴィスは、安堵《あんど》の息を漏らす。

だが次のアウラの言葉に、再び表情が険しくなる。

「『時獄姫』でも、負けない」

「……！　『緑嵐姫』は恋敵、私も記憶しましたよ」

二人の間に火花が散っている……ような。

アレクは何も言うことが出来ず、黙って肉を頬張った。

――美味《うま》い。

第五章◇最後の英雄と魔法戦

三時間目は魔法を駆使した掃除の授業、四時間目は裁縫の授業だった。

前者は洗濯と同様に繊細な魔力操作に感心させられたし、後者は戦闘や訓練などで装飾がとれたり生地が裂けた時にサッと対応出来るようにと用意された科目だ。

昼休憩を挟み、五時間目。アレクたちは屋外の演習場へと来ていた。

ようやく、アレクにもパッと理解できる授業だ。

魔法戦闘の授業である。

この授業はウンディーネブルー寮一年との合同で行われるようで、サラの姿もあった。

「我《わ》が君《きみ》……ッ！！！！」

と、そこで空間を割るような大声が響き渡る。

見れば、ブルー寮一年生の教官がこちらに駆け寄って来ているところだった。

アレクは、その姿に見覚えがあった。

「――ハルトヴィヒか……！」

銀の長髪に赤い瞳をした、長身で美形の男だ。

貴族めいた衣装に、青のクロークを纏《まと》っている。

かつて人類を滅ぼさんとした吸血鬼の一群の中でも、真祖と呼ばれる特別な個体だった。

彼はアレクに敗れたことで投降し、以降はアレクの配下を自称し仕えた。

「本来ならば疾《と》く駆けつけ復活を祝福すべきところを、申し訳ございません！」

ハルトヴィヒは俊敏な動きで膝をつき、頭《こうべ》を垂れる。

「よい、よい。顔を上げろ」

「ハッ。三百年前と変わらぬ寛大なお心に深く感謝いたします！」

「壮健だったか」

「ハッ。貴方様《あなたさま》の『第四聖杖《せいじょう》』ハルトヴィヒ、この日を心待ちにしておりました！」

アレクは顔を上げたハルトヴィヒをジッと見る。

「うむ、俺も再会できて嬉《うれ》しく思うぞ。にしても、以前よりも魔力量が上昇しているな」

「恐縮です！」

「どうだ、一つ手合わせでも」

「私ごときが我が君に杖《つえ》を向けるなど、あまりにおこがましく……！」

杖を向けるというのは魔法使い用語だ。獣にとっての牙を剝《む》く行為、剣士にとっての刃《やいば》を向けるような行為を指す。

「そう言うな。かつては魔法戦を繰り広げた仲ではないか」

「当時の私は、己こそが優れた存在であると驕《おご》っていたのです！」

「優れている、というのは間違ってはいまい」

「いえ！　我が君に比べれば木《こ》っ端《ぱ》の如《ごと》き存在であると自覚しております！」

このハルトヴィヒ、非常に有能な男なのだが、とにかくアレクに対して腰が低すぎるのだった。

「まぁ、強制はせんが……。気が変わった時は言え。お前の成長に興味がある」

「もったいなきお言葉、深く胸に刻みます！」

「お前は変わらんな」

仲間の変わらぬ姿に、アレクの表情も思わず緩む。そんなふうにアレクが再会を喜んでいると、何やらハルトヴィヒはきょろきょろと何かを探すように視線を巡らせていた。

「どうした？」

「……いえ、大したことではございません」

気にはなったが、追及するほどではない。アレクは「そうか」と頷《うなず》く。

「それよりも、ハルトヴィヒよ」

「なんでございましょうか！」

「そろそろ授業を始めてはどうだ？　生徒たちが待っておるようだ」

　というより、困惑しているようだった。

「え……ハルトヴィヒ先生？」「先生って、学園長と同じで『最後の英雄』アレク様と一緒に戦ったんだよね？」「その先生が、アレクくんを『我が君』って……」「イケメン教官と美少年の主従……!?　はぁはぁ」「今なんか興奮してる子いなかった？」

　ハルトヴィヒはスッと生徒の方に向き直ると、厳しい表情を作って言う。

「この御方こそが『最後の英雄』アレク様ご本人だ。生徒諸姉においては、無礼のなきよう細心の注意を払うように。不敬を働いた者は血を抜いた上で磔《はりつけ》に処し心臓に杭《くい》を――」

「やめよ、ハルトヴィヒ。今の俺は一生徒だ、同じ扱いで構わん」

「ハッ！　失礼いたしました！　聞いたかみなの者！　我が君の寛大さに咽《むせ》び泣《な》き、その輝きに目が潰れぬよう気をつけるように！」

　ハルトヴィヒに話が通じているのか、アレクは不思議に思った。

　メーヴィスを見ると、ハルトヴィヒの様子に引いている。

　とにかく、魔法戦闘の授業だ。こちらは一対一の戦いを何度か繰り返すもの。

　対戦相手はずっと同じでもいいし、一回ごとに代えてもいいようだ。

「アレクくん」

サラがアレクの許《もと》へやって来る。彼女はアレクを『最後の英雄』の子孫と勘違いしていたが、先程のハルトヴィヒの反応を見てどう思ったのだろうか。

「サラか、どうした？　魔法戦の申し込みか？」

「いつもは冷静で厳しいハルトヴィヒ先生が、あんな態度をとる姿は初めて見たわ」

「そうか。教師としての奴《やつ》はどうだ？」

「優秀な人よ。厳しいけど公平で、熱心な生徒にはしっかりと応えてくれるわ」

「そうか」

アレクは無意識に唇を緩めていた。

「彼の反応を見て、確信が深まったわ。彼も、貴方をアレク様ということにしたい勢力の一人、ということなのね」

どうやら、そのように理解したらしい。

「俺を本物とは思わんのか？」

「エルフや吸血鬼のような長命種ならともかく、アレク様は人間族なのでしょう？　現代最強の魔法使いと名高いメーヴィス教官でさえ、十年も時を止めることは出来ない。三百年だなんて、いくらなんでも不可能よ」

「なるほどな」

納得できる理屈だ。事実とは異なる、というだけで。

「それよりも最初の質問への回答だけれど、イエスよ。私と魔法戦をしましょう？」

「うむ」

アレクとしても、そろそろ魔法戦をしたかったところだ。

「ちょっと待ったー！」

二人の間に割って入ってきたのは、ヴェルだ。

「……また貴女《あなた》なの？　いい加減しつこいわ、ストーカーかしら」

「合同授業なんだから顔を合わせるのは当たり前でしょ！」

「私はこれからアレクくんと模擬戦をすることになっているの、貴女の癇癪《かんしゃく》に付き合っている暇はないわ」

「こいつと戦うのは、あたしよ！　こっちはまだ勝負が途中なんだから！」

初めて逢った日に勘違いから魔法戦に発展したのだが、エステルが帰ってきたことで消化不良に終わったのだった。

「確かに、あの続きは俺も望むところではあるが」

「でしょ！」

「なら待っていなさい。アレクくんは、私との魔法戦を承諾したわ。こちらが先よ」

「話聞いてなかったわけ？　こっちの因縁の方が先なんだってば！」

「……悪いけれど、貴女に何かを譲るつもりは微塵《みじん》もないわ」

「へぇ、珍しく気が合うじゃない」

二人の視線が衝突。

「──勝った方が、アレクくんと戦う権利を得る。これでいいでしょう？」

「上等よ！」

そして、アレクとの魔法戦を懸けた戦いが成立する。

と、そこへメーヴィスとハルトヴィヒもやってきた。

「アレク様は、どちらが勝つと思われますか？　もちろん、ヴェルさんですよね？」

「畏れながら、我が君。我が教え子であるサラの勝利は、揺るぎありません」

寮同士の競争心は、その教官たちにも備わっているようだ。

「あのですね、ハルトヴィヒ先生。うちのヴェルさんは、既に指輪獲得数が三という歴代最速の成長株です。サラさんも立派ですが、確か獲得数は二でしたよね？」

指輪というのは、成績優秀者に与えられる賞状のようなものだという。

『最後の英雄』の花嫁に相応《ふさわ》しい有能な魔法使いを育成する、という建前で設立された影響もあって、この学園では賞状に代わって指輪が授与されるのだ。

一学期の『洗濯』における成績がサラマンダーレッド一年生内で一位なら、『洗濯の指輪』が一つ貰《もら》える。

あるいは学内で行われる行事において優秀な成績を収めた場合も貰えるようだ。

一年生はまだ入学から一月半ほどしか経《た》っておらず、現在はまだまだ一学期の途中なので、ヴェルもサラも後者の方法で獲得したと思われる。

「たった一つの指輪の数など、誤差のようなもの。もっと大きな視点で物を見る必要があるのでは？　『時獄姫』」

「くだらん諍《いさか》いはよせ。勝敗が知りたければ、戦いを見ていればよい」

「ハッ、これは失礼いたしました！」

「は、はい……」

ハルトヴィヒが片膝をつき、メーヴィスが叱られた子供のように肩を落とす。

一方、ヴェルとサラは。

「間違ってあんたの服まで燃やしちゃうかもしれないけど、着替えはあるわよね？」

「貴女の方こそ、これから水に濡《ぬ》れてしまうわけだけれど、タオルは持ってきている？　前回はそれがなくて、わざわざ学園長の家にまで戻ったのよね？」

「――燃やす」

「水に火は点《つ》かないのよ？　ご存じない？」

「ほんとむかつく奴！」

ヴェルの怒りを表すように巨大な火球が生み出され、術者の前面から敵に向かって射出される。

「見飽きた魔法ね」

サラも冷静に魔法を発動。

水属性魔法によって生じた水の塊が盾のように形を変え、火炎球を遮る。

火球は水の盾に触れると即座に熱され、水蒸気と音を発する。

おそらく、普段はこれが小手調べの一撃であり、サラの水壁によって防御可能な攻撃なのだろう。だが、その日は違った。

消火こそされたが、サラの盾は貫かれることになる。

「これは――」

「油断したわね！」

火が消えたあとに、残るものがあったのだ。

岩石球だ。

火の鎧《よろい》を失っただけの巨岩は、水壁によって勢いを減衰されながらもこれを突破。サラを吹き飛ばさんと迫る。

「く、ぅ……ッ！」

サラは咄嗟《とっさ》に氷壁を出現させながら、真横に転がるようにして回避行動をとる。

少し遅れて氷壁に巨岩が激突し、壁を破壊したところで勢いが死んだ。

一瞬の時間稼ぎがなければ、その細い身体《からだ》が巨岩に弾《はじ》かれていたことだろう。

「やっぱり着替えが必要じゃない。ま、燃えたんじゃなくて、土に汚れたみたいだけど」

ヴェルが煽《あお》るように胸を張る。

言われた方のサラは、確かに制服が土埃《つちぼこり》で汚れてしまっていた。

「……そうね、貴女の小細工を見抜けなかった私が未熟だったわ」

――なるほど、ウェスの子孫なだけはある、か。

アレクが初対面の時に言ったアドバイスを、しっかりと覚えていたらしい。

さすがに火属性と比べると精度が落ちるようだし、アレクの言っていた風属性による酸素の支配などは行われていなかったが、土属性を補助属性として使用する点については、ひとまず及第点と言える。

それに加え、先程のヴェルは、サラが普段通りの火炎球だと勘違いすることまで見越して、あの魔法を使ったのだ。

単に技術を究めるのではなく、効果的な使い所を選ぶ頭脳がある。

「へぇ、素直に認めることも出来るのね」

「いいえ、小細工だと馬鹿にしたのよ。皮肉を理解するのにも知性は必要だと忘れていたわ、ごめんなさいね」

「なんであんたはいつもいつも、そんなことしか言えないのよ！」

「いつも、貴女が無神経に絡《から》んでくるのが鬱陶しいからだけど？」

サラの突き放すような言葉に、ヴェルが一瞬だけ悲しげな顔をする。

「へ、へぇ？　そう。それは悪かったわね」

「本当にね。これを機に反省してほしいわ」

「ふ、ふふ」

ヴェルの何かが切れるような音が聞こえた気がした。

そして両者から、膨大な魔力が放たれる。

「戦姫魔法《エンゲージ》――火焔《かえん》創生」

「戦姫魔法《エンゲージ》――氷結世界」

ヴェルの頭上に、火焔の怪鳥が生まれ。

サラの頭上に、氷雪の大イルカが生まれる。

「灰燼帰結《かいじん》」

「六花築庭《りっかちくてい》」

片方は世界を熱し、片方は世界を冷ましながら、互いのその距離を瞬《またた》く間《ま》に詰め、激突。

気づけば周囲の生徒たちも自分たちの模擬戦の手を止め、試合の行く末を眺めていた。

「燃え尽きなさい！」

「凍《い》て付《つ》く定めよ」

属性的な性質こそ正反対だが、この二人は魔法に魂を映し疑似生命を生み出すという、同じ魔法へと至っている。

氷が燃え、火が凍る。一進一退の攻防は、だが、長くは続かない。

やがて周辺一帯に、爆発的な水蒸気が広がり。

それが晴れた時、残っている魔法は存在しなかった。

「ぐぬぬ……！」

「……つまらない結果になったわね」

両者引き分けだ。互いにまだ魔力は残っているようだが、これはあくまで模擬戦。死力を尽くして戦う場面ではない。

「引き分けか。ヴェルもサラも、メーヴィスもハルトヴィヒも、優秀ということだな」

ヴェルとサラは魔法使いとして。メーヴィスとハルトヴィヒは教官として。

それぞれ称賛に値すると、アレクは感じた。

「お褒めに与《あずか》り光栄の至りにございます」

「うぅ……母校の教官になってよかった……」

ハルトヴィヒが栄誉に震え、メーヴィスが感涙する。

「……ところで、俺は誰と戦えばいいのだ？」

アレクは、ようやく魔法戦が出来ると思い期待していたのだが……。


「その大役、わたくしにお任せください！」


その声は、空から聞こえた。

風魔法で飛行しながら現れたのは、エルフの麗人エステルであった。

彼女は、アレクの為《ため》に魔法学園を設立した張本人でもある。

「エステルか」

エステルはゆっくりと降下し、スッと地面に降り立つ。

「ハルトヴィヒは辞退したようですし、サラとヴェルは魔力を消耗しています」

ハルトヴィヒが辞退したことを、何故《なぜ》知っているのだろうか。

アレクは疑問に思ったが、尋ねるのはやめておいた。

「あ、あのっ、もう一度私がお相手しても構いませんよ？　担任ですし、試験の時は全力とはいきませんでしたし」

メーヴィスがアレクの方をちらちらと見ながら提案するのだが。

「メーヴィス先生は他の生徒たちの模擬戦を監督してください。ハルトヴィヒもですよ」

と、学園長に指示を出されては逆らえない。

「は、はい」

「……承知した」

というわけで、アレクはエステルと共にフィールドまで歩き、向き合う。

「学園長の職務はよいのか？」

「問題ございません」

「そうか。ならば、やるか」

「はい！　成長したわたくしの力、アレク様にご覧に入れましょう！」

「あぁ、お前の三百年を、見せてもらおう」

エステルは地水火風の四属性に適性を持つ優秀な魔法使いだった。
果たしてどのように成長したのだろうか。

「風よ！」

エステルの命に応じて、暴風が刃《やいば》の形に整えられる。その数、実に十以上。
一撃一撃が死神の鎌に等しい攻撃魔法が、一斉に放たれる。
だが、アレクは同威力の風刃を同数生成し、相手の攻撃の全てを軽々と相殺《そうさい》。

「時間稼ぎなら不要だ。お前の戦姫魔法《エンゲージ》を止めるほど無粋ではないぞ」

「……アレク様にはお見通しのようですね」

エステルが身の丈ほどの魔法杖《じょう》を取り出し、石突きを大地に落とす。
魔法杖は魔法発動を補助する道具だ。その効果は用途によって様々だが、エステルの杖は彼女の魔力を一時的に留《とど》めておく機能を備えている。
自分自身でさえ抑えきれぬ魔力を杖に溜《た》めておく為のもの。

「……ほう」

アレクから感嘆の息が漏れる。
エステルが魔力を解放すると、大地が鳴動し、近くの建物から鳥が羽ばたき、生徒たちから小さな悲鳴が上がった。

「『第二聖杖《せいじょう》』『森林姫』エステル＝アルヴスの魔法の到達点、アレク様に捧《ささ》げます」

「来い、我が三百年来の朋友《ほうゆう》よ」

「戦姫魔法《エンゲージ》――森羅万法《ばんぽう》・頂天神樹《しんじゅ》」

それは、木だった。

一本の大樹がエステルの背後に出現し、無数の根を張る。

樹齢数千年はくだらない大樹は当然、ただ生み出されたわけではない。

その根の一本一本が、意思を持っているかのように蠢《うごめ》いていた。

大地を割って地上に飛び出してきた根の一本が、アレクを貫かんと迫る。

アレクは冷静に火属性魔法を構築し、根に向かって豪炎を浴びせかける。

どんな大木であろうと一瞬で炭化する火力。

しかし木の根は火炎を突破し、勢いそのままアレクを狙い続けた。

表面が焦げているのが確認出来たが、それさえも瞬く間に治ってしまう。

「これは……」

アレクの攻撃魔法が根を傷つける速度よりも、根が持つ再生能力の方が高いのか。

魔力の大半を制限しているとはいえ、『最後の英雄』の魔法に対してそれが出来る術士は世界を見回しても数人といまい。

アレクは風魔法を纏《まと》って空中に躍り出ると、根による刺突をギリギリで回避。

そのままエステルに接近しようとしたところで、体勢が崩れる。

——飛行魔法が乱れた……？

風を生み出し操る魔法が、何故か弱まってしまったのだ。

アレクは強引に飛行を続け、魔法の調子はすぐに戻ったが……。

「なるほど。理解したぞ、エステル。お前の魔法は——魔法を食《く》らうのだな」

「……さすがです、アレク様。もうお気づきになられるとは」

アレクを狙う根の数が一挙に六本に増える。

先程の火属性魔法は確かに効いたのだ。だが、吸われた魔力も多く、木の根の再生能力が上回った。アレクの飛行魔法が乱れたのも、木の根の付近にいたことで、魔法を構成する魔力を吸われたからだろう。

「見事な魔法だ」

称賛と共に、アレクは即断。

編入試験の時と同様に魔力の四割を解放。再び大地が震え、生徒たちから悲鳴が上がる。

「精域魔法《リンケージ》——時空潮流・夜凪《よなぎ》」

まず、一番近い最初の一本の時を止める。

「あれは……メーヴィス先生の戦姫魔法《エンゲージ》⁉」「本当に使えたんだ」「だから、私は見たって言ったでしょ！」「アレクくんは、既に姫クラスってこと？」

根全体ではなく、先端の時を止めれば動きを阻害するのには充分。アレクは更にエステルに向かって夜凪を放つが、これは他の根が盾となって彼女を守ることで防がれた。

しかしこれで二本の根が動きを止めたことに——否。

時の静止がかかっていない部分から、新たに根が生え、それが勢いよく動き出す。

木の根は魔法効果を受け付けないわけではない。よって時間を止めることで『吸収』の進行を止めようとした。

それは成功したが、根が枝分かれするのなら大した足止めにはならない。ならば——。

アレクは『緑嵐姫』アウラの戦姫魔法《エンゲージ》を借りることにした。

「精域魔法《リンケージ》——快刀割烹《かっぽう》」

「千六本《せんろっぽん》斬り」

『切断』の概念が木の根を襲い、一瞬で無数の束に刻む。

再生さえ間に合わぬ超速の連続斬撃。

「今のって……アウラ先輩の⁉」「複数の戦姫魔法《エンゲージ》⁉」「今日逢《あ》ったばかりの人の魔法を再現するだけでも、とんでもないのに……」

刻まれた部分はそのまま大地へと落下。

だが、それで終わりではなかった
まだ大地に残る根の群れが、落下した根の欠片《かけら》を呑《の》み込んだのだ。

そして、欠損部分も瞬く間に再生する。

「……切り離された自分自身さえも糧《かて》とするわけか。随分な悪食《あくじき》だな」

切断された部分にも魔力は残っている。根にとっては、大事な栄養ということだろう。

「申し訳ございません」

「謝るな。褒めているのだ」

「ありがとうございます！」

エステルの瞳が輝く。

そうこうしている間にも、アレクを囲む木の根の数は増えていった。

なにせ機能停止に追い込むという意味での破壊が通用しないのだ。焼かれるよりも再生速度の方が速く、時を止めればその部分を捨て、切り落とせばその部分を食らって再生する。

サラの魔法で一気に氷結するか、あるいはヴェルの魔法で一気に灼《や》き尽くすか。

いや、とアレクは胸中で首を横に振る。

それを実現するには膨大な魔力を注ぐ必要があり、周囲にも被害が及んでしまう。

属性魔法は避けた方がよいだろう。

アレクは戦いを好むが、無関係な者を巻き込むことはしない。

「決めたぞ」

瞬間。アレクの髪がふわりと逆立ち、彼の周囲に白い光が漂い始める。

「……なに、あれ」「光属性、じゃないよね」「ていうか、アレクくんの魔力……」「更に上昇してる……!?」

生徒たちの動揺がここまで伝わってくる。

「あれは、超高密度の魔力だ。我が君の圧倒的な魔力操作により、常人では到底扱いきれぬほどに圧縮された魔力。あそこまでになると、魔力も肉眼で捉えられるようになる」

ハルトヴィヒの解説に、周囲の者たちが息を呑む。

「五割だ、エステル」

アレクがその言葉を放ったのと、エステルの根が少年を包み込んだのはほぼ同時だった。

「これが私の三百年です、アレク様……！」

魔法を食らう神樹は、他者の魔法を構築する魔力をも食らう。根の牢《ろう》に閉じ込められるということは、魔法使いにとって、無力化されるも同じ——その筈《はず》だった。

最初の数秒こそ、エステルの勝利へと意識が傾きかけていた観戦者たちだったが。

すぐに異変に気づく。根が――変色しているのだ。まるで腐っていくかのように、黒く。

「こ、これは……!?」

エステルが瞠目《どうもく》する。彼女も初めて見る光景のようだ。

その症状はやがて本体にまで及び、葉は枯れ、枝は萎《しな》び、大樹は――朽ちる。

数秒間の投獄から脱したアレクの顔には、楽しげな笑みが浮かんでいた。

「エステルよ、お前の戦姫魔法《エンゲージ》は実に見事であった。この俺の魔法さえも難なく吸収する術式をよく組めたものだ。だが、この魔法には二つの弱点がある」

「……一つは、維持に膨大な魔力が必要なことです」

エステルも自覚していたらしい。

「そうだ。魔力を食らって成長・再生する大樹だが、周囲に糧がなければ術者が必要魔力を賄わねばならない。この規模の魔法となると、お前でも長くは維持出来ぬだろう」

逆に言えば、魔獣の大群や、複数の魔法使い、飛び抜けて優秀な術士との戦いでは無類の強さを発揮するということ。

攻略法があるとすれば、逃走だ。膨大な魔力消費を伴う戦姫魔法《エンゲージ》の範囲外へ逃れることで、空撃ちさせるのである。

だがこれは、アレクの主義に反する為《ため》、彼は最初から選択肢には入れなかった。

「もう一つの弱点とは……吸収限界ですね」

「お前のこの魔法は効果範囲こそ指定出来るが、範囲内の吸収を制御できない。どんな魔法も、どんな魔力も、食らわずにはいられないのだ。胃袋が破裂すると分かっていても食事を止められないというのなら、破裂するまで食わせてやればいい」

「……アレク様のお相手を務めるには、致命的な弱点でしたね」

アレクは地上へと降り立ち、エステルを正面から見つめる。

彼女は失態を恥じるように俯《うつむ》いていた。

「エステル。少し屈《かが》め」

「えっ……。あ、は、はい」

エステルはアレクの要望に戸惑いつつも、すぐに従う。

そして、そんなエステルを、アレクは——思い切り抱きしめた。

「実に見事な成長だぞエステル！」

てっきり失望されたものと思っていたエステルだったが、突如自分の顔がアレクの胸板に押し付けられたことで、動転する。

「どぅえ⁉」

「三百年前のお前も優秀だったが、当時は二割の力で充分倒せた筈だ！　だがどうだ。今日は俺から五割の力を引き出した。エステル、俺は嬉《うれ》しいぞ！　強くなったなぁ！」

「あ、アレク様……ッ！」

アレクに褒められていると気付いた瞬間、エステルは滂沱《ぼうだ》と涙を流す。

「……三百年で、涙もろくなったか？」

アレクは苦笑しながら、そっと離れ、ハンカチを彼女に差し出す。

エステルはそれを受け取り、涙を拭いながら、子供のように笑った。

「それだけ嬉しいのです。今日この日を『五割抱擁記念日』とし、来年からは学園の祝日にしようかと思います」

「そ、そうか」

仲間と模擬戦をしたら、学校に祝日が一つ増えてしまった。

アレクがエステルと会話している中、先程の戦いを見ていた者たちの反応は様々だった。

ただただアレクの強さに圧倒された者、彼は本当に『最後の英雄』本人なのかもしれないと信じ始める者、その強さに嫉妬や尊敬の念を抱く者、彼に認められたエステルの方に嫉妬するメーヴィスのような者、そして――アレクに憎悪《ぞうお》を向ける者まで。

とにかく、この日の授業での出来事は、メーヴィスとの試験に次いで、アレクの評判を広めるきっかけとなったことは、言うまでもない。

第六章◇最後の英雄と夜伽《よとぎ》

数日後。晴れやかな朝。

アレクはヴェルと共に、エステルの家を出て校舎に向かう。

さすがに、女生徒だらけの寮にアレクの部屋を用意するというのは難しかったようで、学園の敷地《しきち》内に存在するエステルの家で寝起きすることになったのだ。

これにはエステルの同居人であるヴェルが反対したが、エステルの「ならば貴女《あなた》が寮に移りなさい」という声を受け、渋々折れた。

彼女としても、『森林姫』の手ほどきを受けられる環境は捨てがたいようだ。

弟子ということで、空いた時間などに魔法の訓練をつけてもらっているのだという。

アレクの復活から毎日続く、エステル手製の豪勢すぎる朝食を頂き、腹いっぱいになりつつ、二人は家を出た。

「あ、アレクくんだ」

「様でしょ。アレク様～！　おはようございまーす！」

他の生徒たちの姿も見えてきた頃、何人かに声を掛けられる。

「うむ。おはよう」

アレクが挨拶を返すと、黄色い声が上がる。

女学園に男子が入学するとなった時は否定的な者も多かったようだが、良くも悪くも実力主義の魔法学園ということもあり、アレクの実力を知ってからは好意的な者が激増した。

さすがに『最後の英雄』本人だと心から信じる者は少ないが、そうだったら面白いといった考えの者は多いようだ。

「こいつのどこがいいのよ……。そりゃあ、魔法がすごいのは認めるけど」

ヴェルがぼそっと呟《つぶや》く。

「ふむ。ひとまず、この数日で受けた授業に関しては、全てレッド寮一年のトップになったあたりが、よいのかもしれんな」

「んぐっ。『洗濯』と『掃除』と『料理』と『裁縫』と『家計簿』と『魔法戦』と『魔力操作』と『魔力出力』と『適性属性』と『補助属性』でトップをとっただけでしょ！」

「詳細な説明、ご苦労」

「ふんっ。この学園を舐《な》めないことね！　もしあんたが本物のアレク様だったとしても、一筋縄ではいかない授業がまだまだあるんだから！」

「ほう、それは楽しみだな」

「ほ、本気で言ってるのがまた腹立つわね……。ていうか、その適応力の高さはなんなのよ！　最初失敗しても、すぐ修正してくるし！」

「まだ知らぬ魔法の使い方を知ることが出来るのは、俺にとって喜びだからな」

「そうじゃなくて。その、適応のコツっていうか……」

「試行錯誤するしかあるまい」

「そうだけど！　っていうか、試行錯誤してあの速度なわけ⁉」

「無論だ」

「──浅ましいわね。会話の流れで情報を聞き出そうとせず、素直に教えを請《こ》うたらどうかしら？」

アレクとヴェルの間に割り込むようにして、サラが現れる。

押し出されたヴェルは危うく転びそうになっているのだが、サラは無視だ。

「おはよう、アレクくん」

「うむ。おはよう、サラ」

「ところで放課後や休日に空いている日はあるかしら？　よければ、前回うやむやになってしまった魔法戦を出来ればと思っているのだけど」

「それはよい考えだな」

「よかった。ただ、全力で挑んでも今の私では貴方《あなた》に勝てるか分からない。それでも、少しでも差を縮めたいと思っているの。だから、私に足りないことに気づいたら、教えてくれると嬉しいわ」

「もちろんだ。強い魔法使いが増えるのは、俺としても大歓迎だからな」

「ありがとう、優しいのね。お礼もするから、必要なものがあれば遠慮なく言って頂戴」

「……その前に、あたしに謝れー！」

体勢を整えたヴェルがサラに突進するが、正面から迫った為に軌道が読まれ、軽やかに回避されてしまう。

「避《よ》けんなー！」

「どうしたの、朝からそんなに叫んで。何かしらの栄養が足りなくて、イライラしているのかしら」

「原因はあんた一択よ！　押しのけたでしょ！　さっき！　あたしのこと！」

サラは、おそらくわざとだろう、怪訝《けげん》な顔で首を傾《かし》げる。

それを見て、ヴェルの怒りが勢いを増す。

「杖《つえ》を抜きなさい、この前の続きをしようじゃない」

「あの、貴女大丈夫？　私はホームルームに間に合うように教室に向かうから、貴女の相手なんて出来ないのよ？」

「じゃあ昼休みでもなんでもいいから、相手しなさいよ！」

この二人は顔を合わせれば口論をするので、周囲の生徒も慣れた顔で過ぎ去っていく。

アレクも放っておくことにして、一人教室へ向かう。

その時、アレクの横を疾風が通り過ぎた。

かと思えば、風の発生源がアレクの前方でぴたりと止まる。

「あれふ、ふぉはよう」

パンを口にくわえた『緑嵐姫』アウラであった。

「おはよう、アウラ」

「ん」

挨拶の為に止まってくれたらしい。再びアウラが風魔法で加速し、視界から消える。

アレクが一人になったことで、周囲を歩く女生徒たちがそわそわし出すのが分かった。

どうやら、話しかけてよいものかと緊張しているらしい。

「こほんっ。おはようございます、アレク様……いえ、アレクさん」

担当教官にして『時獄姫』の異名を持つ、メーヴィスだった。

彼女がアレクの隣にやってきて、周囲をギロリと見回すと、女生徒がさっと散る。

「メーヴィスか。うむ、おはよう」

「あの、それでですね、つい先程のサラさんとの会話が偶然たまたまちょうどよいタイミングで耳に入ってしまったのですが」

「予定のない日に、魔法戦を行う件か？」

「は、はい。よければ、私も参加させていただいてもよろしいでしょうか？」

「俺は構わんが、サラとの先約があるからな。別日で構わんか？」

「はい！　そちらの方が嬉しく思います！　……ところでアレク様」

「なんだ？」

メーヴィスが、どこか緊張した面持ちで、こう尋ねてきた。

「学園生活も数日が経過しましたが、だ、誰か気になる女性は見つかりましたか？」

「ううむ。おそらく恋愛的な意味で尋ねているのだろうが、前にも言ったように俺はそのあたりの機微に疎《うと》くてな」

「もちろん、魔法使いとして気になる者でも！」

「そうか。それならば、やはり『姫』の称号を持つ者は興味深いな。『魔法の創出』に至る術士が、俺以外にこれほど現れるとは実に素晴らしい」

「な、なるほど！　と、ということは、私も、その、入っているわけで……」

メーヴィスはそわそわした様子で、己の指と指を絡《から》ませながら、そんなことを言う。

「もちろんだ。歴代最強候補とは聞いていたが、評判通りの腕前だったな」

「よっっっし……ッ……‼」

アレクは、すぐ隣から歓喜の叫びが聞こえてきた気がして視線を向けたが、隣を歩くメーヴィスは何事もなかったかのように涼やかな表情で歩いている。

——確かにメーヴィスの声だと思ったのだが、気の所為《せい》か？

そうでなければ、喜びのあまり叫んだものの、すぐさま取り繕ったことになる。

「どうかされましたか？　アレク様」

「いや、なんでもない」

「先程の話をまとめると、アレク様の花嫁に一番近い術士は、私ということになりますでしょうか？」

「ん？　いや、まぁ、実力だけで言えば、そういうことになるのか？」

「なるかと思います……！」

力説するメーヴィスに、気圧《けお》されるアレク。

少年はエステルも強かったと言いそびれたのだが、とても言えない空気だ。

「う、うわぁ……年齢が自分の半分しかない男の子を、メーちゃんが必死に口説いてるところを見てしまった……」

現れたのは、シルフィードグリーン寮二年の担当教官、『殄獄姫』ステューシーだ。

彼女は、かつての学友でもあるというメーヴィスの行動に引いているようだった。

「ステュ～？　数字の計算は正確にしなさい？　アレク様は十五歳よ？　私は三十歳にはなっていないのだから、半分しかないなんて表現はおかしいわよね？」

「こ、細かいなぁ。学生の頃は、一年二年先に生まれたくらいで偉そうにする先輩たちって嫌だねって話してたのに、大人になった今、一年二年を重要視するようになるなんて」

「時の重みは成長しないと気づけないのよ！」

「ひぃ……。き、気をつけてくださいねアレクくん。メーちゃんは美人だけど、怒ると非常に怖いので……」

「怒らせる方が悪いとは思わない？　ステュー」

「じゃ、じゃあ私はホームルームの準備があるので、この辺で……！」

ステューがとてとてと駆けていく。あまり足は速くないようだ。

「申し訳ございません、アレク様。お見苦しいところを……」

「構わん。ステューシーとは親しい友なのだな」

「うぅん……。そう、ですね。彼女とは同期なのですが、当時同じ学年の『姫』は私と彼女だけだったので、関わる機会が多かったというのもあります」

「ヴェルとサラのようなものか」

「あそこまで互いに対抗心を持っていたわけではありませんが、近いかもしれません」

学生時代を思い出したのか、メーヴィスはどこか懐《なつ》かしむような顔をする。

「高め合う友がいるというのは、素晴らしいことだ。エステルは本当によい仕事をした」

「……アレク様にも、きっと見つかりますよ。高め合えるような……つ、妻が」

ぽっ、っと頰を染めるメーヴィス。

「あぁ、そう期待している」

さぁ、今日はどんな授業が待っているのか。アレクは期待に胸を躍らせ、教室へ向かう。

◇

「一時間目は……夜伽《よとぎ》です」

「なん……だと」

ホームルームのあとのことだった。何故《なぜ》かクラスメイトたちがそわそわしていたり、ヴェルでさえ俯《うつむ》きながら顔を赤くしていたり、メーヴィスが名状しがたい微妙な顔をしていたりと、アレクも異変は感じ取っていたが。

それらは全て、一時間目の科目に対するものだったのだ。

アレクとて、その言葉が持つ意味くらいは知っている。要するに、大人の同衾《どうきん》だ。

「もちろん、実際に行為を行うわけではなく、生徒同士で練習をするわけですが……」

メーヴィスの補足にも力がない。

というか、どこか悔しそうな顔をしているようにも見える。

「本日は、えー……ノームイエロー寮の二年一組が、指導役を担《にな》うようですね」

溜《た》め息《いき》混じりのメーヴィスの説明を聞くに、先輩が身につけた技術を、後輩に伝授してくれるようだ。技術が技術なので、先輩側の寮室にて、一対一で指導を受けるのだという。

その後《ご》、先輩後輩双方の視点からレポートを提出し、それを元に教官が成績をつけていくのだとか。

「『最後の英雄』アレク様は、男女の色恋に関心が薄いとされていましたので、妻となる者がそういった知識を身に付けておくことも重要との判断で用意された科目となります。……まぁ、この学園でなくとも性教育の重要性は語るまでもないので、私も必要な授業とは理解していますが」

メーヴィスが再び深い溜め息をこぼす。

確かに彼女の言う通りだ。

大人の中には、そういった行為を子供から隠そうとする者もいるが、それではいつまで経《た》っても正しい知識など身につかない。

汚《けが》らわしい行為などではなく、新たな生命を授かる尊い行為だからこそ、子供たちに正しい知識を伝えていく必要があるだろう。と、アレクもそういった理解は示せるのだが。

いざ教わる側になると、微妙な抵抗感を抱いてしまうのも事実であった。

「メーヴィスよ、一つ尋ねたいのだが」

「……なんでしょうか、アレク様。あぁ、残念ながら教官が指導役を担うことは出来ないそうです。非常に残念ながら。何故なら、学園長に却下されてしまったので」

却下されたということは、提案したということだろうか。

アレクは疑問に思ったが、それを口にはしなかった。

「いや、そうではなく。この授業、俺も受けねばならないのだろうか？」

「いえ、実技形式の場合は欠席も可能です。どうしても忌避感を感じる子もいますし、そういった考えも尊重されるべきですから。ただし、当然ですが成績はつきません」

「う、うぅむ……」

魔法の関わる授業ならばともかく、こういった授業はどうしたものか、とアレクは悩む。

「あ、あら？　いつもの威勢はどうしたわけ？」

と、そこで、挑発するような言葉を向けてきたのは、ヴェルだった。

そういう彼女もいまだに顔が赤いままだったが。

「いや、これはあくまで『練習』なのだろう？　俺本人が参加しては、趣旨が変わってしまうのではないか？」

「ちょっと！　これはあくまで授業なのよ！　ほ、『本番』なんてダメなんだからね！」

「いや、万が一にもそうなってしまわぬよう、俺の参加は避けた方がよいのではないか、と話しているのだ」

「ま、万が一って……！　ヘンタイ！　やっぱりヘンタイだったのね！」

ヴェルの初心《うぶ》っぷりを見るに、夜伽の授業と言っても大したことはないのかもしれない、とアレクは考え始める。

「ペアは合意の許《もと》に組むものですから、相手のクラスが殿方を避けるようなら、アレク様のお相手がいない、という結果になるかと。も、もちろんその場合は私が座学の方をみっちりお教えいたしますので、ご安心を……！」

逆に、アレクの相手をしてもよい、という考えの者がいるのなら、その申し出を断るのは無粋かもしれない。

「うぅむ……」

「ふ、ふふんっ。あんたのクラス一位更新も、ここまでね！」

「ま、『夜伽』のクラス一位はヴェルちゃんでもないけどね」「確か、下から数えた方が早かったよね」「ヴェルちゃん、手を繋《つな》ぐのも緊張して出来ないくらいだし」

「あんたたち、うっさい！」

ヴェルは勝ち気な性格をしているが、仲間想《おも》いであったりポンコツな部分があったりと、クラスメイトには愛されている。

「で？　どうすんのよ。ち、ちなみに、夜伽に関連する魔法ってのも、ある、らしいわよ！　あ、あたしは経験ないけど、そういうのがあるって、先輩が言ってたような……」

「ほう？」

魔法と聞いて、アレクの瞳が輝く。

「昔から存在したのか？　いや待て、淫魔と呼ばれる種族が魅了の秘術を使うと聞いたことがあるが、そういったものの類いのことか？　しかし種族固有の秘術は他種族には扱えぬ筈《はず》だが、似た魔法を創出したのか？　もしくは淫魔の学生が？」

「あんたほんと魔法のこととなると積極的よね……」

「よし、決めたぞヴェルよ。この授業、俺も参加しようではないか！　そして成績がつくからには当然、クラス一位を狙う！」

「ふんっ！　あたしだって負けないわよ！」

「うんうん、青春だね」「今日こそ、恋人繋ぎくらいは出来るといいね、ヴェルちゃん」

「肩と肩が触れ合っただけで気絶したりしないようにね」

「あんたたち、どっちの味方よ⁉」

そんな会話があったりしつつ。

サラマンダーレッド寮一年一組の面々は、ノームイエロー二年寮へと向かう。

◇

「いらっしゃーい！」

寮のエントランスに到着すると、制服に黄色いマント姿の女生徒たちに迎えられる。

ちなみに、各寮の生徒の傾向として、グリーンは自由、イエローはおおらか、ブルーは理性的、レッドは情熱的という差がある、なんて話もあるようだ。

あくまでアレクが関わった生徒に限れば、今のところ当たっているようにも思える。

それはさておき。

これまでの授業で既に相性のいいペアなどもあるらしく、先輩たちが次々と後輩に声をかけ、自分の部屋へと導いていく。

ヴェルは、大人びた女生徒に手を引かれ、顔を真っ赤にしながらどこかへ消えていった。

一人また一人とペアが成立する中で、アレクは取り残されていく。

やはり『夜伽』を『男』と、という部分で抵抗感を覚えている女子が多いようだ。それもそうだろう。ここは元々女学園。同年代の男と関わる機会の極端に少ない場所なのだ。

ここは自分から動くべきか、とアレクは考えた。

「正直に言うが、この科目に関して俺は初心者に等しい！　よければ、先達《せんだつ》に指導を賜りたいと考えるが、いかがか！」

「あら、正直に言えて偉いですね。では、わたしがお相手を務めましょうか？」

アレクの前に進み出たのは――狐耳《きつねみみ》をした金髪の美少女であった。

この世にはエルフや吸血鬼の他にも様々な亜人が存在する。アレクのかつての仲間にも、狼耳《おおかみみみ》の亜人の一族がいた。この学園には人間族の生徒が最も多いようだが、ダークエルフのアウラのように、亜人の姿もちらほらと確認できた。

改めて、アレクは少女を見る。

背が高く、どこかほんわかとした印象を受ける。柔らかな雰囲気に、大人びた佇《たたず》まい。触れればふわふわとした感触がしそうな耳に、ところどころぴょんと外に跳ねるようなクセのついた金色《こんじき》の髪。

微笑《ほほえ》み一つで相手を安心させるような包容力を、少女は放っていた。

しかし一方で、制服の着こなしは非常に独特で目を引いた。

女生徒の制服は、一番内側に着るもの、その上に着るもの、最後にマントと三要素あるようなのだが、狐耳の少女はその内『一番内側に着るもの』しか着用していないのだ。袖はあるが肩部分や谷間は露出しており、首元と胸は辛《かろ》うじて隠れている。申し訳程度に装着されたネクタイは、暴力的なまでの存在感を示す双丘に呑《の》み込まれ、その半分ほどが見えなくなっていた。

ミニスカートからはガーターベルトが伸び、純白のニーソックスへとつながっている。

柔らかくも艶《なま》めかしい、なんとも個性的な魅力を放つ少女に、アレクは言う。

「大変ありがたいが、お前は俺が相手で問題ないのか？」

「ふふ、『最後の英雄』アレク様のお相手が出来るのなら、それに勝る喜びはないかと」

「俺の復活など有り得ない、と考える者も多いそうだが？」

「『最後の英雄』は不可能を可能に変える御方だったと伝わっています。であれば、我々の常識など、容易《たやす》く覆《くつがえ》されることでしょう」

「なるほど、そういう考えもあるか」

エステルやハルトヴィヒなどかつてのアレクを知る者以外から、こういった意見が出るのは初めて聞いたかもしれない、とアレクは思い返す。

「では、アレク様。わたしたちも、上へ参りましょう？」

気づけば、彼女がアレクの手を優しく握り、導くように歩き出していた。

「うむ」

その手の柔らかさと体温、彼女から漂う芳香に、アレクはどうにも落ち着かない気持ちを覚える。これが攻撃魔法であれば、大地を裂き海を割るようなものだったとしても、冷静に対処できるのだが。

階段を上がり、廊下を進み、扉の前で止まり、扉が開かれ、室内に招かれる。

「ふふ、恥ずかしいので、あまり部屋の中をじっくりと見ないでくださいね？」

「心得た」

とはいえ、何も恥ずかしがるところのない、清潔感のある綺麗《きれい》な部屋だった。

本人の性格か、整理整頓もきちんとされており、寮生共通と思われる家具一式や教材を除けば、物らしい物はあまりない。卓上に、ゴーレムを模した小さな粘土人形がある他、やや化粧品の類いが多いくらいだろうか。

特筆すべき点があるとすれば、香を焚《た》いているのか、くらっとするほどの甘い香りが室内に漂っていることくらいだろう。

「ささ、ベッドへお座りください」

なにぶん初心者なので勝手も分からないアレクだが、少女はそれを嘲る様子もなく、優しく次の動きを促してくれる。

「なるほど、そういうものか」

素直にベッドに腰掛けるアレクを見て、少女は慈愛に満ちた笑みを浮かべた。

「緊張されていますか？」

「緊張……？　どうであろうな。これが魔法戦であれば、次にどうすればいいかなどすぐに浮かぶのだが、こういったこととなるととんとダメでな。そういう意味では、ままならなさを感じている」

アレクが真面目に答えると、少女がくすりと笑う。

「人生の大半を世界の救済に費やしたのですから、色恋に疎《うと》くても仕方がありませんよ」

「そうか。我が友などは、俺と旅をしながらも恋人を作っていたものだが」

アレクは親友ウェスのことを思い出す。

「ならば、アレク様にも出来ない道理はありませんね」

少女はアレクの横にぴったりとくっつくように座った。彼女の体温が強く感じられる距離。互いの吐息さえも鼻に掛かる距離。相手の瞳に映る自分の姿が確認出来る距離。

少女はそれが当たり前であるかのように、アレクの膝をすす……と擦《さす》っている。

「尋ねたいことがあるのだが」

「なんなりと」

「お前の名前を、まだ聞いていなかったように思う」

アレクの言葉に、少女が目をぱちくりと開閉させた。

それから、ふわりと花咲くように微笑む。

「これは失礼しました。わたし、レイヤ＝フレイヤと申します。どうか、気軽にレイヤとお呼びくださいな」

「そうか、よろしくレイヤ。俺はアレクだ」

「ふふ、存じておりますとも」

「そうか」

「そうなんです」

しばし、二人の視線が混じり合う。

「ではアレク様、そろそろ始めましょうか」

「……うむ」

レイヤはアレクに顔を近づけ、そして——肩に頭を置いた。

「ふふ、殿方の肩を借りるのは初めてです」

レイヤの声は楽しげ。

「そ、そうか……。ちなみに、レイヤよ」

「なんでしょう？」

「いや、なんでもない」

アレクはレイヤの指導を受ける立場。ここは彼女の行動を見て、自分で何か学び取るべきだろうと思い直した。

ふと、肩に載っていたレイヤの頭の重さがなくなり、代わりに彼女の吐息がアレクの鼓膜をくすぐる。

「もしかして、アレク様は、もっと過激な触れ合いをお求めですか？」

「……さっきも言ったが、俺に色恋は分からぬのだ。どこまでが初歩で、どこからが過激になるかの線引きも出来ぬよ」

「では、アレク様という初雪に、足跡を刻むのが、わたしということなのですね？」

レイヤの声が、粘性を帯びる。

「――それはとても光栄で、とても背徳的でございますね」

ぞくりと、アレクの背筋を雷属性魔法が駆け抜けていったようだった。

「とはいえ、何事も一歩ずつです」

「つまりは、手を繋《つな》ぐなどの、軽い接触からということか？」

「はい。言葉を交わし、互いに笑い合い、手を繋ぎ、共に歩き、やがて一つの部屋で二人きりとなり、より親しくなる。これがエステル様の考案された『夜伽《よとぎ》』の初歩ですね」

「ほう。この授業もエステルが考えたのか」

「はい。エステル様が悠久を生きる乙女な所為《せい》か、些《いささ》か想定される進展速度が緩やかなのは気になりますが、まずはアレク様に女性を知ってもらおう、という配慮は素晴らしいものだと、わたしも思います」

「……思えば奴《やつ》は、昔から俺を慮《おもんぱか》っていた。エステルの支えがなければ、俺は『最後の英雄』などと呼ばれていなかったかもしれん」

「あら。ではエステル様も、わたしの恩人ですね」

「恩人？」

「はい。わたしの一族の故郷は秘境と言っていい場所にあるのですが、その昔、魔族の脅威で滅びかけたそうです。当然、知られざる場所に住処《すみか》を作った者を、他の者たちが助けられるわけもなく。魔族に食われて終わるものと思っていたところに、アレク様が現れ、一族を救ってくださったのだと伝説に残っているのです」

「狐の亜人の隠れ里、か。言われてみれば、行ったことがあるような……」

「ふふふ、覚えていなくとも無理はありません。歴史書に残っているだけでも、アレク様が救った場所、者には枚挙にいとまがないのですから。でも、わたしの一族は、ずっとアレク様の偉業を忘れませんでした。今でも、親が子に当時の話を聞かせるそうですよ。その時のことを直接知っている者など、もういないのに」

「そう、か」

レイヤがそっとアレクの身を押すので、アレクはそれに逆らわず、ベッドに仰向けになる。レイヤはアレクの上にまたがるようにして、彼を見下ろす体勢をとった。

アレクの胸板に、彼女の髪がほんのりとかかる。

「この学園が設立されてからは、我が一族は毎年のように人材を送り込むようになりました。復活したアレク様に見初められ、里の恩人の妻となることを期待して。もちろん、わたしも当時の話を聞いて育ちました。だから、『最後の英雄』アレク様には尊敬の念を抱いておりますし、本当に復活されたのならこれほど喜ばしいことはないと思っています」

彼女が終始アレクに好意的だったのは、それが関係しているのかもしれない。

「ならば、偽者《にせもの》だとしたら相当不愉快であろうな」

「はい。ですが、その心配はしていません」

「ほう？」

「エステル様やハルトヴィヒ様が、偽者を許す筈《はず》がありませんもの」

レイヤは、サラとはまた違う考えのようだ。

サラは、英雄復活の影響力から、偽者をでっちあげることも有り得ると考えている。

レイヤは、アレクの仲間がそんなことを許す筈がないから、少年は本物だと考えている。

「では、俺を本物と信じるか？」

「はい」

レイヤが上体をゆっくりと下ろし、その豊満な胸部がアレクの胸に押し当てられ、むにゅうっと形を変えた。問答無用に相手の鼓動を高鳴らせる、魔法のような感触。

「貴方様《あなたさま》は本物の英雄。ですから、この学園に通う女の子も、かつて通っていた女性たちも、みんなみーんな、アレク様のお嫁さんに出来るのです。素敵ですね？」

水気を帯びた、妖しげな視線がアレクを見下ろす。

「それは、おかしい」

「え？」

　アレクの言葉に、レイヤが目を丸くした。

「恋人が対等な存在ならば、夫婦も同じだろう。片側の意思だけで婚姻が成立するのでは、とても対等とは言えん。仮に俺が誰かを求めたとしても、相手にはそれを拒む権利が保証されねばならん。エステルもその程度のことは考えた上で、この学園を設立した筈だ」

「拒む、権利……」

　そう呟《つぶや》いて以降、彼女は数秒、十数秒と黙っていたが、やがて、吹き出すように笑った。

「ふ、ふふっ。アレク様は想像以上に真面目で……想像以上に素敵なかたですね」

「俺にはよく分からんよ」

「ならば、それもこれからゆっくりと、教えて差し上げます」

　ころん、とレイヤはアレクの隣に寝転んだ。

「まずは、添い寝です。ゆっくりと女の子に慣れて、いつか当たり前のようにドキドキ出来るようになるまで、しっかりとお付き合いしますよ。だってわたしは、アレク様の指導を引き受けましたからね」

　ほんのりと頬に朱が差したレイヤは、先程までよりも一層美しく見えて。

　少年はその原因を突き止めることが出来ないまま、『夜伽』の授業は過ぎていった。

第七章◇最後の英雄と紅炎姫

『夜伽』の授業の翌日。アレクは早朝から魔法の鍛錬をしていた。

エステルの家から出てすぐの、開けた土地で魔力を練る。

魔法とは、精霊が人類に授けてくれたもの。これが、人間族にとっての真実だ。

何故《なぜ》ならば、人間族は種族固有の特殊能力を持たないとされてきたから。

たとえば吸血鬼は、血を吸うことで他者の生命力を取り込むことが出来る他、血を操る術《すべ》を持つ。淫魔は人を魅了する特殊な術を扱うというし、狐《きつね》の亜人は幻影を見せる術、狼《おおかみ》の亜人は肉体強化術、エルフは結界術など、その種族固有の特殊能力は非常に多い。

人間族はこれを持たない為《ため》、精霊に言霊《ことだま》を授からないことには魔法を使えなかった。

とはいえ、精霊の言霊は魔法使いの素養があれば扱うこと自体は誰でも可能。

結局、人間族だけに与えられる特別な力は、ないということになる。

より正確に言うならば。特定の種族だけに与えられる、特別な力などないのだ。

魔法は、己を深く信じ、相応の実力を持ってさえいれば、創出できるのだから。

精霊の言霊や己の種族に頼らぬ魔法を、アレクは『自分だけの魔法』と呼んだ。

精域魔法《リンケージ》とは、エステルの付けた名だ。

そして、アレク以外の到達者が使う魔法は、戦姫魔法《エンゲージ》と呼ばれる。

アレクを特別視するエステル故に、同じ名称を使うのは避けたかったのだろう。

だが、本質は同じもの。己の頭の中で思い描いた魔法を、世界に投影する術。

『時を操る魔法』『終焉《しゅうえん》を齎《もたら》す魔法』『必ず断ち切る魔法』『魔法を食《く》らう魔法』『属性魔法に生命を宿す魔法』など、様々な戦姫魔法《エンゲージ》を見た。

それだけではない。洗濯の魔法に掃除の魔法なども、アレクに刺激を与えてくれた。

この花嫁学園で目にした魔法を、アレクは毎朝思い返し、再現する。

精度を高め、また必要になった時に、自在に操れるように。

「……またやってる」

寝間着姿のまま、家からヴェルがでてきた。

彼女は朝に弱いようなのだが、それでも朝練を欠かさずしているらしい。

寝起きで髪は結んでおらず、やや乱れた調子で垂れている。

「……ん？　ちょ、ちょっとあんた！」

アレクの洗濯魔法を見て、しばらくぼうっとしていた彼女だが――いきなり叫び出す。

「なんだ？　手順に誤りはない筈だが」

「そ、そうじゃなくて！　なにを洗濯してんのよ！」

「俺の分は少量でな。エステルとお前の分も使わせてもらった。なに、礼ならば不要だ」

「し、しししっ、下着も交ざってるんだけど⁉」

彼女の顔が燃えるように赤い。

「案ずるな、失敗は繰り返さん。色移りはもちろん、素材が傷まぬ方法も習得済みだ」

「……お、女の子の下着を、勝手に持ち出して、洗うのは——ヘンタイ行為よ！」

「……なんと」

アレクの魔法は既に乾燥に移行しており、洗濯物が中空に広げられ、一気に乾かされる。

当然、ヴェルとエステルの下着も宙に浮いていた。

「ぎゃあ！　見るなぁ！」

「承知した。目を瞑《つぶ》っていても、魔法の維持は可能だ」

「いいから、さっさと返しなさいよバカ！」

「まだ乾いていないぞ？」

「さっさとしなさい！」

そこまで言うならばと、アレクはヴェルの下着を本人に返す。

「師匠の分もよ、ヘンタイ！」

「エステルならば気にせんと思うが」

「あんたに文句を言わないだけで、あとで悶絶《もんぜつ》するに決まってるでしょ！」

「そういうものか」

エステルの下着も、ふよふよと浮いてヴェルの手へ。

「もう！　信じられない！」

ぷりぷり怒りながら、ヴェルが一旦家の中に戻る。

アレクが乾燥と洗濯物を畳む工程まで終えたところで、彼女が再び外に出てきた。

「おう、丁度良かった。家に運び込むのを手伝ってくれ」

そこまで風魔法で可能なのだが、つい先日『家の扉がひとりでに開き、洗濯物が室内に侵入してくる』光景に悲鳴を上げたヴェルに文句をつけられ、直接運ぶことにしたのだ。

「……いいけど」

一旦家の中に戻り、女性陣の服は衣装部屋へ。アレクの服は、彼に割り当てられた部屋へ持っていく。それが終わると、再度外へ。

「……あんた、随分と楽しそうね」

「あぁ、楽しいぞ」

アレクは掃除の魔法を思い返しながら、周囲に散らばる木の葉を集めていく。

これは風魔法の応用だ。室内で使う場合、埃《ほこり》などを散らすことなく一箇所に集めることが出来るという優れた魔法である。

ちなみに、料理の授業で習う、皿洗いの魔法というのも存在する。

これは洗濯魔法と似ているが、より小規模で繊細な魔法技術が求められるものだ。

「戦いにしか興味がないんだと思ってたわ」

「それは『最後の英雄』に対する問いか？　俺をアレクだと信じたのか？」

「ち、違うけど！」

ぷいっと顔を逸《そ》らすヴェルに、アレクは微笑を浮かべる。

「ふっ、そうか。確かに、俺は戦いを好む。だが、他者を傷つけることにも、何かを破壊することにも興味はない。最初はただ、魔法の扱いが上手《うま》くなることが嬉《うれ》しかった」

「……その気持ちは、分かるかも」

「俺とウェスは孤児でな、幼い頃は価値のない存在として扱われた。だが魔法の才に気づいてから変わった。俺たちはまともな服を、まともな食事を、まともな家を手に入れた。俺たちを利用しようと近づいてくる者たちもいたが、どうでもよかった。己の才覚と努力で、己の人生を変えられるということが、楽しかったのだ」

無価値な子供が、三百年後の世界でも語られるような英雄へと至った。

魔法という、一つの力と。努力という、己の意思で。

「だから、強くなりたかったの？　自分の人生を、どこまで変えられるか試したくて？」

感情的になる場面の多い少女だが、決して愚かではない。

アレクは、彼女が賢い人間だと理解していた。

今のように、短い会話から相手の心情を察する能力にも長《た》けている。

「足の速い者は、己がどれだけ速く走れるのか知りたいものだろう？　俺も同じことを思っただけのこと。魔法で、どこまでの高みへと至ることが出来るのか、となし
「『最後の英雄』アレク様は、世界を七回救えるほど、強くなったじゃない。それでも、足りなかったの？」

「あぁ。魔法こそが俺の人生の中心だったが、その魔法で満ち足りた気分になれたことはないのだ。喜びはある、楽しくてならないと感じることだって。だが、もうこれでいいとは思えなかった。ならば、俺はまだ己の限界へは達していないのだろう」

ヴェルから次の言葉が放たれるまでには、少し時間が掛かった。

「限界を知ることは……自分の時代を生きることよりも大切だった？」

アレクは彼女を見る。

咎《とが》めるような気配はないが、悲しみに近い感情が表情に滲《にじ》んでいた。

「親友を置いて未来へ行くほど重要なのか、という問いか？」

「……あ、あたしはただ」

「気にするな、かつても似たようなことは仲間たちに沢山言われたからな」

「ど、どう答えたの？」

「別れを惜しむ気持ちはあったとも。俺にとっても、仲間は大事な存在だった」

「なら――」

「だからこそ、だ。仲間の為に、あの時代に残ることは出来た。だが、未来への希望を持ったまま俺が老いていく姿を見た時、仲間たちはどう思う？」

「――」

「もっと強くなれたかもしれない、好敵手と巡り会えたかもしれない。そのようなもしもの未来を抱えて死に行く俺を見た仲間たちは、絶対に後悔するだろう。俺には分かる。そういう奴《やつ》らなのだ、俺が得た仲間たちというのは」

自分たちが引き止めたばかりに、アレクの人生に拭えぬ後悔が残ってしまったら。

きっと、仲間たちの心には、大きな傷が残ってしまうだろう。

「……いい仲間たちだったのね」

「あぁ。みな、自慢の友だ。俺が奴らの夢を邪魔しないように、奴らも俺の夢は邪魔しない。それを分かっているから、自分の道を進んだだけのことだ」

「そう。そっか……」

「そうなのだ」

「……この時代で、至ることが出来るといいわね」

「そう期待している」

互いに目が合い、どちらからともなく微笑《ほほえ》む。

それから数秒後、彼女は思い出したように「あっ」と口にした。

「どうした？」

「あ、あたしは別に、あんたをアレク様だって信じたわけじゃないからね!?」

「……今更だな」

これまで、そういう前提で話をしたというのに。

「認めてない！　まだ認めてないから！」

「まぁ、構わんが」

それから、別々に魔法の鍛錬を開始。だが、ヴェルはちらちらとアレクに視線を向ける。

「……どうした？」

「は、はぁ？　何が⁉」

「言いたいことがあるのならば、話せ。ないのならば、鍛錬に集中しろ」

「うぐっ」

ヴェルは呻《うめ》いたあと、しばらく悩ましげな声を上げていたが。

やがて己の頭をくしゃくしゃと掻《か》き、吹っ切るように両頰を叩《たた》いた。

「じゃあ、聞きたいことがあるんだけど！」

「なんだ」

「あんた、師匠との戦いで複数の戦姫魔法《エンゲージ》を使っていたわよね」

「あぁ」

アレクの場合は精域魔法《リンケージ》と呼ぶのだが、わざわざ訂正はしない。

「ってことは、一人の人間が複数の戦姫魔法《エンゲージ》を習得することが出来る、ってことよね？」

「何を当たり前のことを言っている」

人間であるアレクが複数の戦姫魔法《エンゲージ》を使えたのだから、人間が複数の戦姫魔法《エンゲージ》を習得出来るのは当然だ。

「当たり前じゃないから言ってんの！」

「そうなのか？」

そういえば、アレクは一人の術士が複数の戦姫魔法《エンゲージ》を使っているところを見たことがない。

メーヴィスならば『時空属性』の中での、アウラならば『切断属性』の中での、それぞれバリエーションがあったが、それらはあくまで同じ魔法の違う使い方に過ぎない。

「戦姫魔法《エンゲージ》はね、世界を創るようなものと教わるの。自分が鮮明に思い描けて、好きに動き回れるような、一つの世界。ほら、夢の中でなら、空が飛べたりするでしょう？」

「現実でも飛べるがな」

「魔法なしでよ！　雲を食べることが出来たりだとか、ぬいぐるみと話が出来たりだとか、あるでしょ、非現実的な夢！」

「空の向こうから、まだ見ぬ敵が降りてくる夢ならば見たことがあるぞ」

「どんだけ戦う相手を欲《ほっ》してたのよ……」

呆《あき》れた声を出しつつ、「ま、そんな感じかも」と頷《うなず》くヴェル。

「で、夢の世界がどうした？」

「夢の世界って、不明瞭で、ままならないでしょ？　戦姫魔法《エンゲージ》を創るっていうのは、そんな夢の世界を確固たるものにするような、そういう難しさがあるのよ」

自分の意思で、明瞭な空想世界を構築し、自在に駆け回れるようにする。

理想の明晰夢《めいせき》を見るようなもの、というたとえは、習得難度を考えると適切に思えた。

つまり、大多数の人間には出来ない。

「俺にはない感覚だが、お前たちはそのように戦姫魔法《エンゲージ》に至るわけか」

「う、うん」

「ほう……これもエステルが？」

「当然でしょ」

「奴は、人を導く才があるようだな」

少なくとも育成者としての才は、アレクを遥《はる》かに凌《しの》ぐ。

「そうよ！　──で、その理屈でいくと、あんたは幾つもの夢の世界を持っていることになるわ。それも、他人の夢さえも再現していることになる」

「まぁ、お前たちの理屈ではそうなるだろうな」

「頭の中に、確固たる世界を築くっていうのは大変なことなのよ。それを二つ三つ維持するなんて、人間業じゃないわ」

「そう言われてもな」

「何か秘密があるなら、その、お、教えなさい！」

言ってから、ヴェルがすぐに「今のなし！」と叫んだ。

「ん？」

「ごめんなさい、言い直すわ。そ、その……お、教えてください」

「随分と殊勝な態度ではないか」

「技術っていうのは、その人の経験が形作った貴重な財産だもの。簡単に求めてはいけないと分かってるけど、あたし、どうしても強くなりたいの」

「ふむ」

　アレクは少し考え、答えを出す。

「二つ条件がある」

「な、なに？　え、えっちなことは……ダメなんだからね？」

「安心しろ。『夜伽《よとぎ》』の指導はレイヤに頼んである」

「それはそれで腹立たしいわね」

　何故《なぜ》だ……という疑問を、アレクは飲み込む。

「一つは、お前が新たな戦姫魔法《エンゲージ》に目覚めた時は、その感覚を他の生徒たちにも共有すること」

「え、う、うん」

「もう一つは、習得の暁には——俺と戦うことだ」

アレクの言葉に、ヴェルは目を丸くし、それから擽《くすぐ》ったそうに笑った。

「……ふふ。ええ、約束するわ」

「ならば、なんでも聞くがいい。役に立つという保証はないがな」

◇

朝。ホームルームの時間。

アレクはクラスに見事に馴染《なじ》んでおり、同じ教室の少女たちとは、他愛のない会話を出来る距離感を構築していた。クラス筆頭も、短期間でヴェルからアレクへと代わっており、そのことに対してヴェルが闘志を燃やしているのだが、クラスの空気は良好だ。

そこへ担当教官のメーヴィスが入室し、報告事項を述べる。

「精域演舞祭の参加締め切りが迫っているので、参加希望者は用紙を提出するように」

「演舞祭？」

アレクが首を傾《かし》げると、メーヴィスがぴくりと反応。

「失礼しました！　精域演舞祭とは、『最後の英雄』アレク様の偉業を忘れぬよう、生徒たちが魔法を以《もっ》て英雄譚《たん》を再現するという、当校の行事です」

「ほう、舞台劇のようなものか」

「この行事では一般の方々の入場も許可され、投票によって最も優れた演舞が決定されます。最優秀演舞に選ばれた生徒たちには、『精域演舞祭の指輪』が授与されるのです」

指輪というのは、この学園における優秀生徒の証《あかし》。

アレクの記憶では、ヴェルが三つ、サラが二つ保有しているという話だった。

「なるほどな。生徒ということは、俺が参加しても問題はないわけだ」

「え？」

メーヴィスは困惑した。

アレクの偉業を、後世の者たちが再現し、彼の功績を忘れない為《ため》の祭典なのだが。

アレクの偉業を、本人が再現すると言い出したのだ。

「ちょっと待ちなさいよ！　英雄譚の再現を、英雄本人がやるっておかしいでしょ！」

「おや、俺はアレクの偽者《にせもの》なのでは？」

「そ、そうだけど！　あんたは本人だと言い張ってるわけだし！　自分で自分の役をやるって変だと思わないわけ？」

「言われてみれば、少々妙かもしれんな」

「それに、あんたにとっては記憶にある出来事なわけでしょ？　みんなが伝承を頼りに演舞をするのに、それってズルじゃない？」

「む。そうか、そうやもしれんな……」

これでは、アレクに有利すぎる。そもそも、本人の参加を想定していない行事なわけだしな……とアレクは納得した。

「でしょ？　だからここは素直に諦めて、指輪は別の行事で——」

「まぁ待て。俺が俺役で出なければいいだけのこと」

「ん？」

「俺の役を演じる者がいるということは、俺の敵を演じる者もいるのだろう？」

「そ、そりゃあ、まぁね」

「ならば、誰かの演舞に、敵役として参加すればいい」

「え？　いや、それは……ん？　セーフ、なのかしら？　分かんない……」

ヴェルは混乱した。

「というわけで、ヴェルよ」

「な、なに？」

「お前のことだ、この行事にも参加するのだろう」

「だ、だったら何よ」

「お前がアレク役だということも、想像がつく。ならば、俺を敵として使え」

「わ、ヴェルちゃん、よかったね！」「相手役がいないってずっと悩んでたもんね」「入学間もない一年生が優勝した例はほとんどないから、みんな参加したがらないし」「先輩たちは先輩同士で固まっちゃうし」「サラちゃんには、誘う前から振られちゃったし」

「あ、あんたたち、うるさい！　あと、別に陰険女には振られたわけじゃないから！」

ヴェルが顔を真っ赤にして叫ぶが、クラスからの微笑《ほほえ》ましげな空気は掻き消《け》せない。

「あ〜〜もうっ！　いいわ！　言っておくけど、参加するからには一番を狙うわよ！」

「無論だ」

こうして、アレクはヴェルと共に精域演舞祭に参加することとなった。

「……次の報告事項ですが」

心なしか拗《す》ねたような表情のメーヴィスが、話の区切りを待って口を開く。

「月に一回の『逢瀬《おうせ》』の課外授業は、次の『紫の日』に開催となります。こちらもみなさんに用紙を配りますので、必要事項を記入した上で提出してください。参加は強制ではありませんが、参加を推奨します」

アレクは配られた用紙に目を通す。

逢瀬という語から大体推察できたが、やはり思った通りの授業のようだ。

紫の日は週の最後で、本来ならば休日である。

その日を使って、一対一で街に繰り出すというわけだ。

『夜伽』の時と同じで、『最後の英雄』アレクは色恋に疎《うと》いから女性側がリード出来るように、という具合に用意された授業かもしれない。

それに、アレク云々《うんぬん》は置いておいても、対人関係や休日の過ごし方などを学べるわけで、社会に出たあとも役立つ、有用な授業であることは理解できた。

「ふむ。時間で区切ることで、最大四人と出かけることが出来るわけか」

朝、昼、夕、晩、といったところだろうか。

『逢瀬』の日ばかりは、寮の門限も解除されるらしい。

無論、用紙に行き先を記入し、居場所を学園側に知らせておく必要はあるようだが。

その時、アレクは生徒たちの視線を感じた。

しかし視線の多くはすぐに、諦めたように剝がれていく。

「アレクくん……は、魔法の強い子にしか興味ないしなぁ」「もう少し強くなってから、誘おっと」「きっと、レイヤ先輩と濃密な夜を過ごすのよ」「アウラ先輩とのランチ説を推すね。そのあとでスイーツまで堪能《たんのう》しちゃうんだよ」「サラさんと……サラさんって何が好きなのかしら？」「図書館デート？」「似合うかも！」

と、無数の囁《ささや》き声《ごえ》が教室に染《し》み渡《わた》る。教官のメーヴィスは遠い目をして「何故……生徒と教官が逢瀬を楽しんではならないのでしょうか？　理不尽では？」と呟《つぶや》いている。

「ぐぬぬ……」

どういうわけか、ヴェルが頰を膨らませながらアレクを睨《にら》んでいた。

「どうした、ヴェルよ」

「べっっっっっっっっに！」

別にと言いつつ、彼女は明らかにアレクの方を意識している。

「そうか。ところで『逢瀬』の日についてだが、予定は空いているか？」

「っ⁉　あ、あああああ、あんたに関係あるわけっ？」

彼女が目に見えて動揺する。

「なに、お前さえよければ、街の案内でも頼みたいと思ってな」

「へ、へぇ？　そ、そう。ま、まぁ？　その日はほんとたまたまちょうどいい具合にまだ予定を入れていなかったから？　付き合ってあげてもいいけど？」

まんざらでもなさそうな顔をしつつも、渋々という体《てい》で了承するヴェル。

「そうか。では頼む」

「う、うん。じゃあ、約束ね」

ヴェルが、照れ隠しのように俯《うつむ》きがちに、声を上擦らせながら言う。

「あぁ。『昼』の間、どうかよろしく頼む」

「任せて。ちゃんと案内……──『昼』の間？」

「うむ。最大四人までと用紙に書かれていたからな。早朝から朝にかけてはアウラと、街の散策と昼食はヴェルと、昼食後から夕方にかけてはサラと、夜はレイヤと過ごせればと思っている。まぁ、お前以外の三人はこれから誘う予定なので、断られるかもしれんが」

「…………ね」

ヴェルが纏《まと》っていた、どこか明るい雰囲気が消え去り。

どす黒い炎のようなものが、彼女の後ろで燃えたような錯覚を覚える。

「なんだ？」

「し、死ねヘンタイ！　乙女の心を弄んだわね！　偽《にせ》英雄のハーレム願望男！」

ヴェルが立ち上がって椅子に片足を載せ、大声で叫ぶ。彼女の感情に呼応するように魔力が急上昇し、その燃えるような髪までもが炎のように揺らめいているように見えた。

「そのような意図はない」

「んがー！　本気で言ってるっぽいのが更に腹立つわ！」

口から火炎でも吐きそうなほど荒ぶるヴェルに、クラスメイトたちが声を掛ける。

「ま、まぁまぁ落ち着いて」「うんうん、アレクくんが選ぶ四人の中に入るだけでも大したものだよ」「ヴェルちゃんがそれだけ優秀ってことでもあるし」「そ、それに、ここで辞退なんかしたら、他の三人に負けるも同じじゃない？」

負けという言葉に、ヴェルがぴくりと反応。

「……当然、辞退なんかしないわよ。——アレク！」

ヴェルが、アレクをビシィッ！　と指差す。

「あぁ」

「見てなさい。あたしとの時間が一番楽しかったって、思わせてやるんだから！」

「そうか。楽しみにしているぞ」

「ふんっ！　精々、杖《つえ》を磨いて待っておくことね！」

魔法使い用語で『覚悟しておけ』という表現なのだが、使い所は合っているのだろうか。

アレクは疑問に思ったが、口にはしなかった。

その後《ご》、アレクは他の三人にも声を掛け、それぞれ了承を得る。

そうして、四人の『姫』と逢瀬を経験することとなった。

第八章◇最後の英雄と蒼氷姫

「放課後の時間を貰《もら》ってしまって、ごめんなさいね」
サラの言葉に、アレクは「構わん」と返す。
彼女の言葉通り、放課後。場所は魔法戦の授業などでも使用した、屋外訓練場。
二人は、約束の魔法戦を行うべく待ち合わせていた。
「それじゃあ、いいかしら?」
サラが、腰から杖を引き抜く。
肘関節から手首までの長さほどの、枝のように細い杖だ。
水晶か何かで出来ているようで、色は透明。
ヴェルとの対戦時には使用していなかったが、新たに用意したのか。
あるいは、前回はわけあって利用しなかったのか。
杖によって用途は様々なので、その用途が適さない場面では、使わないこともある。
エステルも、アレクとの戦いで使用した杖を毎回使うわけではないだろう。

アレクほどの相手と戦うからこそ、あの杖を出したのだ。

「あぁ、いつでも来るといい」

◇

「……参りました」

魔法戦の結果は、アレクの勝利。

サラの杖は、魔力の伝達速度を高める機能を持つものだった。

魔法使いにとって重要なのは魔力をどれだけの『量』生み出し、どれだけの『速度』で伝達し、どれだけ『正確』に操れるかにある。

少ない量では、速く正確でも威力が不足する。

遅い速度では、高威力かつ正確でも準備に時間がかかり隙が生じてしまう。

正確なだけでは、脅威にならない。

全ての要素が、同じだけ大切なのだ。

サラは、アレクに全要素で劣っていると悟った上で、技術的に埋められぬ魔力量と魔力操作は一旦切り捨て、杖によって底上げできる伝達速度を武器とした。

それによって速射性が高まり、アレクもその工夫自体は認めるところなのだが。

「小手先の工夫が通じるのは、自分よりも一枚二枚程度上手の者までだな」

「そう、ね。実感したわ。それに、全力勝負でも、まったく届かなかった」

サラは最終的に戦姫魔法《エンゲージ》も発動した。

氷の大イルカを生み出し操る魔法である。

「よい魔法ではあるがな」

「ありがとう。けれど、自分でも、力不足は理解しているわ」

彼女の表情に、どこか陰を感じるアレク。

「それはよいことだ」

そんな彼女に、アレクは笑顔を向けた。

「……どういうことかしら」

「魔法使いの終わりとは、なんだと思う?」

無関係に思える質問に、サラは怪訝《けげん》な顔をしつつも答える。

「終わり？　成長が止まること、かしら」

「いいや、違う。己に満足することだ」

アレクは断言する。

「……満ち足りた状態では、これ以上を望まなくなるから？」

「その通りだ。俺はこれまで何度も、そういった者を目にしてきた。俺の目から見れば、まだまだ成長の余地が残されているというのに、満足して足を止めた者たち。奴《やつ》らは幸せそうであったよ。それはそれでいいのだろうな。だが、俺はもったいなく感じた」

サラが少し考え込むような顔をしてから、アレクを見る。

「もしかして、アレクくん。励ましてくれているの？」

「ん、分かりにくかったか？」

「ええ、とても。でも、ありがとう」

彼女が微《かす》かに笑う。

「つまり、力不足を感じている内は、成長の余地が残されているということよね」

「あぁ」

「アドバイスをお願いしてもいいかしら？」

「無論だ」

二人は少し歩き、敷地《しきち》内にいくつも設置されたベンチの一つへと腰を下ろす。

そこで、アレクは戦いを通して感じたことを彼女に伝えた。

とはいえ、年齢を思えば、サラは天才と言っていい能力の持ち主だ。

技術的な部分を効率よく伸ばすことは出来るが、それでも時間が掛かる。

「……ありがとう。次の鍛錬から、今日言われたことを意識してみるわね」

「想像していたアドバイスと違ったか？」

彼女は素直に感謝の言葉を述べたが、どこか落胆のような感情が乗っているように、アレクには聞こえたのだ。

「ごめんなさい、本当に感謝しているのよ」

「分かっている。だが、思っていることがあるならば、口にしてみてはどうだ？」

「そうね……。言葉一つで飛躍的な成長を遂げられないと分かってはいるつもりだけど、心のどこかで、そんな魔法の言葉を求めていたのかもしれないわ」

「そのようなものは、生憎《あいにく》とない」

「そうよね」

サラが自嘲するように笑う。

「だが、飛躍的な成長を遂げる方法は、ゼロではないぞ」

「そうなの？」

期待というより、真意を確かめるような眼差《まなざ》しが、アレクに向けられた。

アレクは頷《うなず》く。

「あぁ。新たなる戦姫魔法《エンゲージ》を生み出せばいい」

サラが一瞬固まり、それからアレクの言葉を噛《か》み砕《くだ》くように思案顔になる。

「……そんなこと、可能なの？　いえ、貴方《あなた》は実際に複数の戦姫魔法《エンゲージ》を扱っていた……技術的には可能ということよね……でも、歴代『姫』の誰もそんなこと……あまりに実現性が……」

「困難な道ではあるかもな。だが、ヴェルはやるつもりのようだぞ」

サラがハッと顔を上げた。

「あの子が？」

「あぁ」

「そう……。ふふ、あの子は、昔から変わらないわね。ほんと、真《ま》っ直《す》ぐで、怖いもの知らずで、愚かで……眩《まぶ》しい子」

遠い目をするサラ。

「昔から？」

アレクは彼女の言葉の一部分に反応した。

「あら、あの子から聞いてない？　私たち、幼い頃からの知り合いなのよ。親同士が同期で、学生時代はライバルだったんですって。二人共、『姫』だったらしいわ」

「私とあの子は、要するに母親同士の競争の『続き』なのよ。娘の代で、どちらが上だったかを決めようとしているの。昔から、ずっとね」

「ほう」

サラは、アレクを英雄の子孫と誤解した上で、期待を向けられる彼に同情を覚えているようだった。その感情の出どころを、アレクは今の話で察する。

つまりは、共感だったのだ。

自らも、偉大な母の血を継ぐ者として、母の代わりに学園に通わされている。

だから、同じ立場のアレクを気遣ってくれたのだ。

もちろん、実際のアレクは『最後の英雄』本人なわけだが。

「ならば、お前の母は間違っているな」

「そう？　己の人生で果たせなかったことを、我が子に託す親なんて、世界中にいるのではないかしら」

「血が何かを為すことはない。行動するのは常に人なのだ。お前の母の抱える問題を、娘であるお前が晴らす必要はない。何故《なぜ》なら、親子であろうが異なる人間なのだから」

「……」

「お前はお前だ、サラ。優秀な術士、『蒼氷姫』、我が友よ。誰がどのような言葉でお前を制御しようと企《たくら》もうが、そのような戯言《たわごと》は無視してしまえ。何があろうとも、俺がお前という個を肯定してやる」

サラは呆気《あっけ》にとられたように目をぱちくりと瞬《またた》かせていたが、やがて溢《あふ》れるように笑う。

「……ありがとう、アレクくん」

「……いや、家族の事情には口出しすべきではなかったな」

それに、とアレクは心の中で反省する。ヴェルとの初対面の際、彼はウェスとヴェルを比べるような発言をしてしまった。血の繋《つな》がりなどというもので、期待や失望をされるのは迷惑だろう。今回の話を通して、アレクは己の過《あやま》ちに気づき、修正することを決意。

「いいのよ、私の方から話したんだもの。感想を言う権利はあるわ」

「そうか」

「あのね、アレクくん。これは秘密にしてほしいのだけど。実はね、私――魔法があまり好きではないのよ」

「そう、か」

それはアレクにとっては理解できない感情だったが、魔法を嫌う人間がいることは彼も知っていた。

恐れや妬み、無関心や嫌悪《けんお》。

魔法という力は、人を惹《ひ》きつけるだけではない。

しかし、彼女ほど優れた術士でも、そのように感じることがあるのか。

アレクは意外に感じる。

「静かな部屋で本を読んでいる方が好きなの」

「うちのクラスの者も、サラは図書館が似合うなどと言っていたな」

「好きよ、図書館」

「そうか。では『逢瀬《おうせ》』の日は図書館に行くか」

「あら、ありがとう。嬉《うれ》しいわ」

サラは微笑《ほほえ》んだ。それから、続ける。

「魔法使いの物語は好きなのだけどね。『最後の英雄』の英雄譚《たん》なんかは、胸を躍らせて読んだものだわ」

「エステルが書いたという、あれか？」

「ふふ、それよ。ただ、自分が同じようになりたいとは、思ったことがないの」

「では、お前は純粋に母の為《ため》に学園に通っているのか」

「そうなるのかしらね」

彼女自身、己の心を測りかねているような、そのような雰囲気を漂わせている。

「そうか」

「失望した？」

「何故だ？　むしろ、俺は感動している」

「え？」

「好きなことに熱中できるのは、当たり前だ。好きなのだから。だがお前は、好きでもないのに魔法を鍛え、戦姫魔法《エンゲージ》にまで至った。これは凄《すさ》まじいことだぞ」

「……」

　アレクは期待に目を輝かせる。

「もし、お前が魔法を好きになったら、一体どれほどの術士へと成長するのか、想像もつかんな！」

　サラは呆気にとられたような顔をした。

　しばらくして、小さく吹き出すように笑う。

「貴方は、驚くほどに前向きね。少し……眩しいわ」

「そうか」

「魔法、好きになれるかしら」

「無理をすることはない。先程も言ったが、お前はお前だ」

「ありがとう。少し、胸が軽くなったわ」

サラがベンチから立ち上がる。

「そろそろ帰りましょう」

「あぁ」

「また明日ね、アレクくん」

「また明日な、サラよ」

サラと別れ、アレクも帰路につく。

「親同士の対抗心、か」

◇

「はぁ？　急に何よ」

夕食時、エステルの作った料理を堪能《たんのう》しながら、アレクはヴェルに謝罪した。

「お前とウェスを比べるのは、無礼だったと思ってな。申し訳ないことをした」

「よ、よく分かんないけど……。あたしは初代様のことを尊敬しているし、ヴェスタ家として扱われることに不満はないわ」

なるほど、とアレクは納得。己の血への向き合い方、感じ方は、人それぞれ。

「で、なんで急にそんなこと言い出したわけ？」

「サラから、お前とは互いの母同士が好敵手であったと聞いてな。血が繋がっているからと、異なる人物を勝手に重ね合わせるのは好ましくない行為だと考え直したのだ」

「……そんなことまで話したんだ。ま、母親同士の件は、その通りね」

「お前がサラにやたらと突っかかるのは、その所為《せい》か？」

「はっ！　何言ってんの？　親同士のことは、あたしたちには関係ないわ！」

「ほう？」

「あたしは、あたし自身の意志で一番を目指してるのよ！　そして、サラはその為に倒していかねばならない相手ってわけ！　あと、すごくむかつくし！」

「なるほどな」

ヴェルの方は、非常にさっぱりとしている。

「それより、あんた。さ、サラに教えたこと、あたしにも教えてよ……」

ライバルに置いていかれたくないらしい。見上げた向上心だ。

「では、食後の運動がてら、魔法戦でもするか」

「うん！」

第九章◇最後の英雄と逢瀬

そして、紫の日がやってきた。

普段は学園の休日だが、今日は『逢瀬』の課外授業が行われる。

アレクは四人の『姫』と逢瀬を重ねる予定。

一人目、『緑嵐姫』アウラとは、早朝に森で待ち合わせ。

二人で大型魔獣を討伐し、先日のように二人で協力して手早く解体し、火を囲む。

その日の獲物は、立派な角を備えた猛牛であった。

これらの素材は、街で買い取ってもらえる他、学生同士の物資交換にも使われるらしい。

大自然の中で火を焚《た》き、肉を炙《あぶ》るアレクとアウラ。

無警戒にも思えるが、仮に魔獣の襲撃に遭おうと、即座に対応できる態勢をとっている。

じゅわり、と脂の浮いた肉の塊に、アウラが齧《かぶ》り付《つ》く。アレクもそれに続いた。

とろけるような脂と、脳髄が弾《はじ》けるような肉の旨味《うまみ》が、口内で爆発する。

「うむ、美味だな」

「ん」

アレクが一口目を堪能している間に、アウラは肉の塊を五つほど胃に収めていた。

「忘れてた。これ、アレクも食べて」

今日の彼女は小さなリュックを背負っていたのだが、そこから野菜を取り出し、魔法で切断してから木皿に盛り、アレクに差し出す。

「うむ、ありがとう」

もらったサラダを、アレクは指でつまんで口へ運ぶ。新鮮で瑞々《みずみず》しい野菜であった。

「ん。土属性得意な子が育てた野菜。魔獣の素材とかと交換してる」

聞けば、二年生になると『料理』の授業で家庭菜園も習うようだ。

「確かに、土属性を駆使すれば畑を耕すことも、土の状態をよくすることも可能だな」

「補助属性程度では、難しい」

「あぁ、それはそうだな。それならば、肥料などは普通に入手した方がよいやもしれん」

「アレクがいれば、野菜も食べ放題？」

「本職の農家には美味さで勝てんとは思うが、まぁ出来んこともないだろう」

「さすが」

「それにしても、お前が野菜もしっかり食べるとはな」

意外に感じるアレクだったが、アウラはわけが分からないといった具合に首を傾《かし》げる。

「アレク、何を言っている？　ご飯は人生。長い人生を送るには、健康が大事。健康にはバランスのいい食事が大事。つまり、肉だけではダメ」

アレクの為にサラダにしてくれたが、彼女本人は根菜をバリボリと、葉茎菜はムシャムシャと豪快に頬張っている。野菜と肉を交互に食べることしばらく。ついに二階建て家屋ほどの巨体を誇る猛牛の肉が、ほとんど全てアウラの腹に収まってしまった。

「お、おう……。その通りだな、うん」

獣一頭を一食で平らげることが身体《からだ》にいいかは分からないが、アレクは頷《うなず》いておいた。

「衝動的なドカ食いは身体によくない。これ常識」

「ううむ……。それにしても、ダークエルフが大食いだという話は聞いたことがないが」

「自分もない」

どうやら、彼女個人の性質らしい。

「そう言えば、アレク。快刀割烹《かっぽう》、使ったって聞いた」

アレクは頷く。エステルとの模擬戦については、既に学園中に広まっているらしい。

「あぁ、その通りだ。不快にさせたか？」

アレクはかつて、他者の魔法を再現したことで、相手の機嫌を損ねてしまったことがあったのを思い出す。

その者にとって、己の努力の結晶を掠《かす》め取《と》られたかのような気分だったそうだ。

精霊の言霊《ことだま》自体は誰でも扱えるが、それらの組み合わせ方や魔力の操作には、術者の個性が反映される。それを即座に模倣されるのは、気分がよくないものらしい。

普通の魔法でさえそうなのだ。

これが戦姫魔法《エンゲージ》ともなれば、激怒してもおかしくはない。

だが、アウラに怒った様子はない。

「別に構わない。夫婦共に、料理ができる。大変よいこと」

「片側に負担を強いるよりは、よっぽどよいだろうな」

仮に料理が出来なくとも、何か別のことで補えばいい。要は、分担だ。

「その通り。強くて料理も得意な嫁、オススメ」

「お前との狩りは楽しいが、まだ結婚の判断は出来んよ」

「分かった」

アウラが立ち上がる。

「帰るか？」

「もう一狩《ひとか》り行く」

――まだ食べるのか。

「俺は腹が一杯なので、お前が食べる分だけ狩るのだぞ」

アレクも立ち上がると、アウラが表情は変えず、だがどこか不思議そうに彼を見ている。

「……アレクは食べないのに、手伝ってくれるの？」

「当たり前だろう。今は、お前との逢瀬《おうせ》の時間だ」

アレクは火を消し、それから風魔法の準備をした。

「……逢瀬が狩り、嫌じゃない？」

ふと、アウラがそんなことを言う。

「前にも言ったが、お前の魔法を間近で見られるのは俺としてもありがたい」

「そう」

「あとは……そうだな。お前の食べっぷりは、見ていて気持ちがいい。眺めているだけで楽しいよ。だから、嫌なんかではない」

アレクの言葉に、アウラが固まる。よく見れば、頬が僅かに紅潮しているようだった。

「……照れる」

「食事する姿は、あまり見てはいけないものだったか？」

また自分の世間知らずが出てしまっただろうかと問うアレクに、アウラは首を横に振る。

「大丈夫。いくらでも見ておっけー」

「そうか。安心したぞ」

「アレクは、やっぱり優良物件」

「褒められて悪い気はしないがな」

「まずは友達から。分かってる」

「では行くか、友よ」

「うん、旦那様」

「おいおい……」

「冗談」

アウラは微《かす》かに、笑ったのか。

口許《くちもと》が緩んだように見えたのは一瞬で、彼女はすぐに風魔法で加速してしまう。

アレクはそれを慌てず追いかけた。

◇

二人目、『紅炎姫』ヴェルとは、学園と街を繫《つな》ぐ門にて待ち合わせることに。

この門は、学園と森を繋ぐ門の真逆に位置する。

街からすれば、学園が盾となって魔獣被害を防いでくれている形だ。

「ご、ごめん！　遅れたわ……！」

アレクが門の前で待っていると、ヴェルが駆け足で近づいてきているところだった。

「気にするな、俺も今来たところだ」

『逢瀬』にも教本があり、アレクはそれに目を通していた。いわく、相手が遅刻してきた時は、罪悪感を覚えさせぬよう先程の言葉を口にするといいらしい。

この教本は『最後の英雄』との逢瀬を想定したものであると同時に、在学中は同じ学園の生徒が練習相手となる為《ため》、そんなパートナーと楽しく過ごす為の指南書でもある。

「教本通りの答えね」

相手も同じ教本を読んでいる場合、そういった気遣いも筒抜けなわけだが。

「まぁな。何事も、最初は基本に忠実に、だ」

「そうね。でも、遅れたのは本当にごめん」

「気にするな。それよりも――」

アレクはヴェルを見る。

今日の彼女は、白のワンピース姿であった。大きなシャツを加工したようなデザインで、左右のポケットの他、腰のあたりにベルトがついているのが特徴的。それによって、豊満な胸部が生地を押し上げるのを防ぎ、彼女のスタイルが余すことなく伝わってくる。

「な、なによ」

緊張と不安が綯《な》い交《ま》ぜになったようなヴェルの表情。

「よく似合っているぞ」

「そ、そう。きょ、教本通りの答えね」

「だが本音だ」

「……じゃあ、まぁ、ありがと」

ヴェルは消え入りそうな声で、しかしどこか嬉《うれ》しそうに言う。

「今日は案内をよろしく頼む」

「ま、任せなさい。街の魅力を叩《たた》き込んであげるわよ！」

そしてヴェルとの逢瀬が始まった。

「まずはここ！　焼き立てパンが美味《おい》しいの！　オススメは三日月パンよ！」

その名の通り、小さな三日月形のパンだ。薄い生地を折り込んで焼き上げているようで、サクサクの食感が特徴的。プレーンの他、砂糖をふんだんに使用したもの、ジャムを詰めたものなどバリエーションがあるようだ。アレクはプレーン、ヴェルは全種類を購入。

「確かに美味《うま》い」

「でしょ？」

三日月パンを食べ終えた二人は、移動する。

「次はここよ！　鳥タイプの魔獣肉を使った串焼きの屋台！」

強面《こわもて》の屋台の店主が、ヴェルを見てニヤリと笑う。

「ヴェルの嬢ちゃん！　隣の男は……まさか、彼氏かい？」

「ち、違うから！　ちょっとした知り合いよ！」

顔を真っ赤にして否定するヴェル。

「ほぉん？」

店主から凄《すさ》まじい圧が向けられるが、アレクはものともしない。

「魔獣肉であれば自分たちで確保できるだろう。この屋台が特別なのか？」

「ふふんっ、よくぞ聞いてくれたわ。確かに魔法使いなら魔獣肉は手に入れられるけど……秘伝のタレだけは、学園の料理人でも再現できないのよ！」

ヴェルに褒められた店主が、鼻の下を指で掻《か》きながら照れている。

アレクは一本、ヴェルは五本注文し、出来たてを貰《もら》う。一口食べると、焼けた鳥肉の香ばしさが嗅覚を、ぷりっとした身に絡《から》みつく甘辛いタレが味覚を、それぞれ刺激する。

「これまた、美味だな」

「美味しいわよね！」

ヴェルが店主に別れの挨拶をしてから、再び移動。

「次のお店は、学園の卒業生が開いている店なの」

「魔法使いが、料理人になったのか？」

「……食べ物の店とは言ってないけど」

「そうだな。だが二度あることは三度あるともいう」

「……次はここよ」

店の看板には『氷菓店』とある。

それを見て、アレクはやはりな、という顔をした。

少年の反応にヴェルはぐぬぬと唸《うな》ったが、気を取り直して店の説明に入る。

「ここはね、風属性の使い手と水属性の使い手が組んで、氷菓子を作ってる店なの」

サラならば一人で出来るが、二人で力を合わせて『氷属性』魔法を発動しているのだろう。果汁を凍らせたものや、牛乳に砂糖を混ぜたものを凍らせて販売しているようだ。

まだ朝だというのに、行列が出来ている。女性客や、子連れが多い。

「人気の味は、昼には売り切れてたりするのよね。あと、珍しい果物が入った時の限定メニューとかもあって、そっちはあたしもまだ食べたことがないのよ」

「ほう」

アレクは酸味のある果実の氷菓、ヴェルは異なる味の氷菓の三段重ねをそれぞれ購入。

「……なるほど。魔法はこういったことにも使えるのだな」

アレクは感心するように、ヴェルは幸せそうに、それぞれ氷菓を堪能《たんのう》する。

「あたしも氷属性が使えたら、毎日作るんだけど」

「サラならば作れそうだがな」

「……前に一度頼んだら、鼻で笑われたわ。思い出してもむかつく！」

その後《ご》も、ヴェルによる街案内という名の食べ物紹介は続いた。

「……現代の魔法使いは、全員が大食いなのか？」

アレクは満腹感に腹をさすりながら、疑問に思う。

「し、失礼ね！　今日は朝ごはん抜きだったのよ！」

「そうか」

アレクはそれ以上追及しないことにした。

「それに、新しい場所に来たら、美味しい食べ物の店を調べるのは大事なことでしょ！」

「ふむ、そうかもしれんな」

食事は非常に重要なものだ。単に栄養がとれればいいというだけでなく、食事が口に合うかどうかが気分を大きく左右することも珍しくない。

アレクの仲間には、旅先での料理が合わずに体調を崩す者さえいた。アレク自身は特に頓着しないので気にならなかったが、食の充足感というものも理解しているつもりだ。

「あとは杖《つえ》の店とかもあるけど……」

「俺は使わんからな」

「何か理由があるの？」

「杖の機能は便利だが、どのような杖も『魔力を杖に流す』という工程が必要になるだろう？　俺にはあれが煩わしいのだ」

「杖には、魔力の伝達速度を上げてくれるものもあるじゃない」

先日、サラが使用したものなどが該当する。

「あれは、言うなれば馬車に乗るようなものだ。術士が人並みの速さならば、確かに乗った方がよいだろう。だが、元より馬車より速く走れる者ならばどうだ？」

「……むしろ、馬車に乗ることで移動速度が落ちてしまう？」

「そういうことだ。俺には無用のもの、ということだな」

「相変わらずめちゃくちゃね……」

彼女との時間もあっという間に過ぎていく。

「……ん？　ヴェルよ、あれはなんだ？」

アレクとヴェルが歩いていると、少し離れたところで人だかりが出来ているのが見えた。

「この街は、休日とかに色々イベントが開催されたりするのよね。今日は何かしら」

ヴェルも気になったようで、二人は人だかりに近づいていく。

そのイベントは、広場を利用して開催されるようだ。

『最強のカップル決定戦！　参加締め切りまであと五分となりました！』

「ほう、最強とな」

「多分、あんたが考えてる最強とは違うわよ」

ツッコみつつ、ヴェルがほんのり頬を赤くしている。

カップル、という単語に照れているようだ。

「もののたとえ、ということか？」

「そうね。そ、その、一番、仲良しなカップルを決める催しなんだわ、きっと」

「なるほどな」

「行きましょ、他人がイチャイチャしてるところとか見ても、気まずいだけだし」

二人は一時、会場に背を向けたのだが。

『見事優勝したカップルには、金貨一枚分のお食事券と――「アレックま」の限定火属性バージョンが贈られます！』

その言葉を聞いた瞬間――ぐりんっ、とヴェルの首が会場に引き戻された。

「うおっ。どうした、ヴェル」

さすがのアレクも驚く。それほどまでの俊敏性であった。

「今の聞いた⁉」

「うむ。金貨一枚分の食事券とは、豪気なことだな」

「そうよね。あたしも、お金は師匠が管理してるから自由に使えるのはお小遣い分くらいだし、食事券は嬉しい――って、そっちじゃないわよ！」

華麗なノリツッコミを決めるヴェル。

「では、お前が気になったのは、あのぬいぐるみの方か？」

「ただのぬいぐるみじゃないわ！『アレックま』よ！」

広場には、小さな劇くらいなら上演出来そうな舞台が構築されている。

そこに進行役の男がおり、優勝賞品を紹介しているところだった。

『アレックま』といううぬいぐるみは、まくらに出来そうなほどに大きい。基本的には熊を模していると思うのだが、魔法使いふうの衣装に身を包んでいる他、杖なども装備していた。毛や瞳が赤いのは、火属性バージョンという言葉と関係があるのだろうか。

「悪いが、聞いたことがない」

「『最後の英雄』の英雄譚《たん》に影響を受けた絵本作家による大人気シリーズ『アレックくまの大冒険』の主人公よ！　アレク様過激派の師匠ですら存在を許した可愛《かわい》さ！　ありとあらゆる魔法を使いこなして人助けをするというシンプルかつ爽快感のある物語！　登場人物たちの温かさと優しさ！　正直、子供人気ではアレク様本人よりも上かもしれないわ！」

「そ、そうか……」

ヴェルの熱弁に圧倒されるアレク。

「しかもあの『限定火属性バージョン』は通常の火属性バージョンとは違って舞台化された際に登場した新規衣装を着ているのよ！　超レアで、あたしも持ってないんだから！」

「よく分からんが、お前はあれが欲しいのだな？」

「当たり前でしょ！」

「ならば話は簡単だな」

「え？」

アレクはヴェルの手を握り、人混みを掻き分《わ》け、進行役の前に進み出る。

「我々も参加させてほしいのだが、構わないか？」

「えっ？」

ヴェルはまだ呆《ほう》けた声を出している。

『おおっと！　初々《ういうい》しい十代のカップルが、締め切りギリギリで緊急参戦です！』

「どのように競うかは知らんが、参加するからには勝つぞ。いいな、ヴェル？」

「え、えええええっ⁉」

◇

参加カップルは八組。トーナメント形式で、全三回戦によって優勝組が決定される。

締め切りの時間がやってきて、参加者たちが舞台に呼ばれた。

アレクたちも、他のカップルに続いた。

「ちょ、ちょっとあんたっ！　どういうつもりよ……！」

ヴェルが小声で叫ぶという器用なことをしながら、アレクに抗議する。

「欲しいものがあり、それを手にする機会があるのならば、挑戦すべきではないのか？」

「それはそうかもしれないけど……！　か、かかか、カップルのふりだなんて……！」

「これは逢瀬《おうせ》の授業なのだから、仮とはいえ恋人同士ということで構うまい」

「構うわ！　ていうか参加するのはいいとして、も、もし恋人同士じゃないと出来ないようなことを要求されたら、どうすんのよ！」

「さすがに、ここで『夜伽《よとぎ》』のような真似《まね》はしないと思うが？」

「そうだけど！　こ、恋人繋《つな》ぎとか、ちゅ、ちゅーとか、しろって言われても無理よ！」

ヴェルの顔は炎も負けるほどに赤い。

「ならば、そのような種目がないよう祈るしかないな」

「……だんだんと、あんたの余裕な態度にむかついてきたわ」

『さぁて！　全八組のラブラブカップルが大集結！　それではカップルごとに、今大会への意気込みを語ってもらいましょう！』

早速の難関に、ヴェルが固まる。

露骨に腕を組んだりするカップル、まだ初々しい距離感のカップル、結婚指輪を嵌《は》めた二十代半ばほどのカップル、孫の為《ため》にぬいぐるみをゲットすると豪語する老夫婦などなど。

様々なカップルが意気込みを発表していき、ついにアレクたちの番がやってきた。

「あう、その、えと、あの」

観客たちの視線が突き刺さり、緊張の極致に達するヴェル。

「悪いが『最強』を誰かに譲る予定はない。誰が相手であろうと――打ち倒すのみ」

代わりにアレクが宣言すると、会場がその強気な言葉に盛り上がる。

まず第一回戦、男性側の愛を競う戦い。

パートナーの好きなところを交互に言い合い、先に尽きた方が負けという勝負。

アレクは「努力家なところ」「面倒見がいい」「この街の食に詳しく、また食べる時の顔が幸せそう」「優秀な魔法使い」「人のアドバイスをしっかりと聞けるところ」などなど、一秒も詰まることなくヴェルの魅力を語り、見事勝利を収める。

続く二回戦、女性側の愛を競う戦い。

パートナーに関する様々な問題を受け、同時に回答。間違えた方が負けという勝負。

知り合って間もないアレクとヴェルだが、この勝負に限っては必勝法があった。

ヴェルは、『最後の英雄』に関しては非常に詳しいのだ。

この勝負に限ってアレクを『最後の英雄』に見立てることで、彼女は正解を連発。

難なく勝利し、決勝戦へと駒を進めた。

三回戦にして決勝戦は、カップルの愛を競う勝負。

制限時間三十秒にて、両カップル同時にイチャイチャし、より仲のよさを見せつけた方が勝ちという勝負。判定は、観客の拍手で競うという。

二人はここで初めてピンチに陥った。

カップルを装《よそお》っているだけの二人には、イチャイチャなど出来る筈《はず》がなかったのだ。

濃厚な接吻《せっぷん》で観客の視線を掻《か》っ攫《さら》う相手カップルに対し、ヴェルが固まったまま二十秒が経過。アレクは敗北を覚悟し、「いい、ヴェル。無理はするな……」と声を掛ける。

しかし、そこでヴェルが復活。

「だ、ダメよっ！　あ、あたしと組んだ所為《せい》で負けるとか、そんなの、許せないから！」

少女は限界を超えて紅潮した顔のまま、決意を漲《みなぎ》らせて叫ぶ。

「だが……」

「あ、あたしにだって、か、カップルらしいことくらい……！」

進行役の声が鼓膜を揺らす。カウントダウンをしているのだ。

残り七、六、五――。

四――隣にいたヴェルの体温が、より鮮明に感じられた。

三――彼女がぷるぷる震え、目の端に涙を浮かべながら、それでも身体《からだ》を動かす。

二――どうやらアレクの頬に口をつけようとしているようなのだが……。

アレクは教本に書いてあったことを思い出す。

接吻、とくに最初の一回目というものは、非常に重要なのだと。

いかにヴェルが負けず嫌いで、この勝負に勝ちたい気持ちが本物であっても。

ここで乙女の最初の一回（推定）を消費させるのは、よくないのではないか。

それはいずれ、ヴェルが本気で恋をした相手とするべきものなのだから。

そんな思考が頭を駆け巡るよりも早く、アレクの身体は動いていた。

ゼロ――アレクは左手をヴェルの背中に回し、右手で彼女の頭をそっと撫《な》でる。

「え――」

「いいのだ、ヴェルよ。友を泣かせてまでほしい勝利などない」

エステルの時にも有効だったので、アレクはヴェルの涙を止める意味もあって、そうしたのだが。

「……う、うん」

こてん、とアレクの胸に額を預ける彼女のしおらしい態度に、アレクはなんだか落ち着かない。それに、密着している所為か彼女の体温だけでなく、豊満な胸部の感触も布越しに伝わってくるし、なんだか甘い香りが彼女から漂っているようにも感じるし、急に自分が何かよくないことをしているかのような気分になる。

原因は分からないが、なんだか鼓動が速まっているようにさえ感じるアレクだった。

『あのー、そこのお若いお二人さん。もう終わったので、離れて頂いていいですか？』

進行役の穏やかなツッコミに、アレクとヴェルはどちらからともなく離れる。若い二人が赤面しているからか、会場に温かな笑いが生まれていたが、二人はわけが分からない。

『それでは皆様、よいと思った方に盛大な拍手を！』

カップルに割り振られた番号が順に呼ばれる。まずは相手カップル。かなりの拍手量。

そして、アレクとヴェルの番号が呼ばれ、瞬間――万雷の拍手が広場を包んだ。

その規模は、相手カップルの比ではない。

「若い頃を思い出したわ～」「初々しさが逆によかった！」「女の子の恥じらい顔が素晴らしいッ！」「イチャイチャしろと言われて出てくるのがラスト一秒の抱擁とは……」「これまで圧勝してきたのに、そっち方面は進んでいないというギャップが刺さった」

どうやら、ヴェルの覚悟と、最後のアレクの行動、どちらも良《い》い方に作用したらしい。

「は、ははは！　やったなヴェル！　よく分からんが、俺たちの勝ちだ！」

「そ、そうね。あはは……はぁ。嬉《うれ》しいけど、恥ずかしい。もう……どっと疲れたわ」

その後《ご》、二人は優勝賞品を受け取り、拍手を聞きながら会場をあとにする。

「食事券は俺が貰《もら》ってよかったのか？」

「いいわよ。あたしが欲しかったのは『アレッくま』だし」

彼女は大きなぬいぐるみを、満足げに抱えている。

色々とあったが、目当ての品が手に入ったことは喜ばしいのだろう。

「そうか。ではありがたく」

「それより、もうすぐサラとの時間でしょ。さっさと行きなさい。あたしの所為で遅刻したなんてなったら、あとで嫌みを言われるわ」

気づけばサラとの待ち合わせ時間が迫っていた。

「お前はこのあとどうするのだ？」

「うーん。喉が渇いちゃったから、カフェに寄りたいところだけど……今日、結構お小遣い使っちゃったのよね。家に帰るまで我慢するわ」

「ほう……。まだ少し時間がある、カフェに行くか」

「え？　べ、別に、そこまで気を遣わなくていいわよ」

アレクは先程獲得した食事券を指に挟んで揺らす。

「案ずるな、俺の奢《おご》りだ」

「お馬鹿。せっかく頑張って手に入れたんだから、自分の為に使いなさいよね」

「何を言う。俺がお前とカフェに行きたいから使うのだ。つまり、俺の為だ」

「……………そ、そうなの？」

「あぁ。今日は本当に楽しかった。この程度で礼になるとは思えんが、奢らせてくれ」

ヴェルが俯《うつむ》き、『アレッくま』を抱きしめながら「うん」と消え入りそうな声で言う。

「どこかオススメの店はあるか？」

「うん！　あのね、新鮮なフルーツを沢山使った特大パフェを出すカフェがあるのよ！」

「そ、そうか……」

喉が渇いているのでは？　とか、まだ食べるつもりなのか？　という言葉を、アレクはそっと呑《の》み込んだ。

「行きましょ！　安心して、サラとの待ち合わせには間に合うようにするから！」

「うむ。では案内してくれ」

「まっかせなさい！」

ヴェルの弾《はじ》ける笑顔に、アレクは自分の頬も自然と緩むのを感じた。

◇

三人目、『蒼氷姫』サラとは、図書館の前にて待ち合わせることに。

「すまない、待たせたか？」

「いいのよ、私が先についただけなんだから。それに、デート相手を待つというのも、面白い経験だったわ」

アレクが図書館の前に到着すると、サラが彼に気づく。

彼女は薄手のセーターにロングスカートという格好だった。ショールを肩に掛けており、彼女のクールな雰囲気と合わさって大人びた印象を受ける。

「サラよ。その服だが、落ち着いた雰囲気で、よく似合っているぞ」

「ふふふ、ありがとう。教本通りでも、褒められると嬉しいものね」

二人で図書館に入る。中はかなりの広さで、アレクはその蔵書量に驚いた。

「アレクくんは、本は読む方？」

「魔法に関連するものならば読んだことがあるが、物語という意味ならば経験がない」

「そう。私の母も、魔法関連の本は買い与えてくれたわ。唯一の例外が『最後の英雄アレクの軌跡』シリーズね」

「『最後の英雄』について学べる書物だからか？」

「ええ。あれがあったから、私は本を嫌いにならずに済んだの」

「エステルの功績だな」

「ふふ、それとアレク様のおかげね」

サラは目当ての本があるらしく、二人は待ち合わせ場所を決めて一旦分かれる。

アレクは少し悩んでから、司書に尋ねて本を探してもらった。

微笑《ほほえ》ましげな視線と共に、アレクの探していた本の許《もと》まで案内される。

アレクはそのシリーズを二冊ほど棚から引き抜き、サラとの合流場所へ向かった。

読書スペースとして開放されている、机と椅子が並ぶエリアだった。

先に腰を下ろしていたサラを発見し、隣に座る。

サラはアレクに気づいたようだったが、本から視線は外さなかった。

読書に集中したいのだろう。静かに文字を追う彼女の横顔は、清流のように涼やかで、思わず目の留まる美しさがあった。

数秒ほど彼女を見つめていたアレクだが、思い出したように本を卓上へ置く。

彼が探したのは絵本だ。ヴェルとの話に出てきた『アレッくまの大冒険』である。

ひとまず、シリーズの初巻と二巻を持ってきた。ゆっくりと、ページをめくっていく。

――なるほど。

確かに、アレクに覚えのある戦いを、『アレッくま』もなぞっている。

影響を受けたというのは事実らしい。

だが、絵本向けに改変されているところも多く、読みやすい物語となっていた。

人間の家畜化を目論《もくろ》む吸血鬼たちは、アレッくまたちを無理やり子分にしようと迫ってくるいじめっ子に変わっていたし。

戯《たわむ》れに人類を踏み潰して回っていた悪《あ》しき大巨人は、大きすぎるが故に小さな人々のことが目に入らないだけで、悪い奴《やつ》ではないということになっていた。

アレックまは難題にぶち当たる度に、不屈の精神や仲間たちの協力を得て問題を解決し、ハッピーエンドを勝ち取る。

一冊につき一つのエピソードが完結しており、アレックまが新たな魔法に目覚めるごとに新たな姿を得るというのが、子供心を刺激すると共に、商品化にも向いていたのだろう。

世に広く受け入れられたのも理解が出来る物語であった。

——最も大きな違いは、アレックまは正義の心で動いている点だな。

アレク本人は、魔法への探究心、最強への執着心で動いている。

最初の二冊を読み終えたあと、アレクは棚と机の間を数回往復し、図書館にある分のシリーズは読破。最後の一冊を読み終えて視線を上げると、サラがアレクを見つめていた。

「『アレックまの大冒険』？　可愛《かわい》い本を読んでいるのね」

「俺の年で読むものではなかったか？」

「いいえ、対象年齢は絶対ではないもの。子供向けを大人が嗜《たしな》んだっていい筈だわ」

「うむ。中々に興味深い物語であった」

「私も学園に入学してから、ここで読んだわ。氷の島の話が好きなの」

「あぁ。そのままでは風邪を引いてしまうからと、自分自身を氷の体に作り変え、寒さに適応したのは見事だったな」

「あの島で仲間になる雪だるまたちも、可愛いのよね」

「ふむ。しかし雪だるまが喋《しゃべ》るとなると、妖精たちの悪戯《いたずら》か、でもなければ戦姫魔法《エンゲージ》だろうか」

真剣に考えるアレクを見て、サラが柔らかく微笑む。

「ふふ、物語なんだから、理由なく雪だるまが喋ったっていいのよ」

「そういうものか」

「そういうものなの」

「なるほどな」

サラも目当ての本は読み終えたようで、二人はそれぞれ本を返却してから、図書館をあとにする。帰り道の間も、『アレッくま』談義に花が咲いた。

「今日は楽しかったわ、アレクくん」

「それはよかった。俺も楽しかったぞ」

「本当？　黙って本を読んでいるだけの女なんて、退屈だったでしょう」

「何を言う。本は黙って読むものだろう。それに、読み終えた本の感想を語り合う楽しさは、今日、お前が教えてくれたのだぞ」

「……そう。なら、また語り合いましょう」

「あぁ、次はお前のオススメの本を読むことにしよう」

「それは嬉しいわね。厳選しておくわ」

「楽しみだ」

そのまましばらく、和やかに言葉を交わしていたのだが。

突如、子供の泣き声が聞こえ、二人同時に立ち止まる。

視線を巡らせると、一人立ち尽くし、えんえんと泣く童女の姿が。

サラは童女の許へ駆け寄ると、視線を合わせるように屈《かが》み込み、優しく声を掛けた。

「どうしたのかしら、可愛いお嬢さん」

どうやら、母親と逸《はぐ》れてしまったようだ。

「なぁ、サラよ。その童女の名前を聞き出してくれるか？」

「？　ええ、分かったわ」

サラが聞き出した名前を、アレクは脳内で反芻《はんすう》。

風属性魔法を発動し、己の声を周辺一帯に轟《とどろ》かせた。

少女の名前と現在地、母親を待っている旨《むね》などを伝える。

近くの者たちが、一斉にアレクとサラ、そして童女に注目した。

「よし。これが聞こえれば、お前の母親もすぐにやってくるだろう」

アレクの声が何倍にも大きくなったことに驚いたのか、童女の涙が止まっている。

「……おにいちゃん、今の、魔法？」

「あぁ、そうだ。俺は魔法使いだからな」

「すごーい！『アレッくま』みたい！」

小さな少女が、キラキラとした瞳でアレクを見上げる。

アレクが『アレッくま』みたいなのではなく、『アレッくま』がアレクに影響を受けているという方が正しいのだが、子供の言うことだからとアレクは訂正をしないでおいた。

「あら、『アレッくま』が好きなの？」

「うん！　あのね、雪だるまさんが喋るお話が好きなの」

童女の言葉に、アレクとサラは顔を見合わせ、ほとんど同時に笑う。

なんとタイミングのいいことか、と。

「サラよ、作ってやってはどうだ？」

「そう、ね」

サラが氷属性魔法を発動し、手のひらに載るサイズの雪だるまを創出した。

「わっ、わぁ……！　すごーい！」

アレクは初めて女装した際に使用した、風属性魔法を発動。

「『こんにちは、お嬢さん』」

アレクは口許《くちもと》を隠しつつ、穏やかな老人のような声を出す。

「しゃ、喋ったぁ！『アレックま』のお話とおんなじだぁ……！」

「『お母さんが来るまで、私とお話をしましょう』」

「うん！」

先程まで泣いていたのが嘘《うそ》のように、童女が嬉《うれ》しそうな顔をしている。

その後《ご》、数分としない内に息を切らした母親がやってきた。

「魔法使いのおにいちゃん、おねえちゃん、雪だるまさん、ばいばーい！」

恐縮して何度も感謝する母親と、笑顔いっぱいの子供が遠ざかっていく。

「『さようなら。もうお母さんと離れてはいけませんよ』」

「はーい！」

少女は角を曲がるまで、何度も振り返ってこちらに手を振っていた。

「よし。そろそろ帰るか」

「……ええ、そうね」

二人、歩き出す。

「ねぇ、アレクくん。私、前に言ったでしょう？　魔法が好きじゃないって」

サラは雪だるまを消さず、ずっと手の上に載せていた。

「あぁ」

「けど、さっき、私の作った雪だるまにあの子が喜んでくれた時。少しだけだけど、『あぁ、魔法が使えてよかったかも』と思えたわ」

「それはいい。一歩、魔法好きに近づいたな」

「そうなのかしら」

「魔法は、戦いの為《ため》のものだけではない。俺はこの学園でそれを知った。お前が、競う為の魔法を嫌いでも。もしかしたら、誰かを笑顔にする魔法は、好きになれるかもしれん」

「誰かを、笑顔にする魔法。でも、そんなの、お母様は……」

「実は、さっきの雪だるまの魔法は、俺も心が躍ったぞ。絵本と同じだ！　とな」

アレクの言葉に、サラは目を丸くし、それから優しく微笑んだ。

「ふふ、あの子と同じね」

「サラ、お前の魔法は、今日、少なくとも二人を笑顔にした。あと、もう一つ」

「なぁに？」

「泣いている子供を見つけた時、お前は誰よりも早く駆けつけた。その優しき心を、俺は尊敬する。お前が友で、誇らしい」

「……アレクくんって、大げさなのね」

夕暮れの所為《せい》か、サラの白い肌が朱色に染め上げられているように、アレクには見えた。

ブルー寮の前まで彼女を送って行き、そこで彼女と別れる。

空は夕方から夜に変わろうとしていた。

◇

四人目、『金剛姫』レイヤとは、学園と森を繋《つな》ぐ門にて待ち合わせることに。

アレクは一旦家に戻り、制服へと着替えてから待ち合わせ場所に向かった。

レイヤからの要望があったのだ。『制服デートは学生の特権』とのことらしい。

「こんばんは、アレク様」

レイヤはアレクよりも先に到着していたようだ。

「あぁ」

「ふふ、制服姿で来て下さったんですね。よくお似合いですよ」

「ありがとう。レイヤも、よく似合っているぞ」

「まぁ、嬉しい」

レイヤは頰に手を当て、照れたように微笑《ほほえ》む。

「ここから少し歩くが、構わんか？　俺が風魔法で運ぶという手もあるが」

「いいえ、アレク様と一緒に歩きたいです」

そう言って、レイヤがさりげなくアレクの腕に自身の腕を絡《から》ませる。

「そうか。では、歩こう」

ただでさえ森は魔獣が出るので、視野の利《き》かない夜に出歩くのは禁止されているのだが、今回アレクは学園側から特別な許可を得ていた。

「夜の森というのは不気味ですね」

レイヤがアレクの腕により強く絡みつく。ぽよっ、ぽよよんっと、アレクの腕にレイヤの胸が触れていた。嫌ではないのだが、どうにもそわそわしてしまう。

「ほう。『姫』クラスの術士でも、そのように感じるのか？」

「だって、お化けには魔法が効かないかもしれないではないですか」

レイヤにしては珍しく、子供のように頰を膨らませて言う。

「安心しろ。俺は『神聖属性』が使えるからな。悪霊《あくりょう》の類いが現れても撃退できる」

「まぁっ。さすがはアレク様ですね」

そう言いつつ、レイヤに離れる様子はない。実際に撃退する場面を目にしない限り、安心は出来ないのかもしれないな、とアレクは納得する。

「ところでアレク様。わたしたち、どこへ向かっているのでしょう?」

「到着すれば分かる」

「あらあら、一体どこへ連れ込まれてしまうのやら」

困ったように言いつつ、レイヤの顔は楽しげだ。

それからしばらく、二人は密着したまま夜の森を進み。

「──ここだ」

「ここは……アレク様の寝所、ですか?」

エステルの建てた塔である。アレクはここで目覚めたのだ。

「ここからは風魔法を使うぞ」

さすがに、中に入って昇るのは骨が折れる。

戸惑うレイヤごと、アレクは風魔法で浮遊。そのまま、レイヤと共に塔の最上階へと向かう。目覚めた日にも訪れた、展望用のフロアに着地。

「……遠目に眺めたことはありましたが、中に入るのは初めてです」

エステルがアレクの眠りを妨げるような真似《まね》を許すとは思えないので、頷《うなず》ける話だ。

「光栄ですが、どうしてこちらへ？」

「レイヤも言っていただろう？　『言葉を交わし、互いに笑い合い、手を繋ぎ、共に歩き、やがて一つの部屋で二人きりとなり、より親しくなる』のが『夜伽《よとぎ》』の初歩なのだと」

「はい」

「何も知らぬ俺に、お前が男女の触れ合いを教えてくれるのは助かっている。だが、俺たちはまだ知り合って日が浅い。だから、そうだな……一つの部屋で二人きりになる前の段階を、しっかりと経験しておきたかったのだ」

「……確かに、ここに来るまでに言葉を交わし、互いに笑い合い、共に歩きましたね。手は繋いでませんが、腕は組みましたし」

「うむ。それとな……俺なりに、考えたことがある」

「アレク様？」

「最初は、お前が俺に好意的な理由を理解していたつもりだった。自分の故郷の恩人だから、とな。しかし、思えばそれは三百年も昔のこと。お前には実感の湧かぬ過去だろう」

「……そのようなことは」

「いや、お前の故郷が俺に感じた恩義を否定するつもりはない。だが、俺はお前を救ってはいない。だから、俺に感謝する必要も、奉仕する必要も、まったくないのだ」

「そ、それは……」

「ちなみに俺は、恋心というものがまったく分からん」

「え、あ、はい。それは、以前にも伺いましたが……」

「お前はどうだ？」

レイヤは躊躇《ためら》いを見せたが、しばらくしてから、口を開いた。

「……その、正直に申しまして、わたしにも分からないのです。アレク様を尊敬していることも、故郷を救って下さったことに感謝しているのも、事実です。それに、故郷のみんなは、いつかアレク様が復活する日を信じて一族の者を学園に送っているわけで。待ち望んだ機会に、わたしが何もしないなんて、とても出来なくて……」

「あぁ」

「けれど、わたしも乙女ですから。こう、心臓が破裂するような、ドキドキする恋を夢見てしまうこともあり。村の悲願を果たすのは、わたしの恋と言えるのだろうか、という疑問が、ほんの少しだけ、あったりして」

そう語るレイヤは、大人びた少女ではなく、等身大の悩める若者に見えた。

「ならば、協力し合わないか？」

「え……？」

「過激な接触などなくていい。恋を知らぬ二人、どうすれば異性にドキドキ出来るかを、共に探るのだ。我々が知らぬ恋とは何なのかを、分かる日が来るまで」

夜空の下、レイヤの沈黙によって静寂が二人を包む。

しかし、そんな時間も長くは続かなかった。

「……それは、とっても素敵なご提案でございますね」

「それはよかった。断られるかもしれないと思っていたのでな」

ほっと胸を撫《な》で下《お》ろすアレクを見て、レイヤがこぼれるように微笑む。

「ふふ、アレク様は不思議な御方ですね。世界を七度救った、最強の魔法使い。誰よりも強いのに、驕《おご》ることなく、他者の心を尊重してくれる。とても、優しい御方」

「そんなことはない。俺が考えているのは、魔法のことばかりだよ」

「エステル様がそのようなかたを三百年も慕うとは思えません。わたしの故郷も、貴方様《あなたさま》が強かったから感謝したのではありません。伝承に残るアレク様は、魔獣を退治しただけでなく、怪我人《けがにん》を治療し、壊れた家屋を直し、荒れた畑を整え、結界を張り替えて下さった。食卓を共にし、我が一族を友と認めて下さった。貴方の優しさを、我々は語り継いでいるのです」

それは、ウェスやエステル、他の仲間の支えあってこその行動だ。

しかし、そう口を挟むのは無粋に思えて、アレクは黙っていた。

「いいえ、正確には語り継いでいるだけではありません」

そう話すレイヤから、魔力が放たれるのがアレクには分かった。

瞬間、景色が切り替わる。

――空間移動？　違う。これは……幻影魔法か。

狐《きつね》の亜人に伝わるという秘術だ。エルフの結界術、吸血鬼の操血術《そうけつ》などに並ぶ、種族特有の魔法である。

見せられたのは、狐の里の景色。そこで、笑顔で暮らす民の姿。

一度は滅びかけただなんて信じられないほどに幸せそうな光景が、そこにはあった。

しばらくして里の幻影が消え、再びレイヤと二人の夜が戻ってくる。

「魔法の才がある故郷の子は、みんなこの光景を再現できるよう練習するのです」

いつかの機会、アレクに見せられるように、と。

自分の何気ない行動を、一つの里が三百年も忘れずに感謝してくれていることに、アレクは妙な感慨を覚えた。胸が温かくなるような、不思議な心地であった。

「あの時の行動があったからこそ、この時代でお前に巡《めぐ》り会えた、とも言えるわけか」

「ええ、まさに。我が故郷に来てくだされば、途端に狐耳ハーレムが築けますよ？」

再び景色が切り替わり、レイヤを含む無数の狐耳娘に取り囲まれる。これも幻影だ。

「い、言っただろう。それはおかしい、と」

アレクはどこに視線を向ければいいか分からなくなりつつも、迫るレイヤをそっと引き剝がすように手を伸ばした。しかし、空を切る筈《はず》の手が、何故《なぜ》か——何かに触れる。

「やんっ」

それはとても柔らかく、温かく、ぽよぽよかつふわふわな、丸みを帯びた物体であった。

幻影が解かれると、なんと——アレクはレイヤの胸を揉《も》んでいた。

「す、すまん……！」

「構いませんよ。わざとですから」

レイヤは自分の幻影と同じ動きをして、アレクに近づいていたのだ。

理由も分からず、アレクの顔が熱を持ち始める。

そんな少年を、レイヤは愛おしそうに見つめていた。

「初めての『夜伽』の日、貴方様は女性の側にも拒む権利があると仰《おっしゃ》いましたね。当たり前にそれが言える貴方様を、わたしは素敵な殿方だと思ったのです」

「そ、そう、か」

「だから、アレク様。これからもよろしくお願いいたしますね？　わたしはきっと、貴方に燃えるような恋をしたいのです。そして、貴方にはわたしに溺れてもらいたい」

獲物を見るような目で、レイヤは自分の唇をぺろりと舐《な》めながら、言う。

「う、うむ。嫌なことなどは、無理しなくてもよいからな」

「嫌だなんて、えっちなことには興味津々《きょうみしんしん》ですので、ご安心を」

なんだかレイヤの積極性が増したように感じ、アレクは気圧《けお》される。

「あー……そうだ、レイヤよ。この場所を選んだ理由を、まだ話していなかったな」

アレクはどうにか話を変えるべく口を開いた。

「ここはアレク様の寝所、夜に寝所、つまりは……そういうことですね？」

レイヤが名推理を披露するように言う。

「雑な連想はやめるがいい。『逢瀬《おうせ》』の教本に、男女は美しい景色を見に行くことがあると書いてあったから、それを実践しようと思ったのだ」

「なるほど。確かに美しい景色は人の胸を打ち、記憶に残るものです。それが大切な人と見た景色ならばなおのこと」

「この塔は背が高いだろう？　だから、地上よりも——空に近いのだ」

アレクの言葉を受け、レイヤが空を見上げる。

「……あぁ、本当。星が綺麗《きれい》ですね、アレク様」

包み込むような慈愛も、捕らわれそうになる色香も、彼女の魅力だが。

年相応の少女のように星空の美しさに感激する彼女の、自然体な魅力には敵《かな》わない。

そのようなことを考えながら、アレクも空を見上げる。

二人はしばらく、そうしていた。そっと、肩を寄せ合いながら。

◇

四人との逢瀬が、無事に終わった。

レイヤをノームイエロー寮の前まで送り届けたアレクは、真《ま》っ直《す》ぐ帰宅。

魔法で風呂《ふろ》を沸かし、ゆっくり浸《つ》かってから上がると、自分の部屋へと戻る。

そして木製のベッドに入り、仰向けに。

考えるのは、今日の逢瀬のことや、学園での日々だ。

三百年前のアレクは、よくも悪くも英雄扱いに慣れていた。

魔法使いからすればアレクは畏怖の存在であり、一般人にとっては雲の上のような存在。

アレクがいかに気軽に接しようとも、相手の方が一歩引いてしまう。それが常であった。

だがこの時代、この学園の生徒たちは違う。

『最後の英雄』の復活を信じぬ者は当然として。その復活を信じるレイヤのような者も、学園の理念によって、アレクと対等な者であろうとしてくれる。

そんな相手は、かつては親友のウェス以外にはいなかった。

「時を超えて、正解だったな……」

自然と頬が緩む。

全力を出せる好敵手にこそ巡り会えていないが、アレクは悲観していなかった。

何よりも素晴らしいのは、彼女たちが人類の味方であることだ。

かつてアレクが戦った者たちは、それがどれだけ優れていたとしても、その多くが脅威であり、敵であった。それも、取り除かぬことには止まらぬ類いの。

ハルトヴィヒのようにアレクの味方になった者もいないではないが、その大半は戦いの果てに散るか、無力化された。更なる成長を期待する余地がなかったのだ。

だがこの学園は違う。

ヴェルは二つ目の戦姫魔法《エンゲージ》習得に熱を入れ、サラは敗戦から学び、エステルやメーヴィスも鍛錬を怠っていない。彼女たちは、ここからもっと強くなる。

そのことが、アレクには喜ばしかった。

喜びを胸に、アレクが心地よい眠りにつこうとしていた、その時。

寝室の扉がゆっくりと開くのが分かった。その魔力から、侵入者は二人。

だがアレクは、警戒する必要はないと判断。どちらも知った顔だったからだ。

一人はエルフの賢人、エステル。もう一人は歴代最強『姫』と名高い教官、メーヴィス。

こんな夜中にどのような用件だろうか、とアレクは身を起こそうとしたのだが。

「――時空潮流・夜凪《よなぎ》」

ベッドと掛《か》け布団《ぶとん》の時がメーヴィスの魔法によって『静止』したことにより、身動きがとれなくなってしまう。

「申し訳ございません、アレク様。ですがしばしご容赦を」

謝罪したのはエステルだ。

二人はまるで泥棒に入ったかのように足音を殺しながら、アレクのベッドに迫る。

緊張した面持ちで、どこか息を荒らげながら、アレクのベッドへと上がってきた。

「あうっ。が、学園長。私には、暗くて周りがよく……」

メーヴィスは何かに躓《つまず》いたのか、アレクの足許《あしもと》に倒れ込む。その拍子に、とてつもなく柔らかいものが触れたように、アレクには感じられた。

「……仕方がありませんね。少々、恥ずかしいのですが」

エステルが嘆息し、机の上に置かれた蝋燭《ろうそく》に魔法で火をつけた。

ほのかな明かりが室内を照らし、アレクは二人の格好に驚く。

エステルはアレクの身体《からだ》に半ば馬乗りの体勢になっており、メーヴィスの方はアレクの足付近で上体を起こしたところだったのだが、それよりも。

メーヴィスは、黒く透け感のあるベビードール姿。エステルに至っては、既に上を脱ぎ捨てており、下はガーターベルトとストッキングのみという格好だった。

「が、学園長！　いつの間に」

「ふ、ふふふ……三百年の時を超え、ついに本懐を遂げようというのですから、気も逸《はや》るというものです」

二人の間に何かしらの協定でも結ばれているのか、アレクから見て右にエステル、左にメーヴィスが、それぞれ身を寄せてくる。

布団越しではあるが、少年の胸板に、二人の美女の巨乳が押し付けられた。

先程までなんでもなかった寝台の上に、森のような香りと、花のような香りが漂う。

「……それで、これは一体どういうことなのだ？」

体温が上昇するような身体の変化を感じながら、少年は問う。答えたのはメーヴィスだ。

「きょ、今日は『逢瀬』の日です」

「うむ。そうだな」

「しかしアレク様、学園長であるわたくしや、講師でもあるメーヴィス教官は、アレク様のお相手を務めることが出来ないという不条理に晒《さら》されました」

「生徒同士での鍛錬のようなものなのだから、教官がそこに含まれないのは当然では？」

「同じ『姫』なのに、教官というだけでアレク様から遠ざけられる理不尽！」

メーヴィスはアレクの言葉を無視して熱弁する。

「しかし我々は理性ある大人です。私利私欲の為《ため》に制度を歪《ゆが》めることなど致しませんでした。我ながら、偉いと褒めてあげたいです」

「あぁ、立派だぞエステル。それで、この状況の説明はいつ始まる？」

先程からどんどん二人の鼻息が荒くなっているし、なんだかもぞもぞと動いたかと思えば、二人してアレクの腹部から太ももにかけてを撫《な》で始めるしで、アレクは落ち着かない。

「そこで私は、学園長に提議しました」

「そしてわたくしはメーヴィス教官の熱意に感銘を受け、これを受理しました」

「……提議の内容はなんだ？」

「ずばり！　教官による補習授業です！」

「学びの不足を補うべく、正規の授業時間外に行われる特別な授業ですね」

「……つまり、これは『逢瀬』の補習授業であり、教官が指導に当たるのは当然だと？」

「はい！　アレク様の本日のご予定は学園に提出された書類で把握しておりますが、男女の逢瀬における、ある要素が抜けておりましたので、これは補習が必要かと！」

「……あー、もしかしなくとも、これは『夜伽《よとぎ》』の補習、なのか」

朝食を共に摂《と》り、街を散策し、図書館で読書を楽しみ、共に夜空を見上げた。逢瀬としては充分にも思えるが、確かに真の恋人であれば、そこから夜伽に進むのかもしれない。

「さすがはアレク様、見事なご理解にございます」

「そうか、なるほどな。ところで一つ、お前たちに尋ねたいのだが」

「どんなことでも訊《き》いてください！　教官として優しく教え導きますので……！」

メーヴィスはどんな勘違いをしているのか、瞳を輝かせている。

「あぁ……！　学園での日々によって、アレク様も女性への興味を抱いてくださったのですね……！　このエステル、知識だけはございますので、共に実践して参りましょう！」

エステルも盛大に勘違いしているようで、よだれを垂らしかねない勢いだ。

「――当然、俺以外にもこの補習授業は行うのだろうな？」

二人はスッと目を逸《そ》らした。

「何分、実験的に導入された制度ですから？」

「アレク様との補習授業次第で今後も検討すると言いますか？」

「なにはともあれ、まずは今夜に集中しないといけませんよね？　学園長」

「まったくもってその通りですね、メーヴィス教官」

「では――」「いざ――」

二人の顔がアレクに近づいてくる。

アレクは悩んだ。多分に職権乱用の疑惑があるにしても、だ。

ここまで必死になっている二人を拒絶するのは、忍びない。

エステルには仲間としてこれ以上ない信を置いているし、メーヴィスも術士として好ましく思っている。教官が『逢瀬』の対象内であったら、二人のことを誘っていただろう。

だとすれば、これは単に好機と捉えるべきなのかもしれない。

身動きがとれないのは困るが、そこは時を進める魔法で解除すればいい。

二人の吐息が両耳をくすぐり、アレクの身体がぴくりと震える。

それに気づいた二人は嬉《うれ》しそうな、どこか蠱惑《こわく》的な笑みを浮かべ、そして――。

「ちょーっと待ったー！」

扉を蹴破る勢いで侵入してきたのは、寝間着姿の――ヴェルだった。

「師匠！　それにメーヴィス教官！　何やって――ってなんですかその格好は⁉」

「ヴェルさん、よい子は寝る時間ですよ」

「そうですよヴェル、自分の部屋に戻りなさい」

「こんな状況放っておけるわけないし……ッ！　大人二人で少年一人に、よ、夜這《よば》いとか、そんな、え、えっちすぎること、あたしのいる家ではさせませんから……！」

「そうですか。ではヴェル、貴女《あなた》は今からレッド寮に移りなさい」

「師匠⁉　夜這いの為に弟子を追い出すとか本気じゃないですよね⁉」

「ヴェルさん、夜中に騒がしいですよ」

「夜中に人ん家《ち》に侵入してる人が何を言ってるんですか！」

その後《ご》も二人とヴェルの言い争いは続いたが。

最終的にはとても共寝をするような空気ではなくなり。

エステルとメーヴィスの補習授業は、未遂に終わる。

「学園長、次は場所とタイミングも考えましょう」

「そうですね。邪魔の入らないよう気をつけねば」

「――聞こえてますよ二人共！」

アレクはほっとしたような、どこか惜しいような、複雑な感情に襲われるのだった。

第十章◇最後の英雄と精域演舞祭

氷塊が天より落ちる。まるで、隕石《いんせき》の如《ごと》き氷の塊だ。

「か、火炎創生・灰燼帰結《かいじん》……ッ！」

巨大な火炎の怪鳥が羽ばたき、氷塊を迎え撃たんと舞い上がる。

二つの魔法が激突し、周囲に衝撃波を撒《ま》き散《ち》らしながらも、なんとか相殺《そうさい》に成功。

だが――。

「っ……!?」

頭上の氷塊に意識を向けるあまり、相対する術士への反応が疎《おろそ》かになってしまった。

その所為《せい》で、ヴェルは足許から腰あたりまでを氷結されてしまう。

相手がその気だったなら、氷の中に閉じ込められていたところだ。

「咄嗟《とっさ》の出力には目を見張るものがあるが、焦《あせ》りは禁物だぞ」

「……うっ」

朝。アレクとヴェルは精域演舞祭の練習に励んでいた。

演目は『「最後の英雄」と氷の支配者』。

氷の上に築かれた国を舞台に、圧政を敷いていた暴君とアレクの戦いがあった。

その再現である。今回、ヴェルがアレク役を務め、アレクが暴君役を務める。

「感情の高まりが実力に影響するのはいいが、冷静さが失われるのは痛いな」

アレクが氷結を解く。

身体が冷えたのか、ヴェルが「くちゅんっ」と可愛《かわい》くクシャミをした。アレクのアドバイスに対し、自分で生み出した火炎球で暖を取りながら「分かってるわよ」と答える。

「意識的に魔力量が高められればいいのだが……」

「それが出来れば苦労しないんだけど……」

「いいや、可能な筈《はず》だ。現状は、他者からの干渉で感情が揺れ動いた時に魔力が上下しているが、重要なのは『他者』ではなく『感情』だろう」

「……自分で自分の感情を操れってこと？」

「そうだ。何も、無から喜怒哀楽を生み出せと言っているのではないぞ。どのような時も、それを思い出すだけで心が熱くなる。そのような火種を用意するのだ」

「う～ん。サラにバカにされたこととか思い出すと、いつでも腹が立つけど……」

「ははは。まぁ、それでもいいがな。お前は怒ると視野が狭くなるので、冷静さを保ったまま、魔力量だけは上昇するような感情が好ましい」

「そんな便利な思い出なんて、あるかしら……」

「そこは、お前次第だろう」

アレクの言葉に、ヴェルは頷《うなず》く。

「うん、そうね。頑張ってみる」

『逢瀬《おうせ》』の課外授業から、二週間が経過していた。

気づけば精域演舞祭まで残り三日というところまで来ている。二人は空き時間を見つけては舞台の練習をしており、決着までの大まかな流れは既に摑《つか》んでいた。

今取り組んでいるのは、戦いの規模をどれだけ実際に起きた戦闘に近づけられるか。

つまり、ヴェルがどれだけ当時のアレクに近づけるか、ということ。

ヴェルは二つ目の戦姫魔法発現《エンゲージ》の鍛錬も並行して行っているが、どちらも手を抜くことなく力を尽くしている。

「アレク様、ヴェル。朝食が出来ましたよ」

家からエプロン姿のエステルが出てきた。エルフの学園長は今日も美しい。

「うむ。朝はここまでにしておくか」

「そうね。……昼休みも、お願いね」

「もちろんだ。最強カップルに続いて、この精域演舞祭も二人で獲《と》ろうではないか」

「ばっ、ばか……！　あれのことは忘れなさいよ！」

「――アレク様？　今、最強カップルという言葉が聞こえましたが、詳細を伺っても？」

「ち、違うんです師匠！　あくまで『アレッくま』の為であって――」

「わたくしはアレク様に聞いているのよ」

「もう、最近の師匠怖いんですけど……！」

三人とも、表面上は普段どおりに会話をしながら、朝食を摂るべく家へ戻る。

だが実のところ、三人も、そして学園の生徒たちも、あることに気を揉《も》んでいた。

◇

教室に入ると、ホームルームまで間もないというのに、生徒が普段よりも少ない。

生徒たち自身もそのことに気づいており、教室の空気もやや暗かった。

「ツェツィも休みって本当？」「同室の子が言ってたけど、普通の風邪とかじゃなさそうだって」「倒れた子たち、別の場所に運び出されちゃったんでしょ？」「心配だよね」

そう、ここのところ、欠席者が増えているのだ。それも、流行《はや》り病や家庭の事情などではなく――原因不明の症状によって、眠りから目覚めなくなっているのだという。

学園側がその事態を把握してから、治癒魔法を極めた養護教諭であり、『神癒姫』の異名を冠する術士を中心に多くの人員が治療に当たっているが、目を覚ました生徒はいない。

アレクも意見を求められ、眠りから覚めない生徒たちを確認したが、治療法は見つけられなかった。彼女たちに必要なのは治療行為ではないと気づいた、と言うべきか。

少女たちはみな、体内に己のものではない魔力を取り込んでいたのだ。

魔獣の魔力である。

おそらくだが、魔力量の上昇を狙って何かしらに手を出してしまったのだろう。しかし、人間族にも他の多くの亜人にも、他者の魔力をそのまま己のものと出来る者は少ない。

特定の種族が性行為や吸血行為などによって他者の魔力を取り込む秘術を持つが、種族固有の秘術は他の種族には扱えない。

似た効果を発揮する戦姫魔法《エンゲージ》が開発された可能性はあるが、それを倒れた生徒たち全員が習得したとは考えられない。

アレクには一つ、彼女たちがこうなった原因に心当たりがあったが、あくまで予想だ。

彼女たちを救うには、この事態を招いた術士を発見する必要がある。

秘術にしろ戦姫魔法《エンゲージ》にしろ、その者の術式を直接確認することが出来れば、アレクはそれを再現することが可能。

応用によって、少女たちを目覚めさせることも出来るかもしれない。問題は――。

「一体、何が起きてるのよ……」

隣の席のヴェルが、何も出来ないことをもどかしがるように呟《つぶや》く。

「何者かの意志によるものなのは確実だ。その者が誰か分かれば、話は早いのだが」

「悪い奴《やつ》を見つける魔法とかないわけ⁉」

「善悪は主観的なものだからな。一応、他者の感情を察知する魔法ならば、作れるが」

「すごいじゃない。それをこう、学園中に広げれば……」

「想像してみてほしいのだが、数百数千の人間が抱く感情を、一度に頭に入れたとして。その一つ一つを詳細に判別出来ると思うか？」

「頭が爆発するわね。今のは忘れて頂戴」

「まぁ、容疑者が絞られているのなら、範囲を制限した上で発動するという手はある」

「そいつの目の前で使うわけね！」

「しかし精度の問題もあるので、練習は必要だ。ヴェルよ、相手してくれるか？」

「もちろん――って、待って？　か、感情を察知って、どれくらい分かるの？」

「相手がこちらに向けている感情の種類が分かる程度だ。怒りや恐れ、嫌悪《けんお》や好感、信頼や不信感などだな」

「あ、あたしはダメね。練習には師匠を頼りなさい」

ヴェルが唇をもにょもにょと動かしながら、桃色に染まった顔で言う。

「なんだ？　読まれては困るような感情を抱いているのか？」

「う、うっさいわね！　乙女心を暴《あば》くのは罪なんだから！」

「そうか」

師匠のエステルは、ヴェル基準では乙女ではないのだろうか。

アレクは気になったが、追及はしないことにした。

◇

『魔法戦闘』の授業の時間。

その日はサラのクラスと合同で行われたのだが、向こうにも欠席者が目立つ。

特定の寮ではなく、学園全体で昏睡《こんすい》者が増えているようだった。

「我が君は見学ですか？」

吸血鬼のハルトヴィヒがアレクの横にやってきた。

いつものように地面に膝をつこうとするので、いつものように止める。

「あぁ。どうにも、みな力が入っていないようでな。そのような状態で戦っても、得られるものは少ないだろう」

「ふむ。学友が原因不明の症状で昏睡しているのです、無理からぬことと言えましょう」

「そうだな。ところでハルトヴィヒ、お前は今回の件をどう思う」

「まるで我ら吸血鬼の真似事《まねごと》をしたかのような症状かと」

「やはりそう思うか」

吸血鬼ならば、血を吸うという行為を通して他者の魔力を己のものとすることも出来る。

それをした場合、しばし吸血鬼からは他者の魔力も感じるのだ。

だが今回倒れた女生徒たちの場合、体内に取り入れた魔力が身体《からだ》に馴染《なじ》まず、反発し、体内魔力が乱れたことによって、調子を崩しているものと思われる。

吸血鬼のような種族の秘術の中から、魔力吸収の工程のみを再現し、その操作方法については手つかずであった、というような。新たな魔法にしては、欠点の目立つ術式だ。

「我が君のお力を以てしても、救えませんか？」

発動中の魔法であれば解析できるが、発動を終えた魔法の場合、見られるものが残っていないので、アレクにも対応が難しい。魔獣の魔力と本人の魔力は複雑に絡《から》み合《あ》っており、魔獣の魔力だけを抜き出すということもできない。

「……体内魔力の全てに魔獣の魔力が混ざる前に、倒れた生徒たちの時を『静止』した。あくまで一時凌《いちじしの》ぎだがな」

生きるのにも魔力は必要で、それに必要な魔力さえも魔獣のものと混じれば、生命活動にまで支障をきたしてしまう。アレクはそうならぬよう、生徒たちの時を止めたのだ。

「……倒れた生徒は、百を超えているようですが」

「それがどうした？」

メーヴィスでさえ、十年も時を止められないと言われている。だがアレクは己の時を三百年も止めていた術士だ。生徒たちの時をしばし止める程度、造作もない。

「いえ、我が君の魔法には感服するばかりです。しかし、永遠に止めるわけにもいかぬでしょう。根本的な解決方法を見つけねばなりませんね」

「あぁ。おそらく、今回の元凶となる術士は、魔力操作および排出の術式まで構築している筈だ。そうでなければ、自分が使う際に困るからな」

「さすがは我が君。私もご賢察の通りかと思います」

「この三百年で、このような術式を構築できそうな術士が生まれていないか？」

「私にはなんとも……。エステルはなんと？」

「あいつも心当たりはないそうだ」

「ふむ……。吸血鬼である私としても、こちらの秘術の贋物《がんぶつ》のような術式は許《ゆる》し難《がた》いものです。少々調べてみましょう」

「頼んだぞ」

ハルトヴィヒとの会話が一段落つくのと、視界の先で戦っていたヴェルとサラの模擬戦が決着したのは、ほとんど同時だった。

「ふっふーん。またあたしの勝ちね！」

元気のない者が多い中、好敵手との戦いとあってヴェルは普段通りのパフォーマンスを発揮していたのだが、サラの動きはアレクから見ても精彩を欠いていた。

「……そうね、おめでとう」

「このままどんどん連勝を重ねて、あんたとの差を広げてやるんだから！」

「あぁ、そう」

「……っ。そ、そういえばあんた、精域演舞祭に出ないらしいじゃない？　組んでくれる人がいなかったわけ？」

「元々、出るつもりがなかっただけよ。貴女《あなた》こそ、アレクくんに選ばれてよかったわね」

「そんなこと言って、あたしに勝つ自信がなかったんでしょ？」

すげない対応をとられたヴェルは、なんとかサラを悔しがらせようと言葉を重ねる。

いつもならば、ヴェルを更に怒らせるような皮肉を放つサラなのだが、今日は違った。

「……そうね。いつも、光が当たるのは貴女だものね」

「は、はぁ……？」

己を卑下するようなサラの言動に、困惑するヴェル。

そんなヴェルを見て、サラは面倒くさそうに溜《た》め息《いき》を溢《こぼ》す。

「なんでもないわ。貴女といると暑苦しくて、汗が出そうになるのよね。授業もそろそろ終わるし、悪いけれど、水を浴びに行くわ」

「何よそれ！」

サラはヴェルを無視して、校舎内の大浴場へ向かう。その途中、アレクとすれ違った。

「じゃあね、アレクくん」

「……サラよ」

アレクが声を掛けると、彼女は立ち止まった。

「なぁに」

「光の当たる人物がいるとして、それが常に一人とは限らんぞ」

「ふふ、励ましてくれているのね。ありがとう」

彼女が唇だけで微笑《ほほえ》む。そして、誰に向けるでもなく、小さくこう溢した。

「でも、もし私が『最後の英雄』なら、きっと私を花嫁には選ばない……」

「サラ、俺は――」

「前に貸した本だけど、もう読んだかしら？　今度、感想を聞かせてほしいわ」

サラは強引に話題を変えた。そこに彼女の拒絶を汲《く》み取《と》ったアレクは、追及をやめる。

「……あぁ、俺もお前と語り合うのが楽しみだ」

「約束よ」

彼女は淡く微笑んで、そのまま去っていった。

「我が君のお言葉を遮るとはなんたる不敬か。我が担当生徒が、申し訳ございません！」

ハルトヴィヒが頭を下げる。

「いい、気にするな」

「あぁ、さすがは我が君！　空よりも広く海よりも深い慈悲のお心に、感謝致します！」

ハルトヴィヒの声を聞き流しながら、アレクはサラの背中を見つめていた。

彼の少し後ろでは、同じようにヴェルが好敵手に心配げな視線を向けているのだった。

◇

そして、精域演舞祭当日がやってくる。

アレクとヴェルは、参加者用の控室として用意された天幕で待機していた。

大掛かりな魔法が使用されるという性質から、精域演舞祭は野外で行われる。舞台らしい舞台も、どうせ壊れてしまうので最初から構築されない。一般客が怪我《けが》をしないように立ち入り禁止の柵が用意されている他は、普段の野外演習場と変わらなかった。

ちなみにこの演舞祭にかつて商機を見出《みいだ》した生徒がいたらしく、学園の敷地《しきち》内では様々な出店や催しが並んでいる。

魔獣肉を使った料理や、風魔法による飛行体験、土魔法で生み出された迷路などなど。一般人に魔法を身近に感じてもらえるような企画が多い。

最近は暗い雰囲気が漂っていた学園内も、今日ばかりは活気に満ちていた。

「それにしても、本当に衣装などは用意しなくてよいのか？　俺の役を担《にな》う者たちが、全員女子の制服姿というのは、奇妙な気分なのだが」

「アレク様役だけじゃなくて、敵も味方もみんな制服姿よ。これはあくまで花嫁学園の生徒たちが、アレク様に捧《ささ》げる演舞だもの。衣装とか魔法以外の演技部分とかまで凝りだしたら、キリがないってのもあるけど……」

「そういうものか」

「そういうものよ。あと、あたしはあんたをアレク様だって認めたわけじゃないから」

ついでのように付け加えるヴェル。最早《もはや》、義務感で言っているようにも聞こえる。

「そろそろ信じたのではないか？」

「ぜ、全然だし！」

「ふっ、そうか。そろそろ、出番だな」

「ええ、行きましょう」

天幕を出ると、多くの観客が詰めかけていた。野外ステージはいくつか用意されており、事前に掲示された演目や出演者などから、観客は観《み》る演舞を選ぶ。

「アレク様ー！　頑張ってください！」

「くっ、あと十年若ければ、私もアレク様と舞台に上がれたというのにっ」

エステルとメーヴィスが、最前列でこちらを見ていた。

他にもクラスメイトや、授業で知り合った生徒たちの顔もあった。

アレクが参加すると知った時、エステルは特大横断幕の他、合唱団や楽団の招集なども検討していたようなのだが、アレクが止めたのだ。

「弟子である、あたしも出るんだけど……」

ヴェルが釈然としない様子で言う。

だがアレクは知っている。今ヴェルが着ている制服は、エステルがしっかりと点検し、汚れやほつれの一つもない綺麗《きれい》な状態に仕上げたものであることを。

アレク関連で暴走しがちなだけで、エステルはヴェルのことも大事に思っているのだ。

「暗い顔をするな。せっかくの舞台だ、楽しもうではないか」

「はぁ……。そうね、楽しみましょう」

二人が舞台となる演習場の中央に到達したその時——凄《すさ》まじい魔力が、二人を襲った。

アレクは咄嗟《とっさ》にヴェルを抱え、風属性魔法による推進力を得て回避行動をとる。

直後、一瞬前まで彼らの立っていた地面に、氷山が生えた。

回避を終えたアレクは着地し、ヴェルを隣に下ろす。

「……ふむ。舞台を観に来てくれたわけではなさそうだ」

そして自分たちを襲った術士へと視線を向けた。

ゆらり、と幽鬼のような足取りで舞台へと侵入してきたのは。

「さ、サラっ……!? あんた何して——」

アレクはヴェルの口を塞ぎ、彼女に耳打ちする。

「動じるな。観客が怯《おび》えてパニックになるとまずい」

ヴェルはアレクに抗議の視線を送ってきたが、ひとまず大声を出すのはやめた。

アレクはヴェルの口から手を離し、続ける。

「お前もよく見れば分かる筈《はず》だ。あれは確かにサラだが――魔獣の魔力が混ざっている」

「――――ッ!?　ど、どういうこと？　なんでサラが……いや、それより、他の子はみんな倒れたのに、なんであいつは立ってるのよ」

「さぁな。さすがは『姫』といったところか、混じった魔力も運用できるようだ。問題は……明らかに正気ではないところだな」

「……貴女はいつもそうね、ヴェル。私のほしいものは全て、貴女に取られてしまう」

虚《うつ》ろな目をしたサラが、うわごとのように何かを呟《つぶや》いている。

「さ、サラ……？」

「……貴女はあとどれだけ、私を惨《みじ》めにすれば気が済むのかしら」

サラから魔力が迸《ほとばし》り、無数の氷塊が二人に向かって放たれる。

アレクは土属性魔法による防壁を展開し、氷塊を防ぎながら言う。

「よし。演舞を開始するぞ、ヴェル」

「は、はぁ……？」

「幸い観客は気づいていないようだし、何かあってもここにはエステルとメーヴィスが控えている。それともなんだ？　サラの異常を訴えかけて避難を促すか？」

「……そ、それは」

「俺とお前で準備した演舞を失敗にはしたくない。同時に、友の未来を潰したくもない。ならば答えは単純。予定通りであったかのように演舞を進行しながら、サラを救うのだ」

観客は演舞が始まったかと勘違いし、歓声を上げている。事前に掲示されている出演者と役柄がズレることになるが、その程度は記載ミスだったとでも言えば済むだろう。

「お前がアレク役で、サラが氷の支配者。俺はまぁ、ウェスでよいだろう。あいつもあの戦いにいたからな」

「う……で、でも」

「それとも、逆がいいか?」

アレクが煽《あお》るように言うと、ヴェルがむっとするのが分かった。

「や、やってやるわよ……っ。あんたこそ、初代様に相応《ふさわ》しい魔法を見せなさいよね」

「戦姫魔法《エンゲージ》──氷結世界・六花築庭《りっかちくてい》」

サラから氷の大イルカが顕現する。

「くっ。え、戦姫魔法《エンゲージ》──火炎創生・灰燼《かいじん》帰結!」

炎の怪鳥が現出し、イルカを迎え撃った。見物人たちはド派手な魔法戦に大盛り上がりだが、サラは何をしでかすか分からないし、ヴェルも不安げだ。

「ヴェル、出力が低いぞ」

「そ、そんなこと言ったって……」

幼い頃から知っている好敵手が暴走しているのだ、冷静でいられないのは理解できる。

「昏睡《こんすい》した者を救う方法は不明だが、起きて動いているのならば簡単だ。魔獣の魔力が混ざっているならば、放出させればいい」

「あ……魔法を使わせて、魔力を外に出させるのね？」

「そうだ。食ったものが腹の中で増えたりしないように、取り込んだ他者の魔力も勝手に増えはしない。使わせれば、体外に出ていく。つまり、サラに魔力を使わせればいい」

「――うん。分かった」

救う方法が示され、やるべきことに己が納得したその瞬間。

ヴェルの魔力が桁違いに上昇し、怪鳥のサイズが一回り大きくなる。

怪鳥はそのままイルカを飲み込み、蒸発させた。観客たちが声を上げて手を叩《たた》く。

「行くわよ、サラ。今日も勝つのはあたしなんだから」

怪鳥はそのまま、サラに向かって降下。

「……苦しい鍛錬を積んで、ようやく追い抜いたと思っても。貴女《あなた》は笑顔で努力を続けて、また私の前に立つ。何度も何度も何度も、鬱陶しいくらいに」

サラは明らかに対話が出来る状態ではないが、それでも魔法は使えている。意識が混濁している状態で戦姫魔法《エンゲージ》など発動出来るわけがないので、彼女なりに思考はしている筈なのだ。だが、今の状況を理解しているとはとても思えない。

外界を知覚しないまま、それでもヴェルを認識している。

——起きたまま夢を見ているようなもの、か……？

本人は夢だと思って走り回っているが、生身の体も動いてしまっている、というような。

それくらいの意識のズレがなければ、このような状態は成立しないように思える。

「……貴女の所為《せい》で、私はいつも、走り続けなければならない。貴女よりも優れていると証明することが、私に望まれている唯一のことなのだから」

「……ねぇ、アレク。サラの口が動いてるけど、何を言ってるか分かる？」

歓声や戦闘音の所為で、演者の声は客には届かない。

それはアレクたちにとって幸いなことだが、ヴェルは気になるようだ。

「奴《やつ》を正気に戻したあとで、改めて聞けばよかろう。それよりも、集中しろ」

「戦姫魔法《エンゲージ》——氷結世界・空前雪後《せつご》」

怪鳥が、サラに向かって豪炎を吹いたその瞬間。

サラの二つ目の戦姫魔法《エンゲージ》が発動した。

「え？」

ヴェルが呆《ほう》けた声を出す。

怪鳥の吐いた火炎ごと、その燃える肉体が——氷漬けになっていたからだ。

「……魔法の『氷結』。氷属性ではない、これは——概念属性だ」

凍った炎が、砕け散った。

時を操る魔法や終焉《しゅうえん》を強制する魔法と同じ。

術士が思う『氷結』の概念を、世界に上書きする魔法。

簡単に言えば、サラの認識次第であらゆるものが凍り、罅割《ひびわ》れ、砕け散る。

それは『最後の英雄』と『姫』にしか扱えぬ、特別な魔法さえも例外ではない。

「二つ目の戦姫魔法《エンゲージ》……っ。い、いつの間に」

「さすがはサラだな。これは負けていられないぞ、ヴェル」

「分かってる……！」

負けず嫌いな性格がプラスに働き、ヴェルの魔力が更に上昇する。

「うぉぉお！　すげー！」「どっちが勝つんだ？」「いや、真剣勝負じゃなくて筋書きが決まってるんだから、火属性の方でしょ」「なぁんだ、氷属性の方は負けちゃうのか」

観客たちが口々に感想を溢《こぼ》す。

「……うるさい」

今のサラに観客の声がどう聞こえたのかは定《さだ》かではないが、機嫌を損ねたのは間違いないようだ。これまでアレクとヴェルだけに向いていた意識が、一時、観客へと向けられる。

――まずい！

サラが観客の頭上に無数の氷柱《つらら》を生成。それらが落下し、学園を血の海に変えんと迫る。

アレクは即座にアウラの魔法を再現し、全ての氷柱を照準。

「精域魔法《リンケージ》――快刀割烹《かっぽう》・微塵《みじん》斬り」

千を超す魔力の刃《やいば》が氷柱の群れを襲い、微塵に刻む。

異変に気づいた観客たちに降り注ぐのは、雪華にまで分解された氷柱の成れの果て。

「わぁ……！」「雪だ！」「おぉ、こういう魅せ方もあるのか」「綺麗ねぇ……」

見物人たちは予定通りの演出だと勘違いしてくれたようだ。

「ヴェル。観客は俺に任せて、お前はサラに集中しろ」

「うん、信じる。……あの子ね、あたしには冷たいし特別仲のいい子もいないみたいだし、自分から一人でいるような子だけど。でもね、本当は優しい子なの。魔法で人を傷つけるなんて、普段のサラなら絶対にやらないことだわ」

「あぁ」

「だから、絶対に止める。正気に戻った時、サラが自分の行いを責めたりしないように」

「その意気だ」

「戦姫魔法《エンゲージ》──氷結世界」「戦姫魔法《エンゲージ》──火焔創生《かえん》」

互いに再び戦姫魔法《エンゲージ》を発動し、怪鳥と大イルカを創出するのだが、どちらも様子が違う。

それぞれ、術者の頭上に巨大な水球と火球が浮いており、それらから管のようなものが伸びて魔法生物と繋《つな》がっているのだ。

「六花築庭 曲水游泳《きょくすいゆうえい》」「灰燼帰結劫火回生《ごうかかいせい》」

生物同士の激突によって、互いが半身を吹き飛ばされる。

だが魔法はそこで終わらない。管から水分を吸収し、大イルカが。炎を吸収し、怪鳥が。

揃《そろ》って再生を果たしたからだ。

──魔法を一から構築し直すよりも、欠損部分を賄う方が魔力消費は少ない。

その為《ため》に、再生用の魔法を用意したのだろう。

驚くべきは、二人の術士が同時にその結論に達し、瞬時に術式に手を加えたことだ。

アレクの知る限り、二人はこれまでこのような応用を見せたことがない。

空中で魔法生物たちが幾度となく激突を繰り返す。

「……本当に、煩わしい。貴女がいるから、私の苦しみは永遠に終わらない」

「さっきからぶつぶつ何言ってんのよ！　聞こえるように話しなさいよバカ！」

　歓声と戦闘音で客に聞こえないからと、ヴェルはいよいよ叫び出す。

「……人の心に土足で踏み入るような、遠慮のないところが嫌い」

「あたしの悪口言ってるんでしょ！　なんでそんなに嫌うのよ！　あたし何かした⁉」

「……何度突き放しても、次の日には話しかけてくるような図太さが嫌い」

「ていうか二つ目の戦姫魔法《エンゲージ》、いつ習得したのよ！　あんたっていつもコソコソ練習して、いつの間にか強くなってるのよね！」

「……貴女も、貴女の母親も、私の母親も。この人生を形成する全てが嫌いだわ」

「ま、それでこそサラよね。いつもいつも、気づけば強くなってさ。そんなあんたに負けたくないから、あたしもまた強くなれる」

「……貴女みたいないい子を嫌ってしまう自分のことが、何よりも嫌い」

　サラの魔力が膨れ上がる。

　魔獣の魔力も残り少ない筈だが、これは――彼女自身の魔力の高まり。

　――サラも、感情で実力が変動するタイプだったのか！

　普段は押し隠している感情が発露したことで、これまでに見られなかった魔力上昇が確認できるとは。

「氷結世界・空前雪後」

「はぁ⁉　戦姫魔法《エンゲージ》の並行発動って、嘘《うそ》でしょ⁉」

氷結世界の名を冠しているが、六花築庭と空前雪後はまったく異なる魔法だ。

魔法生物の創生と、『氷結』概念の押し付け。

戦姫魔法《エンゲージ》を夢の具現というのなら。

サラは今、二つの夢を同時かつ克明に描き出している。

大気が氷結しながら、氷撃がアレクたちに迫った。

既存の魔法で防ごうとすると、向こうの魔力切れを狙う物量押ししかない。

だがアレクは『最後の英雄』だ。強敵の力を受け止めた上で勝利することを好む術士だ。

「ちょちょちょっ、アレクっ……⁉」

「分かっている、任せておけ。精域魔法《リンケージ》――氷結世界」

アレクはヴェルの前に立ち、両手を空前雪後へと向ける。

「融雪空後《ゆうせつくうご》」

瞬間、『氷結』の概念が二人に襲いかかり、問答無用で氷漬けにし、大気ごとその身を粉々に砕く――ことはなかった。

それはまるで、巨大な岩などによって、川の流れが二つに分かれるように。

アレクに触れたところから氷が解け、水となって背後に流れていく。

「水……まさかあんた、サラの戦姫魔法《エンゲージ》を──溶かしたの⁉」

「『氷結』の概念に逆らう魔法では反発してしまうからな。この魔法の攻略法は、氷結の無効化、すなわち雪解けだ。氷はものを凍らせるが、やがて溶けてゆく」

戦姫魔法《エンゲージ》とは一つの世界を構築するようなもの。

相手の世界に沿った理《ことわり》を敷けば、術式への介入も可能なのだ。

アレクの魔法はサラの魔法の軌道を逆に辿《たど》り、凍《い》てついた大気をも溶かしていく。

氷が消え、再びサラの姿が見えた時、アレクとヴェルは、その姿に目を見開いた。

「サラ……⁉」

彼女の右手がその杖《つえ》ごと、『氷結』していたのだ。

サラも自分の身体《からだ》の異変を感じ取ったようで、暗い瞳で腕を見下ろす。

「……あぁ、そうか。私が消えてしまえば、一番早かったのね」

「そんなわけがあるか、馬鹿者が……ッ！」

アレクはサラに向かって駆け出す。

「……来ないで」

サラが再び空前雪後を放つが、アレクには通じない。

氷撃は一瞬で水と化し、周囲に撒《ま》き散《ち》らされる。

「……私とあの子を比べて、あの子を選ぶくらいなら、最初から――」

空中では、大イルカと怪鳥の戦いが続いている。観客の視線はそちらに向いていた。

「俺の気持ちを、お前が勝手に決めるのか」

幾度となく放たれる空前雪後を、アレクは両手に纏《まと》った融雪空後で払っていく。

「知りたいのならば、教えてやる」

「……聞かなくても分かる。みんな同じだもの。愛されるのは、いつだってヴェルよ」

「お前が魔法を嫌いならば、それでいい。だがな、俺はお前の魔法が好きだ！」

「……嘘。こんな、寒々しい魔法」

「お前が自分を嫌いならば、それでいい。だがな、俺はお前の心根が好きだ！」

「……嘘。こんな、暗くて性格の悪い女」

「馬鹿が。俺は友に嘘は吐《つ》かん！」

サラがゆっくりとアレクの方を向く。その顔は暗いが、確かに理性の光を宿していた。

そう、魔獣の魔力など、とっくに使い切っていたのだ。

途中から、サラは自覚的に戦闘を続けていた。

「お前の母親も、ヴェルも、お前の気持ちも、全て俺には関係のないことだ！　サラよ、我が友よ、俺が生きている内は、お前を死なせはせんぞ！　たとえ、お前を傷つけようとしているのが、お前自身だとしてもだ！」

「……なんて、自分勝手な人」

「そうとも！　『最後の英雄』さえ、そのように生きているのだ。お前もそうしろ！　他者を気にして後ろ向きに死ぬくらいならば、自分勝手に前を向いて生きろ！　誰が否定しようが、そんなお前を俺が肯定してやる！」

アレクの叫びと、大イルカの消滅は同時だった。ヴェルの怪鳥が勝利したのだ。

戦いの終わりを感じ取った観客が、轟《とどろ》くような歓声を上げる。

アレクはサラの右手に触れ、融雪空後を発動。彼女の腕を覆う氷が解けた。

サラが魔力切れによって力なく倒れ、アレクがそれを支える。

「……私が魔法使いじゃなくなっても、失望しない？」

「馬鹿者が。友誼《ゆうぎ》というのはな、魔力で結ぶものではない」

「……ふふ。そうね、一人で悩んで、勝手に傷ついて、馬鹿みたい」

「まったくだ。お前には友がいる。学園の者たちも、ヴェルも、俺もだ」

「うん」

舞台は大盛況に終わり、アレクはサラを支えたまま天幕へと移動。

少し遅れて、ヴェルもやってきた。そこへエステルとメーヴィスも続く。

「観客に気づいている様子は？」

「なかったわ。サラの様子を心配する声はあったけど、頑張りすぎて魔力が空になってしまっただけって伝えておいたから」

ヴェルの返答に頷《うなず》きながら、アレクは空いている長卓の上にサラを寝かせた。

「ちょ、ちょっと！　その腕……！」

腕を覆う氷は溶かしたが、悲惨なことに『凍てつき、罅《ひび》割《わ》れ、砕け散る』という進行度の内、その中間まで進んでしまっていた。すなわち、右腕に罅が入っているのだ。

「アレク様、なんとかできないのでしょうか？」

「俺が編み出したのはあくまで雪解けの魔法だ。それに、この症状には通常の治癒魔法は効かぬだろう」

アレクはヴェルを見る。

「お前の出番だ、分かるな？」

「分かってる。任せて」

ヴェルがサラの前に立ち、再び魔力を練る。

「ヴェル……ごめんなさい。貴女《あなた》が頑張って準備した演舞を、台無しにしてしまって」

サラが青白い顔で、力無げに言う。

「ふんっ。ほんとよ。でもまぁ、大盛り上がりだったから特別に許してあげる」

「ふふ……貴女らしいわ」

「戦姫魔法《エンゲージ》――火炎創生・再燃起死《さいねんきし》」

白い炎がサラを包み込んだ。

「こ、これは……ヴェルさんまで、二つ目の戦姫魔法《エンゲージ》を⁉」

メーヴィスが驚愕《きょうがく》する。

「……温かい」

サラが寝言のように呟きながら、穏やかな表情になる。

彼女の顔色が回復していくだけでなく、その右手の罅割れも元通りになっていった。

「火力は一つ目の戦姫魔法《エンゲージ》で充分だし、魔力量は気持ち次第で上がるって分かったからそっちを鍛えればいいし。あとは何が必要かって考えたら……戦い以外でも人を助けられる力がいいなって思ったのよ」

この学園には『神癒姫』がいるが、あちらが医療特化なのに対し、ヴェルは浄化能力に特化している。治癒力では『神癒姫』に劣るが、魔法由来の症状も癒やせるのが特徴。

灰燼《かいじん》帰結は彼女の激情家な面を、再燃起死は彼女の面倒見がよく心優しい面を。

それぞれ表しているように感じられた。

かつてのアレクは気づかなかったことだが、魔法とは人を映しているのだ。

「サラよ。眠る前に一つだけ聞かせてくれ。お前に魔獣の魔力を混ぜた者は――誰だ」

アレクの声は、サラを気遣うような穏やかなものだったが。

その奥に潜む怒りの感情を、その場の誰もが汲《く》み取《と》っていた。

「……だめよ、アレクくん。貴方《あなた》が、どれだけ強くても」

「サラ、今だけは、俺を『最後の英雄』だと思って信じてくれ。お前だけではない、この学園の未来ある術士たちに害を及ぼした者を、なんとしても打倒せねばならない」

サラはそれでもアレクを案じて口を噤《つぐ》んでいたが、最後にはその名を口にした。

「――そうか。あやつか」

「アレクくん」

サラがアレクの手を摑《つか》む。アレクは、そっと彼女の手を握った。

「眠っていろ、サラ。次に目が覚めた時は、この前借りた本の感想を聞いてもらうぞ」

「……うん。楽しみにしているわ」

第十一章◇最後の英雄と大罪人

アレクはサラのことをヴェルに任せ、エステルとメーヴィスには学園の平和維持を頼む。

魔力探知を全開にし、目当ての術士を探し当てると、学園エリアから森へと移動。

ドス黒い魔力に導かれるようにして森の奥へ到着すると、そこは魔獣の骸《むくろ》の山だった。

死の山を築いた男が、アレクに気づいて振り返る。

「遅かったですね、我が君。いや――『最後の英雄』アレクよ」

銀髪長身の吸血鬼、アレクの配下にして盟友――ハルトヴィヒだった。

彼の口許《くちもと》は、魔獣の血で汚れている。しかしそれも一瞬のことで、血は意思を持っているかのように蠢《うごめ》き、ハルトヴィヒの口内へと吸われていった。

「そうだな。遅すぎた」

「貴様はいつもそうだ。他者に興味のないフリをして、味方には甘い。だからこそ、私のような者に付け入られることになる」

ハルトヴィヒは嘲笑《あざわら》うようにアレクを見ている。

「その通りだ。本来ならば、生徒たちが倒れた時点で、お前を問い詰めるべきであった」

「魔法戦闘の授業で心当たりを聞かれた時は、腹を抱えて笑いたくなったものだ。あれだけ露骨に吸血鬼の秘術を模倣した事件が起きたというのに、尋問すらしないのだからな」

「お前を信じたのだ、ハルトヴィヒ。お前の忠義と友情を、信じたかった」

アレクの言葉を聞き、ハルトヴィヒは不愉快そうに表情を歪《ゆが》めた。

「救えぬ愚者が。貴様の軍門に降《くだ》ったのも、あの耳長《みみなが》族の魔法学園で教官を務めたのも、全てはいずれ貴様を殺す術士へと至る為《ため》だ。演技だったんだよ……！」

「そうか。残念だ。俺はお前を気に入っていたのだがな」

「その上から目線がずっと疎《うと》ましかった！　家畜風情《ふぜい》が吸血鬼に抗《あらが》い、ましてや勝利を収めるなど！　だが私は矜持《きょうじ》に死ぬつもりはない、知能があるからな。いつか貴様を殺す術《すべ》を見つけるまで、雌伏の時を過ごすつもりでいた」

「それで？　雌伏の時とやらが、今日、終わったわけか」

「三百年前、貴様が未来に渡ると宣《のたま》った時、誰が背中を押したか覚えているか？」

――『アレクが未来へ行くと告げた際の仲間の反応は様々。』

――『引き止める者や、自分もついていくと聞かない者、背中を押す者もいた。』

「覚えている。お前は俺の夢を肯定してくれたものと思っていた」

「私にとっても望むところだっただけだ。貴様は人間。放っておいても寿命で死ぬが、そのようなことで私の屈辱は晴れない。貴様の死が先延ばしになるのであれば、その間に私は強くなれる。故に賛同したまでよ！」

「教官になったのは、エステルの指導を間近で観察する為か」

「あの耳長族は、ウェスとあの子犬を除けば最も貴様に詳しい存在だからな。貴様への執着心だけで精域魔法《リンケージ》に到達したばかりか、育成者としての才まであるとは想定外だったが、これも私にとっては幸いだった。サンプルは多い方がいい」

聖杖《せいじょう》は実力順ではなく、アレクと出逢《であ》った順に番号が若い。

幼馴染《おさななじみ》の親友ウェスが一番、ハルトヴィヒが子犬と呼んだ狼耳《おおかみみみ》の少女が二番、エステルが三番でハルトヴィヒが四番だ。ウェスがあの時代に残った以上、ハルトヴィヒがエステルを観察対象に選んだのは理解出来る話だった。

アレクはそこで何かを思い出しかけるが、今はハルトヴィヒ戦だと意識を集中。

「何故《なぜ》このタイミングなのか、それが疑問だったが。お前は、俺の復活に焦《あせ》ったのだな」

ハルトヴィヒの端整な顔が、歪む。

「……何を言っている」

「三百年あっても、お前は俺に届かなかった。俺が目覚めたのでは、再び差が広がる一方。

つまり、お前は俺がこれ以上強くなるより前に、決着をつける必要があった。だから急いで強くなるべく、生徒を魔法の実験台にしたのだろう」

「……忌《い》ま忌ましい小僧が、私の全てを理解したつもりか？」

「全てを理解していたら、裏切られたりはせんよ」

「そうだな。貴様がお人好《ひとよ》しだった所為《せい》で、どれだけの生徒が倒れたことか」

「全ては、お前の精域魔法《リンケージ》完成の為だな」

「当然だ。そして、お前も察しているだろうが、それは完成した」

「最後に一つ、尋ねたい。サラは、自ら力を求めてお前を頼ったのか？」

「ふん……答えは否だ。せっかく私が手を差し伸べてやったというのに『これ以上自分を嫌いになりたくない』などと言って撥《は》ね除《の》けたのだ。まったく、度《ど》し難《がた》い愚か者だよ」

「……では、あの者に魔力を注いだのは、口封じか？」

「最後の調整が必要だったので、実験台にしただけのこと。まさか適合するとは思わなかったがな。とはいえ、意識の混濁が見られたので、失敗作には違いないが」

「そうか。よく分かった。ハルトヴィヒ、お前には、仕置きをする必要がある」

「ほざけよ、家畜《ニンゲン》」

「耄碌《もうろく》したかハルトヴィヒ。お前はかつて、その人間に負けたのだぞ」

「～～～ッ。忘れるものか、忌ま忌ましい！　私は貴様を殺す為だけに、あの日から今日までの日々を過ごしてきたのだ！　貴様の所為で、高貴なるこの私が、姦《かしま》しい小娘共の教導なぞを三百年もこなすことになったのだぞ！」

「まだ恨み言を聞いてほしいか？　それとも、魔法戦を始めるか？」

「……のこのこと一人で現れたことを、死の淵《ふち》で後悔するがいい！」

「さっさとお前の精域魔法《リンケージ》を見せろ。早くサラの見舞いに行きたい」

ハルトヴィヒから、彼自身と、死した魔獣たちから奪った膨大な魔力が迸《ほとばし》る。

「精域魔法《リンケージ》ッ……！　――血戦古城《けっせんこじょう》・千罌淋漓《せんけつりんり》……！」

彼の足許《あしもと》から血のような赤が瞬く間《またたま》に広がり、大地だけでなく空間までもを染め上げる。

気づけば二人は、城のダンスホールのような場所に立っていた。

「……幻影、ではないな。結界魔法のようなものか？」

内と外を区切り、内外の移動や変化を拒絶する魔法が、結界魔法だ。

魔獣の侵入を防いだり、逆に敵を閉じ込めたりといった運用方法がある。エルフの秘術として有名だが、精域魔法《リンケージ》といった形で機能を再現することは可能。

今回の場合、ハルトヴィヒが獲物であるアレクを閉じ込める意図があるのだろう。

「この結界はその維持に自然界の魔力が用いられる。俺の魔力が失われても、解除されないということだ」

　──なるほど、魔法それ自体に『魔力吸収・運用』の術式を組み込む為に、生徒たちを実験台としたのか。

「お前を倒しても出られないのなら、どうしろというのだ？」

「解除条件があるのだよ、アレク。そしてそれは──どちらかの死だ。くだらん説得などが出来るとは思うな。私を殺す気で来い……！」

「お前が死にたがりとは思わなかったぞ」

「死ぬのは貴様だ……！」

　ハルトヴィヒの怒りに呼応するかのように、床が鳴動し、そこから──血の棘《とげ》が突き出てアレクを襲う。

　アレクは咄嗟《とっさ》に回避を試みるが、気づけば両足の甲を別の棘に貫かれ、固定されていた。

　回避は失敗に終わり、棘がアレクの身体《からだ》に巻き付き、全身を締め上げる。

　それだけではない。アレクに触れた棘は脈動し──アレクの血を吸っていた。

　当然、その魔力はハルトヴィヒのものとなり、彼に利用される。

「結界内の全てが我が牙。貴様は胃袋に収まった食物《しょくもつ》の如《ごと》く私の糧《かて》となる定めなのだ！」

「血の汚れ、か。──掃除の必要があるな」

「――なに？」

アレクは水属性魔法を発動し、己を水球で包む。

吸血鬼の血を操る秘術には弱点があった。

己の魔力を通わせた血に、別の液体が大量に混ざると、操作精度が落ちるのだ。

アレクを包んでいた棘も、水球によって溶け、剝がれ落ちてしまう。

「なっ……⁉　ふ、ふざけるな……！　巨象も一瞬で干からびるほどの吸血速度を前に、魔法を発動するような余裕があるわけがない！」

「ふむ。確かに随分と血を失ったようだ。こういう時は――」

「なんだ⁉　再生能力を加速させる魔法で傷口は塞げても、失われた血液を生み出すような魔法はなかった筈《はず》！」

アレクは胸ポケットから、紙の包みを取り出す。それを剝がすと、中身は――干し肉。

「アウラに聞いたのだ。貧血の時は――肉を食えと」

アレクは干し肉を噛《か》みちぎり、もしゃもしゃと咀嚼《そしゃく》し、飲み込む。

「――よし。だいぶ血が戻ったな」

「そんなわけがあるかぁッ……！」

「分かっている。こう言いたいのだろう？　野菜も食えと。だが生憎《あいにく》と今はないのだ」

「誰が貴様の食生活など気にするものか……！」

二人がどこかズレた言葉を交わしている間に、ダンスホールの床全体に水が行き渡る。

「それにしても頑固な血の汚れだな……。訊《き》きたいのだが、水はどこに流せばいい？」

「……ぐ、愚弄するのも大概にしろ！」

濡《ぬ》れていない壁や天井から、無数の棘が生えてきてアレクに襲いかかってくるが……。

「おっと、掃除の基本は『高いところから順に』なのだった。失念していたぞ」

低いところを先に掃除してしまうと、そのあとで高いところを掃除した時に舞った埃《ほこり》などの汚れが落下し、二度手間になってしまうのだ。

アレクは風属性魔法で血の棘を全て断ち切り、叩《たた》き落《お》とす。

床の水に混ざった血はハルトヴィヒの操作を受け付けなくなるのだった。

「こ、この程度で死んでは拍子抜けというもの。貴様は俺の牙で直接吸い殺してやる」

「俺は確かに恋を知らぬが、男に首を吸われる趣味はないぞ」

「私とて貴様のような小僧、餌としか見ておらぬわ！」

ハルトヴィヒの背中から、血で形成された蝙蝠《こうもり》めいた翼が生える。

床を避け、飛行してアレクに近づくつもりらしい。

「精域魔法《リンケージ》――快刀割烹《かっぽう》・素頭落とし」

アレクはアウラの真似《まね》をして、人差し指と中指を包丁に見立てながら、振るう。
『切断』の概念がハルトヴィヒの首を襲い、その頭部を斬り飛ばした。
そのままハルトヴィヒの身体が塵《ちり》と消えるが、アレクは驚かない。
「なんだ、分身体だったか」
吸血鬼は、非常に優れた種族だ。
吸血による魔力の吸収、他者の能力の一時的な模倣。
血の操作による様々なものの形成、攻撃、防御、飛行。
極めて優れた身体能力と、不死とも言われる再生能力。
己の分身を生み出す能力や、霧と化して攻撃を逃れる能力。
そして、そんな多彩な秘術を支えるだけの、魔力量。
人間族を見た時に、己よりも下だと考える気持ちも分からなくはない。
瞬《まばた》きほどの時間で、ハルトヴィヒの数は十を超えた。
「本物を見抜くより先に貴様は死ぬ！」
全てのハルトヴィヒが同時にそう叫ぶものだから、反響もあって喧《やかま》しくてならない。
アレクはそのことに対し嫌そうな顔をしながら、ポケットからあるものを取り出す。
折りたたみ式の手鏡だ。

「急いで森まで飛んできたものだから、髪が乱れてるやもしれん。『化粧』の授業で習ったのだが、身だしなみというものは重要らしい」

「……命の危機に瀕《ひん》すれば、くだらん冗談も吐けなくなるだ──ろぉ……ッ!?」

アレクを囲むように迫っていたハルトヴィヒの内、アレクは一体だけを狙って拳を振るった。まさか見抜かれると思っていなかったハルトヴィヒは、顔面に受けた拳の衝撃にそのまま吹き飛び、壁面に激突する。

「な、何故だ……ッ！」

ハルトヴィヒも、アレクが魔法で対処する可能性には頭を巡らせていた。全ての分身ごと本体を吹き飛ばすなんて大胆な戦法はアレクらしいし、それならば避《よ》ける方法もあった。

だが、アレクを魔法使いとして警戒していたばかりに、物理攻撃は思慮の外だった。

アレクはハルトヴィヒのそんな無警戒を読み、拳を振るったのだ。

「お前は本当に花嫁学園の教官か？　手鏡を持ち歩くのはエチケットだろう」

「手鏡を持ち歩いている方の理由など訊いていないわ……！」

「ん？　お前の本体を見つけた理由など、言うまでもないだろう。──吸血鬼は鏡には映らない」

「──」

「だがそれは、あくまで本体のみ。分身は映る。だから確かめただけのこと」

鏡に映らなかった、たった一体が、本物。だから殴れる。簡単な理屈であった。

「……な、なるほど。ふざけた態度とは裏腹に、真剣に私を攻略するつもりのようだな」

「いや、あくまで髪の乱れを直すついでだが」

「貴様……三百年前よりも不愉快になったな」

奥歯を噛み鳴らしながら、ハルトヴィヒはアレクを睨《にら》む。

しかし自分を落ち着けるように深く呼気を漏らすと、意識的にフッと微笑《ほほえ》んだ。

「まぁいい。最初の棘で貴様から吸血できたのだ、どうせならば使ってやろう」

「俺の魔力をか？　構わんが、魔力は持ち主が誰であろうとただの魔力だぞ」

重要なのは量くらいで、あとは術者の腕次第だ。

「黙れ。我々は奪いとった血液からその能力まで読み取る。人間族風情《ふぜい》が『最後の英雄』と呼ばれるほどの活躍を見せたのは、貴様に宿る秘術のおかげ！　そうだろう？」

「秘術？」

「とぼけるのもそこまでだ。全属性への適性、あらゆる魔法の解析と再現、新魔法の創出、これらは全て、貴様だけに許された秘術によるものなのだろう？　ならば、血を奪うことによってその力を私も……わ、わた、し、も……？」

ハルトヴィヒが固まる。隙とも言うべき硬直を、アレクはわざわざ突かない。

「どうしたハルトヴィヒ、何か想定外のことでも起きたか？」

「有り得ん！　そんなことある筈がない！　貴様が特別優れた個体だからこそ、我々吸血鬼は滅びたのだ！　その特別性には、秘術という答えがある筈だ！　なのに、だというのに——何もないだと⁉　ならば貴様は、純粋に修練でその領域に至ったというのか！」

　そもそも秘術は種族固有で、個人固有のものではない。

　だが、アレクに秘術でもなければ説明がつかないと、ハルトヴィヒは考えていた。

「お前は何を言っている。人が何かを為《な》すのに、努力以外に必要なものなどないわ」

「ふざけるな！　そのようなもの前提に過ぎぬ！　血に宿る才！　生まれた環境！　他者を蹴落とし積み上げる勝利の快感！　それらが強者を更なる強者へと押し上げるのだ！」

「そうなのか？　だがお前も知っての通り、俺は親なしの孤児だぞ？」

「……何事にも例外はある。恵まれた環境から成功した者と、貧民窟から成功した者、どちらの数が多いと思っている。数少ない成功例が、己こそを正道と思い込むのは傲慢だ」

「自分たちは恵まれているからと、他者を見下ろすのは傲慢ではないのか？」

「こちらのセリフだ……！　努力努力と貴様はほざくが、ならば貴様より弱い者たちは、貴様より努力が足りないというのか？」

「違うのか？」

アレクは真っ直《ます》ぐにハルトヴィヒの目を見て言う。

「……私は、貴様が眠ってからも含めて、七百年を生きる吸血鬼だぞ！　十五年しか生きていない貴様より、努力が足りないと抜かすか！」

「お前は勘違いをしているな。努力とは、掛けた時間を指すのではない」

「な、なに……？」

「いかに目的達成に必要な要素を揃《そろ》えられるかを努力というのだ。七百年を生きていたというが、お前はその時間の内、どれだけを魔法の研鑽《けんさん》に費やした？　己の無力を悟り、それを解消する為《ため》の具体的な策を講じ、実行に移したのはどれほどだ？」

「だ、黙れ……」

「褒《ほ》め称《たた》えられることに慣れ、弱者を甚振《いたぶ》ることに喜びを感じ、成長の止まってしまった時間もあったのではないか？　出逢《であ》った当初のお前には、そのような性質があったからな。そうして無駄にした時間を、『努力』に含めるのは傲慢とは思わないか？」

「黙れ！　復活してから今日まで！　小娘共と戯《たわむ》れて時間を無駄にした貴様が！　私に説教をするつもりか！　貴様を殺す為、この三百年研鑽を積んできた私に！」

「無駄ではない。花嫁修業も、彼女たちとの関わり合いも、何一つ無駄ではない」

「掃除の魔法や手鏡が役立ったからか⁉　かつての貴様であれば、より大規模な魔法を使っていた筈だ。その方が正しい！　あんな小細工は、英雄に相応《ふさわ》しくない！」

「周囲がそう呼ぶので、俺も否定はしなかったが。英雄と呼べと頼んだことはない」

「……他者が羨む能力も立場も、貴様はどうでもいいように扱う。そのことが他者の神経を逆撫《さかな》でするのだと、何故《なぜ》気づかない！」

「何故、顔も分からぬ他者の顔色を窺《うかが》って生きる必要がある。……ん？　顔も分からぬのに顔色とは、妙な言い回しになってしまったな」

「死ね……！」

　ハルトヴィヒが血の翼を生み出し、それを使って飛翔《ひしょう》。

「俺に文句があるのなら、言えばよかったのだ。ハルトヴィヒ、信頼するお前の忠言ならば、俺は聞いた。お前を不快にさせたのなら、俺は改めた。だというのに……」

「そうか！　ならば貴様の存在そのものが不快だ！　俺の為に死ね！」

「あぁ、すまん。そういう頼みは聞けん」

「どこまでも、不愉快！」

「だが、別の頼みは聞いてやろう。大規模な魔法、だったか」

　アレクが魔力を練り上げ、魔法を発動する。

　すると、ハルトヴィヒの身体《からだ》が横合いから馬車にでも撥《は》ねられたように吹き飛んだ。

「がッ……！　な、なんだ⁉」

　放たれたのは岩石球であった。土属性魔法である。

　身体のダメージを再生しながら、ハルトヴィヒが理解できないという顔をしている。

「どういうことだ！　直前まで感じたのは、風属性だった筈《はず》！」

　ハルトヴィヒは風刃あたりだと考え、振り払う準備をしていたが、失敗に終わったのだ。

「『へぇ、そこまで分かるんですね。さすがは七百年を生きる吸血鬼です』」

　アレクから突如として少女のような声が放たれ、ハルトヴィヒは顔を歪《ゆが》める。

「その気色の悪い声はなんだ！　また下らぬ悪ふざけか！」

「風魔法の応用だよ。声の響きを変えることが出来る。これを更に応用し、望む音を発生させることも可能だ。これは、音響魔法と名付けてもいいやもしれんな」

「それがどうしたというのだ！　……いや、ま、まさか」

「そうだ。人類に与えられた『精霊の言霊《ことだま》』は、基本的に念じればそれで済む。だが音に出してもいいわけだ。正確な言霊の連なりと魔力があれば、魔法は発動する。つまり」

　音響魔法によって『言霊と魔力』を用意すれば、そこから魔法を発動することが出来る。

　いわば、設置型の魔法だ。

「だ、だが！　言霊を詠唱する愚者はいない！　念じた方がよっぽど速いからだ！」

「それは口で詠唱した場合であろう？　言霊さえ合っていれば、詠じる速度は問われない。早口と同じだ、ハルトヴィヒ。音響魔法は、望む言霊を一瞬で紡《つむ》ぐ」

この魔法の利点は、タイミングさえ合わせることが出来れば、複数の魔法を一度に放つことが出来ること。それも、自分の指定した箇所から、指定した目標へ向けて。

そこに『最後の英雄』の卓越した魔法技術と尋常ならざる魔力が加わると、どうなるか。

「こ、これは……！」

まるで、半球状の結界に閉じ込められたように。

ハルトヴィヒを、アレクの音響魔法が囲んでいた。

そして、その瞬間が訪れる。

火、水、風、土。それらの応用、また複合属性である氷、雷、植物、鋼、爆発。

様々な属性による攻撃魔法が、ハルトヴィヒをぐるりと囲み、一斉に襲いかかった。

「望みの魔法だ、堪能《たんのう》しろ」

「アレクぅううううッ！」

その叫びを最後に、ハルトヴィヒが四方八方からの魔法によって滅多打ちにされる。

城一つ落とせそうな破壊力が、吸血鬼一人に集約された。

攻撃が終わったあと、ハルトヴィヒが生きていられたのは、彼が吸血鬼の真祖だから。

怪我《けが》こそ再生していたが、明らかにハルトヴィヒは消耗していた。

「さすがの再生能力だな。そら、もう一度いくか」

「……ッ。二度も同じ手を食《く》らうものか！」

ハルトヴィヒはアレクから魔力が放たれた直後に、大きく飛翔。

音響魔法はその性質から、放つ前に詠唱する言霊を設定しておく必要がある。

つまり、魔力が放たれたあとで大きく移動すれば、敵の魔法を回避することは可能。

「あぁ、だから同じ手などは使わんよ」

ハルトヴィヒは、アレクの声が目の前から聞こえたことに驚愕《きょうがく》する。

何故ならば、彼の目に見えるアレクは、先程と変わらぬ位置に立って――。

「……幻影の秘術ッ⁉」

忌《い》ま忌ましげに叫ぶハルトヴィヒの目の前で景色が揺らぎ、そこからアレクが出てくる。

アレクは精域魔法《リンケージ》によって、レイヤの一族の秘術を再現したのだ。

そうして自分の立ち位置を誤認させた上で、ハルトヴィヒの動きを誘導した。

「精域魔法《リンケージ》――火焔《かえん》創生・灰燼《かいじん》帰結」

炎の怪鳥が生まれ、ハルトヴィヒに突っ込み、その身体を飲み込む。

「――この、天才が……ッ！」

ダンスホールの半分ほどが豪炎に包まれたが、それも一瞬のこと。

対象を焼き尽くした怪鳥は、それ以外には被害を及ぼすことなく消えていく。

アレクはゆっくりと着地し、周囲を確認。

ハルトヴィヒの姿はない。分身の姿もない。だが当然、死んでもいない。

「そうだな。お前は次に霧と化す」

アレクの背後で実体化しようとしていた細かい水滴の群れは、だが、ハルトヴィヒの姿に戻ることが出来ずにいた。

「ところでな、俺は毎朝、洗濯の魔法の練習をしている」

中空に水球を浮かべ、泥を混ぜた上で水流によって洗濯物を撹拌《かくはん》し、汚れを落とすのだ。

それを応用すれば、既にある水を支配し、操ることも可能。

「――――ッ」

ハルトヴィヒが変化した極小の水滴の全てが、彼の意思に反して動き出し、アレクの眼前へと集められる。そのまま小さな水球の形に整えられると、中で水流が渦巻いた。

「ずっと尋ねたかったのだが、何故洗濯の授業に顔を出さない？　女性の衣装が洗濯される様を見ないよう配慮しているのかとも考えたが。もしや家事を見下していただけか？」

「ごぼぼぼぼぼぼぼぼぼ」

掻《か》き混《ま》ぜられる水球の中でなんとか元に戻ろうとするハルトヴィヒの声が、聞こえてくるようだった。アレクはキリのいいところで、水魔法を解除。

床にぶちまけられた水滴は、よろよろと動き出し、やがてハルトヴィヒの形となる。

「ごほっ、ごほっ。き、貴様……」

敵前で四《よ》つん這《ば》いとなり、必死に咳《せ》き込みながら、ハルトヴィヒはアレクの方を見上げる。そこで、彼は目を疑った。

アレクは制服の上を脱ぎ、手鏡を出したのとは反対側のポケットから、糸と針、小型のハサミを取り出し、ハルトヴィヒの棘《とげ》によって穴が空いた制服を——繕っていたからだ。

「知っているか、ハルトヴィヒ。これはソーイングセットというそうだ。数種の糸と針の他、糸を切るハサミまで付属しており、しかもポケットに収まるサイズ。このように急なことで衣装が傷ついても、処置することが出来る。おかげで見苦しい格好をせずに済む」

手早く穴を塞いでから、アレクは制服を羽織る。

「だがズボンが傷ついた時は、外で脱ぐわけにもいかん。そういう時は魔法との併用だ」

アレクは風属性魔法で針を操り、器用にズボンの穴を塞いでいく。

「つぅ。しまった、間違って肌を刺してしまった。ま、失敗から学べばよい」

血の棘に全身を巻き付かれた時は苦鳴一つ漏らさなかったというのに、針が刺さった程度で顔を顰《しか》めるアレク。そんな彼に、ハルトヴィヒは侮辱されたように感じてしまう。立ち上がりざまにアレクを攻撃しようとして、そこで初めて、彼は動けないことに気づいた。

「『裁縫』の応用だ。エステルの植物属性でごく細い繊維を形成し、それを使用してお前の衣装と地面を縫い付けた。気づかなかったか？」

「〜〜〜ッ……！　どこまでも私を愚弄するか、『最後の英雄』！」

ハルトヴィヒは衣装が破れるのも厭《いと》わず強引に拘束を脱し、全身を血で包む。

「次はなんだ⁉　『料理』か『家計簿』か『夜伽《よとぎ》』か⁉　あと何度、ふざけた技で私を挑発すれば気が済む！」

「挑発ではない。先程から全て、お前に通じているではないか。この未来で、花嫁学園で習得したことが、七百年を生きるお前に通じている」

「だから無駄ではないとでも⁉　それは貴様が特別なだけだ！」

「そうなのやもしれん。だがこの時代には、こんな俺に追いつこうとしてくれる者が、沢山いる。それが俺には喜ばしい。お前も、ただ勝負を挑んでくれればよかったのにな」

「私の目的は勝負ではない。貴様に、私の方が上だと認めさせることだ」

「なら、そうすればよかろう。何をグズグズとしている」

「精域魔法《リンケージ》――血戦古城・蹶脈貫通《けつみゃく》」

結界内に展開された舞台が全て剝がれ落ち、真っ黒な空間が晒《さら》される。

そして、古城の一角を再現していた力の全てが、ハルトヴィヒの右腕へと集約していた。

腕ごと大槍《おおやり》と化しており、それによって敵を貫くつもりのようだ。

「不遜なる人間の小僧よ、貴様の傲慢も今日終わる！　圧縮された甚大《じんだい》なる魔力が込められたこの一槍《いっそう》は、山をも貫く……！」

「いいぞ、ハルトヴィヒ。お前の反逆を見せてみろ」

「その王気取りも、ここまでだ――アレクッ！」

ハルトヴィヒは小細工抜きに正面からの突進を選択。

無策なのではない。正面から挑めば必ず応じるという、アレクの性質を読んでのもの。

誇張でもなんでもなく、一撃で山をも貫き通すであろう血の槍が、アレクを狙う。

「精域魔法《リンケージ》――氷結世界・空前雪後」

アレクは右手を正面に突き出し、そこから『氷結』の概念を世界に上書きしていく。

急速に白に染まっていきながら、氷塊と化した大気が槍を迎え撃った。

「今更氷など――な、なんだと……⁉」

ハルトヴィヒの右腕についた霜は急速に広がり、大きな塊へと変じ、即座に罅割《ひびわ》れる。

ハルトヴィヒは中空で停止するが、彼からは右腕が失われていた。

砕け散ってしまったのだ。

「これは、サラの分の仕置きだ」

「氷結世界……？　だがこれは……。まさか、サラが、二つ目の戦姫魔法《エンゲージ》を⁉　小娘が昨日今日覚えた魔法が、私の翳脈貫通を無力化したというのか⁉」

「言っただろう。努力は時間ではない」

「ふざけるなぁあああ！」

彼は即座に右腕を再生させ、再度血を纏《まと》うが、その量は先程と比べるとずっと少ない。

「この三百年のお前の研鑽《けんさん》に敬意を表し、褒美《ほうび》を取らせよう。特別に――十割だ」

アレクは左手で制服のネクタイを緩め、好戦的に笑う。

あまりに膨大な魔力はそれだけで世界に干渉する。

風が吹いたかのようにアレクの髪が浮き上がり、その全身が光に包まれる。

「精域魔法《リンケージ》――魔力集中・空拳一切《くうけんいっさい》」

アレクが一番初めに生み出した、自分だけの魔法。

魔法使いには『魔力量』とは別に、『魔力出力』という機能が存在する。仮に術士の『魔力量』が百だとして、『魔力出力』が十であったのなら、体内に百の魔力を用意していたとしても、瞬間的に放出できる魔力は十が限界ということだ。

アレクはそれを煩わしいと感じた。一度に全ての魔力を出せれば、もっと強い攻撃が出来るのに、と。だから、その限界を取り払うことにした。

己から魔力を強制的に吸い上げる術式を構築したのだ。

これによって『魔力出力』を無視し、己の持つ魔力の全てを一度に運用可能となる。

『最後の英雄』の魔力の全てが、右腕に集約。

「お前は山だったか。ふむ、ならばこの拳は——島をも消し飛ばす」

「うぉおおおおおお！」

ハルトヴィヒは退《ひ》かず、翼による推進力を得てアレクに急接近。

「その意気やよし」

アレクが拳を振るい、ハルトヴィヒの拳と激突。

瞬間、ハルトヴィヒの血も右腕も消滅し、アレクの拳だけが突き進む。

「どちらかが死ぬまで解けぬ結界ならば、仕方ない。ハルトヴィヒ——一度死ぬがいい」

少年の拳はハルトヴィヒの顔面を捉え、七百年を生きる吸血鬼が——一撃で消し飛んだ。

真っ暗な空間に罅《ひび》が入り、そのまま一気に砕け散ると、森の景色が戻ってくる。

「三百年ぶりにお前と戦ったが、今回も俺の勝ちだな」

終章◇最後の英雄に捧《ささ》ぐ花嫁学園

ハルトヴィヒを倒したあと。

アレクは彼の残した魔獣の死骸を、全て埋葬した。いかに人類にとって脅威と言えど、血を吸う為《ため》だけに殺されて放置されるのは酷に思えたのだ。

その作業が終わった頃、アレクに声が掛けられる。

「……何故《なぜ》、私を生かした」

大樹に背を預けるようにして身を起こした――ハルトヴィヒであった。

アレクは確かにハルトヴィヒを殺した。だが吸血鬼には、不死性が備わっている。

それでもあの一撃でハルトヴィヒを滅することは出来たが、しなかった。

それどころかアレクはヴェルの再燃起死を使い、彼の命を繋《つな》ぎ留めたのだ。

「お前には償ってもらわねばならんことがあるからな」

「生徒たちか？　私の精域《リンケージ》魔法を見た以上、貴様はもう仕組みを理解した筈《はず》だ。あとはその応用で、魔獣の魔力を吸い出してやれば済む。私は必要ない」

確かにその通りだ。だがハルトヴィヒは肝心なところを分かっていない。

「馬鹿者が。間違ったことをしたら、ごめんなさいだ。死などというもので、その基本を無視させるわけにはいかん」

アレクの言葉に、ハルトヴィヒは鼻を鳴らす。

「謝罪の為に生かしたと？　随分とお優しいことだ。我が同胞は皆殺しにしたくせにな」

「そのことで俺を恨んでいるか？」

「まさか。弱者が死ぬのは当然の理《ことわり》。理に吠《ほ》えるほど愚かではない」

「そうか」

「もう一度訊《き》く、何故私を生かした。かつての貴様ならば、殺した筈だ」

アレクはしばし黙考し、それから口を開いた。

「俺は、人の心に疎《うと》い」

「そうだな、貴様には心が分からない」

「うむ……。だが、ウェスが優しい人間であったこと。エステルが己の国を愛していたことなど、仲間のことに関しては、多少は分かるつもりだ。そして最近、気づいたのだが」

「……なんだ」

「ヴェルなどが顕著だが、口にした言葉と内心が合っていない、ということがあるようなのだ。人によって、それは照れ隠しであったり、謙遜であったり、韜晦《とうかい》であったり、偽善であったり、偽悪であったりするのだろう。つまり、言葉だけが全てではないのだ」

「何が言いたいのだ、貴様は」

「伝わらんか？　俺はな、ハルトヴィヒ。お前の言葉にも、それを感じたのだ」

「私の、貴様に対する殺意が偽物《にせもの》だったとでも？　だが、実際に今回の件は起きた。私はお前の花嫁候補を魔獣の魔力で汚し、貴様を殺そうとしたのだぞ？」

「そうだな。事実は覆《くつがえ》らん。だが、見えていない面もあるように思ったまで」

「……戦いだけ見ていた貴様が、今更になって他者の心を見ようとするか」

「まぁ、そんなところだ。それに――」

アレクは一瞬間を空けてから、続ける。

「友は殺せん。これも、当然の理だ」

本音を伝えたアレクに、ハルトヴィヒは数秒ほど硬直してから、大笑いを始める。

「ハッ、ははは！　友ときたか！　貴様を殺す為だけに生き、貴様を欺いていた男を！」

「ハルトヴィヒ、俺は全てを覚えている。お前にとって、俺たちと過ごした時間も、教官として過ごした時間も、無価値ではなかった筈だ。お前が見せた忠義や笑顔に嘘《うそ》が混ざっていたとしても、全てが演技ではなかった筈だ」

だがそんな笑い声も、すぐに止《や》んだ。

「……黙れ」

「お前は過《あやま》ちを犯したが、いい仲間で、いい教官だった。その過去もまた、罪と同じく消えはしないのだ」

「……黙れ！」

「それとな、お前の精域魔法《リンケージ》には二つ、大きな無駄があった」

「そんなものはない！」

「一つは、互いの魔力が外に漏れぬほどの結界強度だ。これがあったからこそ、我々の戦いは生徒や一般市民に知られずに済んだ。それはつまり、俺の全力が世に晒され、英雄の復活を誰もが知ることになるという未来を、防いだということだ。戦いが終わっても、俺が学生生活を続けられるようにしてくれたのだろう？」

　ハルトヴィヒが表情を歪《ゆが》める。

「……違う。貴様を殺したあと、何食わぬ顔で学園を出ていく為の術式だ」

「もう一つは、結界を出る為の設定だ。どちらかの死だと？　馬鹿者が。吸血鬼の不死性を思えば、お前が一回分死んで外に出る以外の選択肢はない」

「そんなわけがあるか。貴様が死ねば最上だった」

「ならば、設定は『どちらかが完全に死ぬまで』にすべきだったな。お前は複数回死んでも構わず戦闘を続行出来るのだから。有利を捨てるような設定にしたのは何故だ？」

「……」

「お前は言ったな、俺に認めさせたいと。命懸けの戦いだと印象づけることで、仲間としてではなく、敵として俺と戦いたかったのだな。手心を加えてほしくなかったのだ」

「……もういい、殺せ」

「俺は全力でお前を殴ったぞ。満足か？」

「満足なものか！　結局、私の努力は無駄だったのだからな！」

「無駄ではない。お前は精域魔法《リンケージ》に至った。素晴らしい魔法だったぞ」

「なんなのだお前は！　何がしたい！　何が望みだ！　一度裏切る者は、何度でも裏切るぞ。俺を生かせば、いずれ再びお前に牙を剝《む》く」

「それはいい！　お前の不屈には感心するぞ。お前はこれから、まだまだ強くなれる」

「――――」

「それに、裏切りがなんだ。裏切られても構わないと思える者を、友と呼ぶのだ」

「………っ」

「お前は友だ、ハルトヴィヒ。道を踏み外した時は、何度だって殴り飛ばし、正道へ引き戻してやる。だから、これからも俺と共にいろ」

ハルトヴィヒが沈黙し、森に静寂が訪れる。

アレクは静かに、ハルトヴィヒの出す答えを待っていた。

「……器の違い、か」

「聞こえんぞ、ハルトヴィヒ」

ハルトヴィヒが立ち上がり、アレクの前までやってくると、自ら――片膝をついた。

上辺の演技ではなく、完全なる降伏を示す姿勢。

「…………承知しました、我が君。これからは二心《ふたごころ》なく、お仕えいたします」

「いや、裏切っても構わんぞ。だが、次に他人を巻き込んだら、仕置きはこの程度では済まんと思え」

「ハッ。肝に銘じます」

◇

後日。ハルトヴィヒの実験台になった生徒たちは、全員が副作用もなく快復。

ことの全容を知ったエステルは烈火の如《ごと》く怒ったが、アレクのとりなしもあって渋々ではあるがハルトヴィヒを許した。三百年の減給処分となるそうだ。

また、生徒たちも、各々《おのおの》が魔法使いとしての伸び悩みを抱えているところをハルトヴィヒの甘言に乗って被害に遭ったという経緯があったからか、彼を強く責める者は少なかった。だからといって許されるわけではないが、ハルトヴィヒは彼女たちへの贖罪《しょくざい》の為、本人が望むならば本気で指導すると約束。半分ほどの被害者が、指導を望んだ。

さすが花嫁学園の生徒たち、強くなることに貪欲だ。

◇

その日、アレクは夢を見た。

三百年前の記憶。親友ウェスに、未来に渡ると話した時のことだ。

「どうだ？　お前もついてくるか？」

「ついていきたい気持ちがゼロではないけれど、僕はここに残るよ」

ヴェルによく似た顔の少年だ。ただし、目許《めもと》は随分と穏やかな印象を受ける。

「お前の恋人のネスティごと、ついてきてもよいのだぞ」

「あはは。僕はね、自分の生きてるこの時代が好きなんだ」

「そうか」

彼の返答を残念に思わないと言えば嘘になるが、本人の意思が何よりも重要。

そんなアレクの内心を知ってか知らずか、ウェスは微笑《ほほえ》みを湛《たた》えながら言う。

「それに、エステルさんの構想を聞いた限り、未来の君に僕は必要ない」

「好敵手は何人いてもいいものだが」

「きっと、君は未来で知るだろう。君の為《な》した偉業の価値を。きっと、君は未来で出逢《であ》うだろう。君が繋いだ次代の魔法使いたちと。そうしてきっと、君は未来で変わるだろう」

「俺は変わらんぞ。魔法を究めるだけだ」

親友らしからぬ、アレクを理解していない発言に、少年は首を傾《かし》げる。

「いいや、変わる。心から君に並び立とうとする沢山の人々を通すことで、君は人を知る。君が齎《もたら》した平和と、それによって育まれた魔法の自由さを知る。ただ魔法があるのではなく、人の在《あ》り様《よう》が魔法に反映されるのだと知る。そうしてきっと、幸せの意味を知る」

「……俺は別に、不幸だから未来に渡るわけではないぞ」

「あはは、分かってるよ。でも、きっと今は分かってない。僕はねアレク。君と過ごした日々が――めちゃくちゃ楽しかったんだぜ。だから、僕はここまでだ」

「……お前の言うことは、たまによく分からん」

「いつか分かるよ。それに、未来に渡るなら、どこかで僕の子孫に出逢うかもしれない」

「そういうことも、あるやもしれんな」

「別に、その子が魔法使いにならなくたって、幸せならそれでいいけれど。もし顔を合わせることがあったら、よろしく頼むよ」

「無論だ」

「それとね、アレク。これはお別れなんかじゃない」

「……どういうことだ？」

ウェスは、物分かりの悪い親友に対し、にっこりと微笑んだ。

「君が忘れなければ、また逢《あ》える。君次第だよ」

◇

朝。エステルの家。自分のベッドの上で目覚めたアレクは、カーテン越しに差し込む陽光を受け、目を擦《こす》る。

「……お前には全てお見通しだったか、ウェス」

今ならば、親友の言っていたことが理解できた。

当時のアレクは強者と戦えればよかった。しかし未来に来て、自分の行動が世界に及ぼした影響を見て、その価値を知った。平和になった世に生まれた戦い以外の多彩な魔法も。強き魔法であっても、闘争本能から生まれたとは限らない。

料理、洗濯、掃除などの家事の為《ため》。アレクに認めてもらう為。人を救う為など、様々。

そして、そんな優れた魔法使いたちと関わることで、その為人《ひととなり》を知っていくことで、アレクは魔法に対する考えを変えていった。いや、考え方を広げることができたのだ。

「幸せというのは、まだよく分からんが。毎日が楽しくはあるぞ」

それに、彼の子孫とも顔を合わせた。

今思うと、親友の子孫の裸を見てしまったのは、なんとも気まずい。

――『よろしく頼むって、そういう意味じゃなかったんだけど？』と、ウェスが笑顔でキレている姿がアレクの脳裏に浮かんだ。

「それと、もう一つの方も分かったような気がする」

深く考えないようにしていた、ウェスを含む多くの仲間の死。

多くの仲間が未来では生きていないと分かっていて、アレクは未来を選んだ。

彼らはもういない。アレクの時代は歴史に、そして伝説に成り果ててしまった。

だが、確かにあの時間は存在していて、その痕跡はしっかりと、世界に刻まれている。

それはエステルの書した物語であったり、そこから着想を得た絵本であったり。

先祖を誇る赤髪の魔法使いであったり、アレクたちに救われたことを語り継ぐ狐耳《きつねみみ》の一族であったりする。

今を生きる者たちが、かつて生きた者たちを忘れることなく、覚えていてくれるのなら。

それは完全な死ではないのだろう。

「エステルに聞いて、今度奴《やつ》らの墓参りにでも行くか」

ウェスの墓に関しては、ヴェルに聞くのがいいか。

もしかしたら今後、ヴェル以外にも、仲間の子孫とも逢えるかもしれない。

その者たちが、アレクの仲間のことに、ほんの少しでも興味を持ってくれたのなら。

それはきっと、少年にとって喜ばしいことであった。

「……ん？」

そんなふうに、アレクがしんみりしていると、なにやら階下が騒がしい。

アレクは寝台から下りて、一階へと向かう。

◇

「あらアレクくん、おはよう。少しお寝坊さんね」

アレクが居間に出ると、二人がけのソファに座ったサラに迎えられる。

彼女は足を組み、本を読んでいる最中だったようだ。

「サラ、来ていたのか」

「ええ、お邪魔しているわ。学園長が、快気祝いに料理を振る舞ってくれるそうなの」

「ちょっとサラ！　少しは手伝う素振りくらい見せなさいよ！」

エプロン姿のヴェルが、台所から顔を出して怒鳴る。

「酷《ひど》い子ね。病み上がりの私に、労働を強いるだなんて。聞いたかしらアレクくん、今の悪魔の如き発言を。私、悲しいわ」

サラがわざとらしく目許を拭う仕草を見せた。

「ヴェルよ、客人にはゆっくりしてもらおうではないか」

「んがー……！　もう治ってるでしょうが！」

「誰かの覚えたての戦姫魔法《エンゲージ》に不安があってね……」

「全快したの分かってるから！　完璧に治したから！」

「ヴェル！　無駄話はやめてこちらを手伝いなさい！」

台所からエステルの叫びが響く。

「エステル。俺も手伝うか？」

「アレク様！　おはようございます！　あぁ、本日の寝癖も可愛《かわい》らしゅうございますね！

お気遣い大変嬉《うれ》しく思いますが、料理はどうかわたくしたちにお任せを！」

「うむ。楽しみにしているぞ」

「はいっ……！」

ヴェルは犬のように唸《うな》りながらも、台所に戻っていった。

「アレクくん、私の隣にどうぞ。もちろん、嫌でなければだけど」

「嫌ではないが……」

アレクはやや抵抗を感じながらも、サラの隣に腰を下ろす。

「――おい小娘、我が君に随分と馴《な》れ馴れしい態度だな」

ハルトヴィヒの声だ。だが、その声はサラの――足許《あしもと》から聞こえた。

より正確には、足の更に下。ハルトヴィヒは現在、サラの足置きにされていたのだ。

「あら、足置きが喋《しゃべ》っているわ。不思議なこともあるものね、まるで絵本の世界みたい」

「誰が足置きだ！　貴様が謝意を示せというから、私は仕方なくだな――うぐっ」

サラが踵《かかと》でハルトヴィヒの背中を叩《たた》く。

「教官。謝罪というものはね、言った言わないとか、何回したとか、そういうことには一切の価値がないのよ。被害者側が、心からの反省を感じ取って初めて意味を持つの。そして今、私は、貴方《あなた》から反省の色をまったくといって感じられていないのよね」

「く、くそぉ……この私が、小娘に足蹴にされて何も出来ないとは……」

「小娘を利用して新たな魔法に至った男が、何を偉そうに。そもそも貴方ね、精域魔法《リンケージ》だなんて烏滸《おこ》がましいとは思わないの？　別の名称を使いなさいよ」

「戦姫魔法《エンゲージ》は、あくまで『姫』を名乗る小娘の魔法だろうが！」

「知らないわよ。とにかくアレク様と同じだとか、許さないから」

「うぐっ。我が君にこんな無様を晒《さら》すばかりか、小娘にいいように言われるとは……」

「耐えろハルトヴィヒ。お前の罪だ」

そういえば、以前ヴェルは、エステルが家に招く男はアレクくらいだと言っていたが……。あれは一対一の誘いのことで、こういう催しはまた別なのかもしれない。

今日のハルトヴィヒは足置きとして配置されているから例外、なんてこともあるまい。

「ぎょ、御意……」

「サラも。お前の痛みは許さなくていいものだが、俺のことは気にしなくていいぞ」

「そういうわけにはいかないわ」

サラはさりげなくアレクの腕に自分の腕を絡《から》ませ、アレクの肩に自分の頭を載せる。

「だって、私の大切な人のことだもの。自分のこと以上に、重要だわ」

「さ、サラ……？」

彼女の柔らかな肢体、意図的に押し付けていると思われる胸の感触、その体温と涼やかでどこか甘い香り。その全てがアレクの鼓動を速める。

「怒られて、あんなに嬉しかったのは初めてだったわ。ありがとう、アレクくん。私が嫌いな私を、好きだと言ってくれて」

「……思ったことを言ったまでだ」

「それがとても嬉しかったのよ。ありがとう、助けてくれて。ありがとう、私の魔法で誰も傷つかないようにしてくれて。今も自分が好きではないけれど。貴方のことは好きよ」

「……そう、か」

「そんな貴方が肯定してくれるのなら、自分のことも、前より嫌わずに済みそうだわ」

「それはよいことだな」

すぐに自分を好きになれなくとも、彼女は大きな一歩を踏み出したのだ。

それは祝福すべき出来事だろう。

「何故《なぜ》だ？」

「お母様とも、今度しっかり話し合ってみようと思うの。私は魔法が好きじゃないって。お母様の世代の決着を、私がつけることは出来ないって、伝えるつもり。でも、一人では不安なの。その時は……ついてきてくれるかしら？」

「無論だ。いつでも頼るといい」

「ありがとう」

「今日は感謝してばかりだな」

「感謝の気持ちは、何度伝えてもいいと思うの」

「そうかもな」

「ええ。それでね……アレクくん。『精域演舞祭の指輪』は持ってきてくれた？」

「あぁ、もちろんだ」

アレクは一旦サラの腕を解《ほど》き、ポケットから二つの指輪を取り出す。

ケースに収まったそれは、それぞれ赤と蒼《あお》の宝石が嵌《は》まっていた。

演舞祭では、アレクたちの舞台が投票でぶっちぎりの一位となった。

サラが療養している間に指輪の授与があり、ヴェル、アレク、サラの三人が指輪を獲得。

サラの分は、アレクが預かっていたのだ。

「私が貰《もら》っても、いいのかしら」

「結果的に大盛り上がりだったのだ、気にせず受け取れ」

「うん……。あのね、アレクくん。もしよかったら、貴方に嵌《は》めてほしいのだけど」

指輪はあくまで賞状のようなもので、普通は部屋に飾っておくなりするもののようだが、普段使いしたり、持ち歩く者もいないではない。

「構わんぞ。どの指がいい」

「ふふ、花嫁学園で授与される指輪は、全て生徒それぞれの、左手薬指のサイズに合わせて作られるのよ」

「そうなのか。では、左手だな」

「え、えぇ」

サラが緊張した面持ちで、白魚のような手を差し出す。

アレクは彼女の左手薬指に、蒼の宝石が嵌まった指輪を、そっと通す。

「あ、ありがとう」

サラの頬は桃色に染まり、その瞳は水気を帯び、その口許《くちもと》は幸せそうに緩んでいる。

「気にするな、お前のものだ」

「貴方の指輪を、私が嵌めてもいいかしら？」

「ん？　いや、俺は指輪を付けて歩くつもりは……」

「今だけでいいから。ね？」

「まぁ、構わんが……」

サラがアレクの指輪をとって、彼の左手を摑《つか》み、薬指に通そう——とした、その時。

「ざっけんなー！」

指輪が消えた。違う。何者かが二人の間を駆け抜け、一瞬で奪ったのだ。

テーブルの上に着地したその人物を見て、サラが「だ、誰……？」と目を白黒させる。

「なんですか騒がしい！」

エステルが台所から顔を出す。瞬間、アレクとエステルが同時に「あ」と漏らした。

ハルトヴィヒは「はぁ……」と溜《た》め息《いき》を漏らした。

「『あ』って言った！　今アレク様、『あ』って言った！」

涙目になって叫ぶのは、灰色の毛に撫《な》で心地のよさそうな狼耳《おおかみみみ》と髪をした、十代半ばほどの少女だ。顔や手足は人間のそれだが、耳の他に尻尾が生えている。

そしてその胸部は、服を押し上げるほどに大きい。

「すまん、忘れていた」

「うわーん！　ひどい！　ひどすぎる！　コルを忘れるなんてひどいですよ……！」

わんわん泣きながら、少女——コルがアレクの胸に飛び込んでくる。

「おーよしよし。悪かったな、コル。未来に目覚めた興奮で、お前が一緒についてきてくれたことを失念していたのだ」

彼女はかつてのアレクの仲間だ。

アレクが未来に行くと伝えた時『引き止める者』『自分もついていくと聞かない者』『背中を押す者』がいた。背中を押したのはハルトヴィヒ、ついてきたのがコルだ。

だがコルはアレクと同じ石棺に入ったわけではない。

ぶっつけ本番で試すのは危険だとコルは言い、最初は自分に掛けるよう申し出たのだ。

彼女の忠義を汲《く》み、アレクはコルに時空属性魔法を掛けた。

そのあとで自分も棺《ひつぎ》に入り、時を止めたのである。

どうやら、アレクから少し遅れ、彼女はつい先程目覚めたようだ。

そして持ち前の嗅覚でアレクを捜《さが》したが、どういうわけかアレクは先に目覚めた様子。

匂いを辿《たど》ったところ、謎の少女に指輪を嵌められそうになっていたので止めたのだという。

「知っているか、コルよ。あれから三百年が経過しているらしい」

「さ、三百年……。さすがアレク様の魔法ですね」

「さすがに、目覚める時期はズレてしまったようだがな」

「そんなのは些細《ささい》な問題ですよ——それよりアレク様？」

「う、どうしたコルよ」
「どれくらいですか？　どれくらいの期間、コルを忘れてましたか？」
コルの言葉に、アレクは目覚めた日のエステルとの会話を思い出す。
――『その……我々、何かを忘れているような気がするのですが』
――『何かというと？』
――『うぅん……アレク様と関係のあることだとは思うのですが……アレク様ご本人に関わることであればわたくしが忘れるわけもありませんし』
――『ふむ。俺は杖《つえ》や剣なども使わんから、装備面でもないだろうしな』
――『アレク様にも思い当たることがないのであれば、わたくしの気の所為《せい》かもしれません』
――『まぁ、何かを忘れているのだとしても、重要なことであればその内思い出すだろう』
「な、何かを忘れていることは、覚えていたのだが」
アレクは目を逸《そ》らした。
「えーん！　アレク様はコルのことなんかどうでもいいんだ……！」
アレクは泣き喚《わめ》くコルをあやすように、その背中を撫でる。

「そんなわけがあるか。確かに忘れていたのは俺の過失だ、いくらでも責めてくれていい。だが、お前は大切な仲間だ」

「ほんとうですか？　コル、要らない子じゃないですか？」

「無論だ。逢《あ》えて心から嬉《うれ》しく思うぞ、コル」

アレクの言葉を聞き、コルは安心したように、にぱーっと輝く笑顔を見せた。

「コルもアレク様にお逢いできて嬉しいです……！」

「わ、わたくしも再会できて嬉しいですよ、コル」

エステルの言葉に、コルの表情が険しくなる。

「エステル！　ハルトヴィヒ！　アレク様は魔法以外ではうっかりさんなところがあるから仕方ないけど！　お前らは気づいてた筈《はず》だろ⁉」

エステルは静かに目を閉じ、再び開くと、下手な口笛を吹き始めた。

「ぴゅ～ぴゅろろ～」

「そんなんで誤魔化せるかぁ！」

どうやらアレクと違い、エステルはどこかのタイミングでコルを思い出していたようだ。

「私は当然気づいていたが、我が君に気にした様子がないので忘れることにしたまで」

「ざっけんなぁ……！　ていうかお前、なんで足置きにされているんだ？」

そういえば、とアレクは思い出す。ハルトヴィヒと再会した日のこと。

──『どうした？』

──『……いえ、大したことではございません』

ハルトヴィヒは誰かを捜すように、視線を巡らせていた。あれはコルを捜していたのだ。

それに、先日の戦いでも彼は「あの子犬」と口にしていた。アレクもその時にコルのことは認識していたが、共に時を渡ったことを思い出す前に、戦いに集中してしまった。

「ハルトヴィヒ、貴方《あなた》が無視したのは、その方が裏切るのに都合がよかったからでは？」

口笛をやめたエステルが、ハルトヴィヒを見下ろして言う。

「んぐっ」

「ん、裏切り？　なんだ？」

コルが首を傾《かし》げる。

「はっはっは。とにかく、再会出来たのだからよいではないか」

「……うぅ。もう二度と忘れられないように、これからは片時も離れずお仕えします！」

ぎゅうっと抱きついてくるコル。彼女の巨乳が、アレクの胸板に押し当てられる。

「……よしよし。そういえば、お前は抱きついてくるのがやけに好きだったな」

「アレク様限定です！」

アレクは不思議に思う。三百年前は特に気にならなかったというのに、今はコルとの抱擁が、どうにも気恥ずかしいものに思えた。しかし、そんなことで突き放すことはしない。

「ちょっと師匠！　そろそろ戻って——ってこの子誰⁉」

そこにヴェルまでやってくる。

「えっ⁉　ウェス！　なんでお前が此処《ここ》に⁉」

「……嘘《うそ》でしょ、まさか、あんたの知り合い？」

ヴェルがアレクを睨《にら》んだ。

「その通りだ」

「ていうか、初代様って男よね？　あたし、そんなに似てる？」

「えっ、ウェスじゃないのか⁉」

「奴《やつ》の子孫だ」

「……くんくん。確かに匂いが少し違う、かも。よく見たら、目つきも鋭い？」

コルが鼻を鳴らしながら、微妙な顔で言う。

「それよりもっと大きな違いがあると思うけど⁉」

「アレク様ぁ、ウェスに乳がついてます～。変な感じです」

「うむ、一番分かりやすい違いはそこだな。あと、この者はヴェルという」

「よろしくな、ヴェル。ウェスの子孫だとしても、コルを犬扱いしたら食《は》むからな！」

「え、この子も一緒に住むの？」

「頼れる番犬だぞ」

「はい、アレク様の住処《すみか》を守る忠犬です！　わんわん！」

「え、犬扱いはダメって……」

「アレク様はいいんだよ！　当たり前のことをわざわざ訊《き》くな！」

「ていうかコルって……『第二聖杖《せいじょう》』『聖狼《せいろう》の化身』コル＝スコル様？」

「ん？　なんだよヴェル、コルを知ってるのか？」

「し、師匠の……エステル＝アルヴスの本に出てくるから」

「本？　そうか！　エステル、アレク様の活躍を本にして後世に伝えたんだな！」

「え、ええ、その通りです」

エステルが額に汗を掻《か》いている。

「でも、変ね。全編を通して、『聖狼の化身』は四行くらいしか出てこないんだけど」

「おいエステル」

コルがエステルを睨む。

「ぴゅ〜ぴゅろろ〜」

「一度目で無理だったのに、二度目が誤魔化せるわけないだろ！」

「聞いてくださいコル！　筆者であるわたくしの視線から書いた話ですので、情報量は主観によって左右されます。ただそれだけのことなのです！」

「コルがどれだけアレク様の隣にいたと思ってるんだ！　確かに、精霊との戦いとか、一部離れてた時はあるけど、四行はないだろ！　四行は！　というか全何冊だよ！」

「外伝を含め、三百十二冊です」

アレクが己の時を止めてから、年一冊刊行されている計算になる。

「それで四行⁉　主観というか、ほぼほぼ存在ごと削除してるレベルじゃないか！」

「『最後の英雄』を支えるエルフの賢人、という絵面《えづら》の美しさを優先してしまいました」

「自分で美しいとか言うな！　エルフのくせに欲望まみれな奴だな！」

「差別！　今の時代、それは立派な種族差別ですからね！」

「コルを歴史から抹消しようとした腹黒が何を言うか！」

「抹消する気なら四行も書きません！」

「嘘だろ⁉　四行で恩を着せるつもりか⁉」

「――どうでもいいのだけど、アレクくんの指輪を返してもらえるかしら」

サラが苛立《いらだ》たしげにハルトヴィヒを何度も踏みつけながら言う。

「アレク様、この女誰ですか？　食みますか？」

「食むな。サラという、この時代で出来た友だ」

「ふぅん？　いいけど、コルの下な」

コルは仲間思いなのだが、狼《おおかみ》の亜人だからか、序列を気にしがちなのだ。

「あら、貴女が寝過ごしている間、私はアレクくんと親密になったのよ？」

そう言って、サラがアレクに身を寄せる。

「近づくな！　食むぞ！」

「食むな。それとコルよ、その指輪は俺のものなのだ」

「返します！」

コルが指輪を返還する。

「じゃあ、アレクくん。また貸して頂戴。私が嵌《は》めてあげるから」

「させるかぁ！」

コルが「ぐるる……」とサラを威嚇する。

「……サラさん？」

エステルからも黒いオーラが立ち上る――かのようにアレクには思えた。アレクの復活当初は花嫁を迎えることを歓迎していたエステルだが、最近は嫉妬心を見せることも多い。

「ちょっとサラ⁉　あんた、人に料理作らせてる間に、何してんのよ！」

ヴェルもご立腹だ。

「指輪交換だけれど？」

「サラさん！　アレク様が何も知らないのをいいことに、好き勝手を……！」

「あの、学園長。そもそも此処は、アレク様の花嫁を育成する学園です。彼が花嫁を迎えることにどんな不都合が？」

「一番大事なのはアレク様の意思です！」

「……待て。指輪交換の意味も気になるが、サラ、お前は俺を『最後の英雄』だと信じていなかったのでは？」

「そうね。学園長や最低吸血鬼、そこのぽんこつ狼娘の反応を見ても、まだ信じきれていない面はあるわ。でも――貴方を信じる」

サラが、アレクをまっすぐ見つめている。

「貴方が『最後の英雄』本人だというのなら、それを信じるわ」

「……あぁ、俺はアレク本人だ」

「分かった。それじゃあアレク様？　私と結婚しましょう」

「んなっ……！」「はぁ⁉」「ざっけんなぁ！」

女性陣が口々に叫ぶ。ハルトヴィヒは我関せずで沈黙を貫くようだ。

「悪いがサラ、俺にはまだ恋が理解できていない」

「あら、私に好きって言ったくせに」

サラが咎《とが》めるような視線をアレクに向ける。

「うっ。いや、あれは術士や人間として好ましく思っているという意味でだな……」

「ふふ、分かっているわ。それに、まだ私自身が、自分を貴方と対等と思えていないから。でも……貴方の一番は、私が私自身の意思で、ほしいと思ったものだから――誰にも渡すつもりはないわ」

サラが、年相応の少女のように、満面の笑みを浮かべてそう宣言。

「そ、そうか」

その笑顔はどういうわけか、アレクを赤面させるような威力を伴っていた。

「エステル！　なんなんだよこの女！　コルが寝ている間に何があったんだよ⁉」

「あ、あんた、助けられて好きになるとか、お伽噺《とぎばなし》の読みすぎなんじゃないの？」

「そういう貴女《あなた》だって、『精域演舞祭の指輪』だけ、大切そうに嵌めているじゃない」

見れば、ヴェルも先日授与された指輪を左手の薬指に嵌めている。

「べ、べべべ、別にいいでしょ！　公の場であんたに勝った記念よ、記念！」

「聞いた？　アレクくん。ヴェルは別に貴方のことなんて気にしていないようよ。それよりも私に歪《ゆが》んだ情を抱いているようだわ、困ったものね」

「んなわけあるかー！」

「じゃあ、貴女も恋のライバルというわけね？」

「ち、ちがっ。そういう意味じゃ――って、魔法使いとしてはライバルって認めなかったくせに、急に何よ！」

「同居や同じクラスという環境でリードされてはいるけれど、負けないわ。ひとまず、私はアレクくんに抱擁されたわけだし、男女の仲では優勢かしら」

「べ、別にそんな勝負するつもりもないけど！　けど！　あたしだって負けてないし！」

サラの挑発に乗って、ヴェルが先日の逢瀬《おうせ》での件を口走る。

「ヴェル、その話はあとで聞くとして。抱擁ということなら、わたくしだって……！」

アレクが目覚めた日にその身体《からだ》に縋《すが》り付《つ》いたり、頭を撫《な》でられた件をエステルが自慢。

「……ところで、エステルとヴェルよ。この焦げたような匂いはなんだ？」

アレクが問うと、二人が慌てて台所に駆け戻り、騒ぎ出す。

「さすがはアレクくん。邪魔者二人を華麗に処理したわね」

サラが再び身を寄せてきた。

「いや、そのような意図はないが」

「ていうか、コルがいるんだが⁉」

「アレクくんが大好きなのは分かったけれど、これからは恋人同士の時間だから、少し離れていなさい」

「指図すんな！　食むぞ！」

「食むな。二人共、落ち着いてくれ」

最終的に、サラがアレクの右隣、コルが左隣を確保して停戦協定が結ばれた。

ソファは二人がけなので、ぎゅうぎゅうだ。

そこへ、家の扉が開かれ、新たなる客が現れる。

「少々焦げてるけど、いい匂いがした」

ダークエルフのアウラだ。

「あらあら、アレク様ったら。わたしというものがありながら……」

狐耳《きつねみみ》の亜人レイヤまで。

「まだ調理中？　なら手伝う」

アウラが台所へ向かう。

「アレク様？　大丈夫ですよ、わたしは怒ってなどいません。むしろ、これからアレク様に狐耳の魅力をお教えできることが、楽しみでなりません」

レイヤが背後からアレクの首に腕を回し、後頭部に胸を押し付けながら囁《ささや》いた。

「……フレイヤ先輩、不適切な接触は控えてもらえますか？」

サラから放たれる凍て付《い》く視線に、レイヤはたおやかな笑みで応じる。

「あらサラさん。ご存じないようだから説明しますけど、わたしはアレク様の『夜伽《よとぎ》』のパートナーであり、共に恋を探すと決め、添い寝もした仲なんです。胸も揉《も》まれました」

「アレク様⁉ さっきから女ばっか出てきますけど、どうなってるんですか⁉ なんでこいつらみんな似たような服着てるんですか？ ここは一体なんなんですか？」

さすがのコルも気になったようだ。

涙目になりながら、アレクの左腕にしがみつき、身体を押し付けてくる。

アレクは火花を散らすサラとレイヤの仲裁、コルへの学園の説明、騒がしさを増している台所の確認、サラの踵《かかと》で痛んでいるであろうハルトヴィヒの腰への労《ねぎら》いと、一体どこから手を付けていいものか悩むことになる。

――まぁ、いいか。

別に世界が滅ぶわけでもない。アレクは成り行きに任せることにした。

こうして、最後の英雄に捧《ささ》ぐ花嫁学園の日々は、続いていく。

あとがき

本書をお手にとっていただきありがとうございます。御鷹穂積《みたかほづみ》です。

最強主人公が未来に渡って学園に入学する、というパターンの物語は、最近はもう王道とも言えるものになりましたが、本作の少し特殊なところは、未来の状況にあります。

主人公は「対等な者（ライバル）」を求めて未来へ行く決意をするのですが、それを聞いた配下は「対等な者（恋人）」を求めて未来へ行くのだと勘違い。

エルフである彼女は、尊敬する主人公の為《ため》に、彼の花嫁に相応《ふさわ》しい最強の女性魔法使いを育成する学園を設立し、数百年も運営を続けていたのです。

なので、本作においては主人公が入るのが女学園で、授業は少々特殊な花嫁修業てんこもりとなっています。コメディあり、アクションあり、可愛《かわい》いヒロイン山盛りでお届けする本作、どうか楽しんでいただければ幸いです。

謝辞に移ります。

担当の田辺《たなべ》様。前作『大罪ダンジョン』のあと、新作もやらないかとお声がけいただきありがとうございました。

書き下ろしの新作を出すことは、ウェブ小説の書籍化とはまた違った大変さがありましたが、褒め上手な担当さんのおかげでなんとか形にすることが出来ました。

作品を作り上げる上でも、様々なアイディアをご提案くださったり、ページ数を増やしてもらったり、原稿の完成を待ってもらったりと、大変お世話になりました。

イラストのGenyaky様。八人にも及ぶキャラクターたちを、みな大変魅力的に描き出してくださりありがとうございました……‼

キャラの性質がひと目で伝わってくるビジュアルに、それぞれの衣装や着こなしも大変素晴らしかったです。みんな好きですが、特にメーヴィスとエステルの衣装が好きです。

あとはなんといっても、カラーイラストの破壊力が凄《すさ》まじかったです。

生徒四人の花嫁衣装！　花嫁学園ならではの授業風景！　女教師からの夜の補習⁉

と、イラスト自体の美しさに加え、本作らしさが詰まっていて感激いたしました。

最後に、本書の制作と販売に関わった全ての方と、ネットで内容が確認できるわけでもない書き下ろし小説をこうしてお手にとってくださった読者の方々に、感謝を捧《ささ》げます。

またどこかでお逢《あ》いできることを祈りつつ、今日のところは筆を擱《お》こうと思います。

御鷹穂積

富士見ファンタジア文庫

最後《さいご》の英雄《えいゆう》に捧《ささ》ぐ花嫁学園《はなよめがくえん》
時《とき》を超《こ》えし魔法使《まほうつか》い、次代《じだい》の姫《ひめ》と絆《きずな》を結《むす》びハーレムを築《きず》く

令和6年1月20日　初版発行

著者——御鷹穂積《みたかほづみ》

発行者——山下直久

発　行——株式会社KADOKAWA
〒102-8177
東京都千代田区富士見2-13-3
0570-002-301（ナビダイヤル）

印刷所——株式会社暁印刷

製本所——本間製本株式会社

ISBN978-4-04-075265-5　C0193　◇◇◇

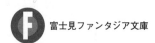

切り拓け！キミだけの王道
ファンタジア大賞
原稿募集中！
賞金
《大賞》300万円
《金賞》50万円
《銀賞》30万円
選考委員
細音啓「キミと僕の最後の戦場、あるいは世界が始まる聖戦」
橘公司「デート・ア・ライブ」
羊太郎「ロクでなし魔術講師と禁忌教典《アカシックレコード》」
ファンタジア文庫編集長
前期締切 8月末日
後期締切 2月末日
公式サイトはこちら！ https://www.fantasiataisho.com/
イラスト／つなこ、猫鍋蒼、三嶋くろね